論創ミステリ叢書

20

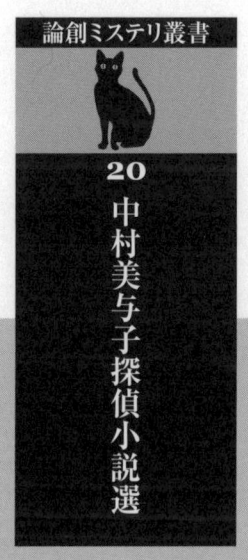

中村美与子探偵小説選

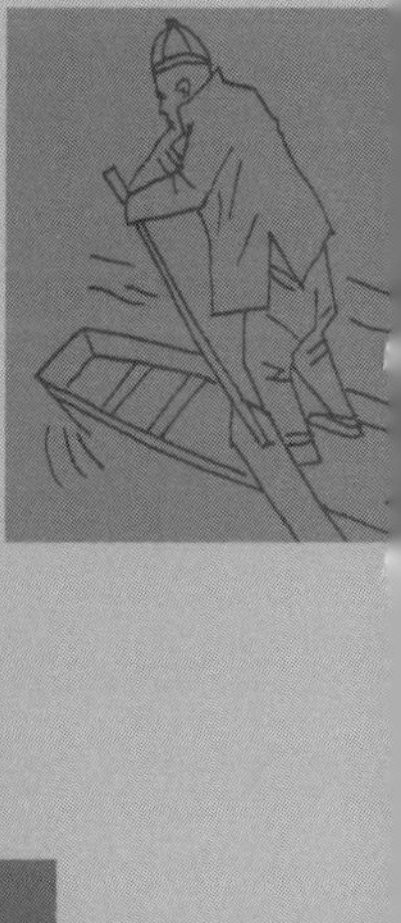

論創社

中村美与子探偵小説選　目次

創作篇

付録篇

凡例

一、「仮名づかい」は、「現代仮名遣い」（昭和六一年七月一日内閣告示第一号）にあらためた。

一、漢字の表記については、原則として「常用漢字表」に従って底本の表記をあらため、表外漢字は、底本の表記を尊重した。

一、難読漢字については、現代仮名遣いでルビを付した。

一、あきらかな誤植は訂正した。

一、今日の人権意識に照らして不当・不適切と思われる語句や表現がみられる箇所もあるが、時代的背景と作品の価値に鑑み、修正・削除はおこなわなかった。

一、作品標題は、底本の仮名づかいを尊重した。漢字については、常用漢字表にある漢字は同表に従って字体をあらためたが、それ以外の漢字は底本の字体のままとした。

中村美与子探偵小説選

創作篇

火の女神（セ・カカムイ）

一、酋長（オッテナ）イシルパ

考古学者の田無博士が、この度の旅行の目的は、アイヌ族の酋長（オッテナ）イシルパの家に、数百年来伝わると言う火の女神（セ・カカムイ）の偶像を譲り受けることであった。

しかし、日頃あれほど雄弁濶達な博士が、この度の旅行に限って、何かしら始終物思わしげに見えることを、博士の助手の泉原恭治は不思議に思った。彼は大学を出たばかりで、博士の良き助手となり、今度の旅行にも博士に随行したのである。博士は出発の少し前、化学の実験中過って顔の右半面に硫酸を浴び、知人でも見違えるほど容貌が変わってしまったので、やはり、この思わぬ災難が心晴れやかな旅行に際しても博士の心を暗くしているのであろうかと、彼は想像していた。

博士は、目的地へ着くと、二人の人夫を督（とく）して雑木林へ、目立たぬように天幕（テント）を張らせ、それと同時に帰る準備を急いでいた。

恭治は博士の面持（おもも）ちにただならぬものを感じた。彼らは食事もそこそこに、アイヌ族の聖地といわれるカムシユッペの丘へ急いだ。

博士は、聖地の入口で、二十呎（フイート）もある角鮫（つのざめ）の牙歯（きば）を交叉した門を、恭治に見る暇も与えずまっしぐらに部落へ入って行った。

藁葺き屋根のほとんど見る影もなく疲弊した鳥類の巣のような彼らの住居（すまい）を過ぎて、なおも奥へ進むと、桂の喬樹の下に比較的大きな破屋（あばらや）がある。

酋長のイシルパは、内地人（シャモ）の来訪と聴いただけで、不機嫌な面持ちで面会を拒絶した。けれども板の間から見通しのつく奥の間にいる酋長と、此方（こなた）の博士とは、ばったり顔を合わせてしまった。射るような鋭い眼つきで、酋長は博士の顔をじっと睨むように見据えた。

恭治は、人夫に担がせてきた数々の贈物（プレゼント）を、手っ取り早く板の間へ並べた。第一に酋長の大好物たる樽入りの酒、色彩の鮮麗な毛布、魚類の干物、菓子、鑵詰等である。時ならぬ内地人の来訪に、家の前は素晴らしい人集（ひとだか）りだ。

酋長の険しい眼つきを窺いながらも、家族の者は一様に所狭しと並べられた贈物に眼を吸い寄せられて、喜色を満面に湛えている。その機を逸せず博士と恭治とは、早速靴を脱いで板の間に上がり込んでしまった。

板の間の真ん中に大きな囲炉（いろり）が劃（しき）られ、鈎形（かぎがた）の樹の枝で造った自在鈎を吊るしてある。どの室の入口にも蓆（むしろ）張りの扉（と）が立てられ、天井も羽目板も、家中が焚火の煙に燻されて黒光りに輝いている。

炉の回りには蓆が敷いてあって、そこが家族団欒の場所らしい。

酋長はよほどの高齢なのであろう。髪も髯も白銀（しろがね）のようだ。顔や手は蒼味をおびて、枯れ木のように痩せ衰え、眼は凹（くぼ）み、光の失せた瞳はどんよりと古沼のように濁っている。

次にこの家（や）の家族を紹介しよう。この部落の住人は中年になると、自分の年齢（とし）を判然（はっきり）と識っているものは少ない。

年齢を尋かれると、裏の水松（オンコ）の木と同じ年だというような答えをする。

さて酋長イシルパの長男はヌタクと言って五十六歳、数人の子女を持っているがその中で、トミは十七歳の娘盛り、三十位に見える次男のオノイにも妻子がある。

次にヌタクの妹のピルルは四十路に近いが、彼女は若い頃、内地人に失恋して独身で通してきた。加持祈禱をやる巫女（ズス）で長い間病身である。

彼女の妹ピリポは、山中で道に迷った内地人の青年と恋に陥り、娘のハルを生んだが、青年が内地へ逃げ帰ったので、この部落の魔境、隠沼（ムニンペオット）へ投身して果てたという哀話を遺（のこ）している。

彼女の遺した娘のハルは、今は十六歳の娘盛りで、従姉のトミとは、よい遊び仲間である。大勢の家族が狂喜して贈物に気を奪われている間にも、トミとハルの二人だけは、半ば呆然としたように、博士の側に控えた恭治に惹きつけられている。

瀟洒（しょうしゃ）な背広服、綺麗に剃りあげた頬、若やかな皮膚の匂い、理智的な瞳。

乙女たちは、この世にこうした美しい異性のあることを識らなかった。彼女たちの眼には、あの憧憬（あこがれ）の想像神水の男神（ワッカカムイ）にも見えたのであろう。

そうした孫娘たちの挙動を、真っ先に感付いたのは祖父のイシルパだった。

彼は瞋（いか）りの眼をあげて何やら喚くと、トミもハルも周章（あわて）て蓆の蔭へ姿を消した。

恭治はイシルパの言った言葉の意味は判らなかったけれど、博士には判ったらしい。いや、博士の瞳もさっきから何か頻りに捜しているらしい。

ふと気が付くと炉傍(ろばた)に内地人の先客があった。

彼は毛皮を目的(めあて)に物々交換にきた茂山(もやま)という行商人であるが、土産物(みやげ)を山と積んだ博士たちを彼は密かに嘲笑(あざわら)っている。

「へへへ旦那(マシパ)……」

と、茂山はわざとアイヌ語で呼びかけた。

「何しろ以前はね、シャモの悪いやつらがやってきて、一升くらいの酒で金銭に代えがたいしろものを、ただ取りしたんで、酋長(おやじ)アすっかり臍を曲げてまさあね」

博士は、こうした輩(やから)と口をきくことは好まなかったから黙っていた。

恭治は、かねての手筈通り、思束(おぼつか)ないアイヌ語で嫂(あによめ)へ交渉を開始した。

二、神酒(しんしゅ)

恭治は博士の命令によって、火の女神(セ・カカムイ)の偶像を、五百円と評価して嫂に相談を持ちかけた。

茂山(もやま)は、恭治の稚(おさな)い交渉振りをせせら笑っていたが、不意に横から五百五十円と競(せ)りあげた。

恭治は博士の顔色を窺いながら、更に五十円を付け足すと、茂山はついに千円まで競りあげてしまった。が、嫂が黙っていなかった。

「お前（ウガア）は、どこさ銭有（も）ってたばなあ……」

ときめつけた。茂山は頭を掻いて引き退（さが）った。物々交換のこの部落でも、彼らは金の魅力にすくなからず心を牽（ひ）かれているのである。

けれども酋長（オツテナ）イシルパは火の女神を譲り渡すのは愚か、彼は博士の糜爛（ただれ）た半面を鋭く凝視（みつめ）ながら、いささかも打ち融（と）けた面持ちを見せなかった。

ヌタク、オノイの兄弟が、数匹の兎を提げて猟から帰ってきた。

兄弟は、珍客よりは贈物の酒が真っ先に眼についた。茂山の毛皮など耳に入るはずもない。囲炉（いろり）の周りは、兎鍋でたちまち酒宴が始まった。

そのうちに、酋長も珍しい内地の酒の香に頑張りきれず、そろそろと這い出して来て酒杯に手を出した。彼は銀鬚（ぎんせん）を大事そうに扱（しご）きながら、一ケ年余り口にしなかった芳醇な酒の香を、しみじみと懐かしむかのように咽喉（のど）を鳴らした。

彼は陶然とした酔い心地で、祖先の歴史と、そして古（いにしえ）の英雄児を讃美する叙事詩（エポス）を謡い出した。

茂山も図々しく杯を重ねた。

いつしか男たちは上座（かみざ）へ円座（まどい）をつくり、女たちは酒を頒けて下座へ集まった。

彼女たちは寝ている幼児にまで酒を含ませ、笑い興じている。

恭治は、彼らの酒に対する異状な執着と稚気（ちき）と和気（わき）靄々（あいあい）たる態（さま）を興味深く眺めるのであった。

「病人を頼むぞーッ」

突然その時、太い声をはり上げて、嫂の従弟（いとこ）が病気の妻を担ぎ込んで来た。一座はやや白けて入口の方を見やった。

病人は乾し固めた乾物のように骨ばって、空咳（からせき）をしながら蒼黝（あおぐろ）い顔を歪め、苦しそうに喘いでいた。一同がひっそりとした中を、巫女（ズス）のピルルが立ち上がって奥へ入って行った。やがて彼女は異様な冠を被って出て来て、木幣（もくへい）を供えた正面の祭壇へ魚油の灯明を捧げ、煤に塗（まみ）れた神扉（しんぴ）を開いた。

火の女神は黒色の木像で、約五寸ぐらい、厚司（あつし）を着ているが、頭髪（かみ）は焔形をして眼は金色である。

ヌタクの娘トミは、敬虔な面持ちで、霊媒（ミディアム）の座に直った。

祈禱が始まり、霊媒がトランスに入ると、あたりはいよいよしいんと静まりかえった。酒杯をもった者は下へ置き、皆々敬虔な瞳を蒐（あつ）め、宣託（オラクル）の一言をも聴き洩らさぬように耳を傾けた。

病の因（もと）は風の気　霜の気もあれど
なお畏（おそ）るべきは　隠沼（ムニンペオット）の瘧（トピシケシイ）の神ぞ

巨怪（インカムイ）と瘧の神に　供物を捧げよ
供物は酒　真夜中がよし
供え手はハル……

トミは突如トランスから醒めて、横倒しに倒れた。犠牲者は喪（な）きピリポの娘ハルと決まった。ハルは神の宣託の怖ろしさに哭（な）き崩れてしまった。

隠沼と言うのは常に濛気（もうき）が立ち罩（こ）め、そこへ近寄れば、瘧の神に仕える巨怪の怒りに触れ、よほど幸運の者でなければ生還できぬと言い伝えられている。

「新しい神酒がない」

誰かがそう呟くと、田無博士はポケットから興奮剤のウイスキーを取り出して提供した。神酒がピルルの手に渡ると、男も女も、好もしそうに瞳を輝（ひか）らし、斉（ひと）しく咽喉を鳴らし舌舐めずりをして吐息をついた。

「今夜の真夜中だとよ」

彼らはハルに同情しながら、不安げに話し合っていると、突如（だしぬけ）に表の方から襤褸（ドンザ）に縮れ毛を振り乱した十五六の少年が暴れ込んできた。

「この男子（オッカイ）また気が狂（ふ）れたてや」

家の中は、不意の闖入者によって総立ちとなった。

少年は炉傍（ろばた）にあった女たちの酒瓶（さけ）を引っ奪（たく）って一息に呑み乾してしまうと、また暴れ出した。そして追い回されながら、食べ物を手摑みにして貪り啖(くら)った。

「この棚探しの大啖いめが……」

少年は女たちの拳の下を鼠のように逃げ回り、手当たり次第に食べ物を摘んで喰べた。

次に男たちが起(た)った。

少年は暴れながら彼らの怖ろしいことを識っていたらしい。遁道(にげみち)のないのを看て取ると、にわかに唇を顫(ふる)わせてばったり倒れてしまった。男たちが四方から取り囲んで殴ろうとすると博士が制(と)めた。

少年は、ふんぞりかえって拳を顫わせ、汚い唇から泡を吹き出している。

「この人たちは癲癇(てんかん)を識らないのですね」

恭治が尋(き)くと博士は眉を顰(ひそ)めた。

茂山は、彼らの背後(うしろ)から狡そうな眼を光らしていた。

やがて、この神秘境に夜がきた。

可憐な乙女ハルは、伯母のピルルから厳かな誡喩(かいゆ)をうけて、例の神酒を捧げて家を出た。

一方、田無博士と恭治とは準備を整えて、こんもりと茂った水松(オンコ)の森に待ち構えていた。

恭治は厚司を着て、頭へ布片(きれ)を被り、ハルに扮装した自分の姿に思わず苦笑しながら、微かな跫音に聴き耳を欹(た)てた。

樹(こ)の間を洩れる幽かな星明かり、恐怖に戦(おのの)いていたハルは、自分と同じ影を目前に見ると、きゃッと叫んで倒れてしまった。

彼らは、自分と同じもう一つの自分は、神の守護の象（すがた）だと信じていた。それが自分の体から離れて出会う時は、生命（いのち）の終わる時なのだ。

「君は現場へ急いでくれ」

博士は恭治がガスマスクを被る間に、ハルが抛（な）げ出した神酒の瓶（かめ）へ、用意の酒を移した。

三、隠沼（ムニンペオツト）の秘密

翌朝、田無博士と恭治とは、天幕（テント）の中で軽い食事を摂りながら、昨夜の出来事を話し合っていた。

「先生、瘧（トビシケシイ）の神様は本当に怖かったですよ。襤褸（ドンザ）を着て角を生やし、それに滑稽なのは口の辺からも角が生え出て犀（さい）のお化けみたいでした。僕がガスマスクを着けて倒れた態（ふり）をして見てたら、神様はお酒を掻っ払って、濛気（もうき）が立ち罩（こ）めた沼の彼方へ消え去りました。次は、お酒をとった返礼に翼の生えた蛇体のお化けで、巨怪（インカムイ）てやつでしょう。此奴（こいつ）は空をふわりふわり飛翔するんですが、支那軍の飛行機みたいで操縦がなってませんでした」

博士は、これから化物の正体を見届けてくると言って立ち上がった。

「今日の配役は君がここにいて、訪ねてきたお客様へ、これを渡すのだ」

博士は恭治へ小箱を示し、

「そのお客様が来たら、なるべく手狎（てなず）けるように努めてくれたまえ。それから君へ応援を頼むことが勃発しそうだから、お客様との応対は一時間程度にして欲しい。次に部落の付近は必ず一人で通行すること」

博士が立ち去ると恭治は、何かしら好奇心に駆られて、その小箱を開けて見ると、赤いリボンと小鏡が入っていた。

この贈物（プレゼント）から推して、お客様というのはハルのように思われる。しかし博士がこうした用意をしてきた処を見ると、そこには何か深い理由があるのであろう。

恭治は、そのお客様を待ちながら、天幕（テント）を出て林の中を彷徨（さまよ）うてみた。

どろの樹、赤たも、柏、楓、山うるしなど緑の色もとりどりな雑木林は、えもいえぬ風趣がある。脚下を蔽うた羊歯（しだ）類も珍奇なものばかりで、喬木にしても黝（くろず）んだ色はすくなく、頭上に差し交わした樹々の枝が、若やかな浅緑なのも恭治には嬉しかった。

ふと、天幕の方を振り返って見ると、ちらと小鳥のように駈け去る少女の影が見えた。恭治はすばやく後を趁（お）った。

それを意識したハルはいよいよ慌て惑うらしかったが、椴松（とどまつ）の根に躓（つまず）いて倒れてしまった。

恭治はハルを労（いたわ）るようにして擁（だ）き起こすと、彼女は被り物の端から縮毛（くせげ）を戦（おのの）かせ、彼の腕の中で捉（つかま）った小鳥のように息を喘（はず）ませている。

その脅えたような瞳に恭治は可憐なものを感じながら、ふと牝熊を擁いたような気がした。少女の眉は濃く、唇は苺のように紅（あか）い。が唇辺から頬へかけて、三ケ月形の刺青（いれずみ）の痕を見ると痛々しい気がした。

彼女の父はシャモと聞いていたが、なるほどよく見ると瞳の渦が他のメノコと違うようだ。

恭治が赤いリボンを与えると、ハルはだしぬけに引っ奪(たく)り、被り物をかなぐり棄て、縮毛へ翳(かざ)して奇声をあげながら胸を叩き、牝鹿のように跳ね上がって狂喜した。

恭治は何故(なぜ)ともしらず胸が塞がる思いで彼女の落ち付くのを俟(ま)ち、更に小鏡を与えると、ハルはまたしても跳ね上がった。

そして鏡を棄てて林の奥へ駈け込んだ。ハルは鏡の驚異に衝(う)たれたのだ。日常見慣れた沢水に更めて自分の顔を映しているらしい。

向こうの樹の間に厚司(あつし)の影がちらちらした。

やがて駈け戻ってきて鏡を拾いあげ、幾度か翳して見て胸に掻き擁(いだ)くのであった。

恭治はいいしれぬ感慨に衝たれながら、ハルの一挙一動を見戍(みまも)っていたが、唇辺の無残な刺青がひどく彼の感傷を唆(そそ)った。

恭治は、たどたどしいアイヌ語で、そのわけを尋(き)くと、ハルのいうには初潮を見た頃、祖父が山奥へ伴(つ)れて行って、恐怖に顫(ふる)えている彼女を捉え、入れ墨したのだと言った。

「爺(エカシ)が帰った後で、山ン中で一ン日哭(な)いてたの、痛くて耐まらないんだもの」

妙齢？　恭治はその意味を嚙みしめながら、潑剌とした獣のような少女の若肌に、何かこう、原始的な魅惑を感じるのであった。

ハルは天幕を覗いて、自分を救（たす）けてくれた祖神（ヌサコロマイ）はどうしたと尋いた。

恭治は祖神に扮した博士を想うと思わず失笑した。博士と約束の時間は疾（と）うに過ぎていた。恭治はハルを先に帰して、後からひとりで歩いて行ったが、部落の付近へ来ると、鈍感な眼を光らした若者たちにすくなからず脅かされた。

酋長（オッテナ）の家には、部落の者が大勢集まっていた。

彼らは何かがやがやと喚きながら、家中ごった返していた。火の女神（セ・カカムイ）が紛失したのだ。第一に田無博士と恭治、次に茂山（もやま）、それから病人を伴れてきた従弟（いとこ）、癲癇患者（てんかんやみ）の少年など、彼らはがやがやと容疑者の名を挙げていた。

トミが蒼い顔をしながら、ふらふらと帰ってきた。

「このメッカイ、お前（ウガア）は昨夜（ヨンベ）からどこへ行ってたばなあ」

父のヌタクが厳しく詰（なじ）ると、イシルパが手を振って制（と）めた。

四、さらばカムシユッペの丘

ピルルは、昨夜寝床で吐血して、今日は瀕死の息づかいだ。彼女は博士を見ると病床から頭を擡（もた）げ、あたかも救いの神へ縋（すが）るかのように両手を差し伸べた。

博士は、彼女の痩せ細った手を握り、何か暗示を与えるように私語（ささや）いていたが、まもなく安らかな夢路を辿るのだった。が、時々魘（おそ）われたように水の男神（ワッカカムイ）、水の男神と囈言（うわごと）を言った。もう臨終が逼（せま）ったのであろう。

部落の高齢者で白髪の媼（おうな）はその枕辺に俯（ふ）し、ピルルは永年に亘（わた）って、神の使わし女（め）として、多くの病人を救ってきたから、その身代わりに、今、神の国（カムイモシリ）へ召されるのだと慟哭の声をあげると、男も女もその声に和して哭き俯すのであった。

イシルパは、博士と恭治とが、この席に連なることを欣（よろこ）ばず、彼は瞋（いか）りの声をふるわして、一家の災殃（さいおう）は火の女神（セ・カカムイ）の紛失からであると厳かに宣言した。

次に彼は陪審者たる故老たちを呼び寄せ、容疑者の所持品を検（しら）べることを言い渡した。

やがて故老の一人は若者らを随えて、博士の天幕（テント）へ押しかけた。

ヌタクは父の命を受け故老立ち会いの上で、茂山のトランクを検（み）ると、雑貨の中から彼らの不可解なものが現れた。それは単寧酸（たんにんさん）と棒状の硝酸銀（しょうさんぎん）と針の束であった。

×

博士は、昨夜から閉じ込められていた小屋から、ハルに救い出されると、少女を水松（オンコ）の森へ隠して道を急いだ。

隠沼（ムニンペオツト）の面（おもて）は濛気（もうき）が立ち罩（こ）めていたが、地上約一米（メートル）の辺りが、ちょうど羹（あつもの）の滓（おり）のように空気が澱（よど）んで、その上を小雨がしっとりと降り濺（そそ）いでいた。

博士は楡（にれ）の樹へ縛りあげられていた恭治の、一方の縄尻を取って徐々に引き降ろした。

終夜、小雨に打たれ通した恭治は意外に元気だった。彼は苦笑しながら言った。

「化学的天佑（てんゆう）？　一つは冷たい小雨のお蔭でした。瘧の神（トピシケシイ）の毒気？　いや沼の瘴気（しょうき）は砒化水素（ひかすいそ）らしいですね。朝の陽（ひ）に融（と）けたら生命（いのち）がありません。早く退却しましょう」

と、彼は立ち停まって、

「先生、彼処（あすこ）に巨怪（インカムイ）が倒れてますよ。彼は私を脅かそうとしたら、樹へ掛けた宙乗りの綱が緩んで墜落したのです」

近寄って見ると、翼をもった蛇体の変装は銀髪銀髯の酋長（オッテナ）であった。

博士は恭治と協力して、楡の樹へ打ちかけた綱を引いて沼のほとりから引き揚げると、まだ縡切（ことぎ）れてはいなかった。

博士は部落へ急を告げ、イシルパの応急手当てをして、それからしばらく家族たちと懇談の後引っ返してきた。恭治は帰京の準備を整え、角鮫（つのざめ）の牙歯（きば）を交叉した聖地の入口で待ちかねていた。

博士の面は晴れやかだった。

「君、これで一切が解決した。瘧の神の正体はトミだよ。彼女のおどけたマスクは巨怪同様一種の防毒マスクさ。トミは催眠剤の入ったウイスキーを飲んで十五時間も眠り通したろう。あの時、父のヌタクが訊くとイシルパが制（と）めた。祖父と孫娘とが共謀（ぐる）なんだよ」

「すると酋長は、隠沼の伝説へかこつけて部落の人たちを欺いてたのでしょうか」

「いや、それはこうだ。イシルパに無論科学的知識があるわけではないが、永い間に沼の瘴気が人命を奪うことを識って、一種のガスマスクを発明したのが、あの蛇体の巨怪なんだ。それは果たして効果があった。そこで彼は神の棲む沼へ人間を近寄らせないために、そして神の尊厳を効果づける手段でもあったし、もう一つは神酒を供えさせる術でもあったのだ。それは、あの頑固一徹な彼が贈物の酒を受けたのでも判る」

「では、霊媒のトミが従妹のハルを危険な場所へ導いたのは……」

「あれは恋さ、君……」

恭治は、てれ臭そうに瞳を反らした。

「しかしイシルパは、ハルを脅かして追い帰すつもりなのだが、ハルの、いや君のガスマスクを見て彼はひどく愕いたらしい」

「それからピルルが臨終に水の男神と囈言を言ったのは……」

博士は慚愧の面持ちで言った。

「水の男神？　それは彼女が、初恋の異性を神格化したのだが、この故意に糜爛せた仮面の底の僕の面影を、彼女はイシルパ同様忘れずに識っていた。実は彼女の妹のピリポが恋をして、内地へ逃げ帰ったという内地人こそは、僕だったのだ」

恭治はアッと言って、博士の顔を見直した。今度の旅行に於けるすべての疑問が一時に解けた思いだった。

次に火の女神の偶像は？　それは角鮫の牙歯を交叉した門の彼方、ささやかな祠の前に安置してあった。

茂山は欲心に獲られて、癲癇患者の少年を示唆して暴れこませ、そのどさくさ紛れに乗じて窃取して見たが、さて、神体がただの木片なのと、それを所持していると生命が危ういのとで、ここへ安置して逃げ去ったのだ。

茂山は疾うからハルの誘拐を目論んで度々やって来たのだが、若者たちに妨げられていつも失敗に終わっていた。今度も長居をすると危険なので荷物を残して逃げ出したが、彼のトランクから現れた単寧酸と棒状の硝酸銀と針の束は、ハルの刺青を抜くための準備だったのである。

恭治は、そこへきたハルの手を取り、博士に向かって、

「先生の希まれた火の女神はお手に入りました。速くこの地を発ちましょう」

博士は、牝熊のようなハルの頭をやさしく撫でながら、

「僕はもう疲れてしまった。帰京したら、この娘の刺青を抜くことも教育も何もかも今後の一切を、君へ任せることにしよう」

馬鹿為の復讐

一

蟹工船の北星丸は、終夜、暴風のただ中に呻き続けていた。過労と恐怖とに、魚の腸のようにくたくたにされた漁夫たちは、ピューピュー呻っていた気狂い風が、ばったり歇んだ瞬間、電気にかかったようにひょいと頭を擡げたりした。

逆巻く怒濤もそうだが、彼らには一瞬の不気味な静寂がかえって怖ろしかったのだ。

寒々と冷えきった船室は、腐った果実が醱酵したような、一種の酸っぱい臭気が濛々と立ち罩め、上下二段に仕切られた寝床は、襤褸布団が犇と折り重なって、燻製鰊を並べたような漁夫たちの寝像が、暁闇の五燭光の中に薄暈けて見える。

為公は、火傷に引きつった顔を、そっと擡げて見たが、誰も起き上がっているものはなかった。今朝は、ひどく咽喉が渇くので、いつもの痴けた妄想は起こらなかったが、頭が枕へついて眼をつむると、隣に眠る学生の清しい眸や、恰好のいい鼻や、女のように繊維な肌膚や紅い唇が、一緒くたに眼瞼の裡へ飛び込んできた。

為公は、息を殺して、凝乎と甘い感触に溺れていたが、と、胸がどきっとして、慌ててあちら向きの顔を覗きこむと、鉱物性の錆臭い臭気が、むっと鼻を衝った。額へ手をやると熱湯のような湯気が立っていた。

為公は吃(ども)ってものがいえなかった。学生は、昨夜から焦熱地獄の苦しみに踠(もが)いているらしく、瞳(め)が紅く乾いていた。何か言ったが、咽喉がキイキイ軋(きし)るだけで意味が判らない。

「舌を出してみな！」

為公は急(せ)き込んで覗き込むと、蜥蜴(とかげ)の舌のように紫色に変わって、割れた傷痕に血が滲んでいた。

「おら、そいつを言おう言おうと思ってたんだ。忘れても錆止め薬の入(へえ)った汽罐(かま)の湯を飲むんじゃねえってな、給水船がすぐやってくるからよ……」

為公が、おろおろ声で鼻を詰まらせると、慌てた貌(かお)が、棚のあちこちから起き上がってきた。

「ど、どしたんだ為衆(ためしゅ)……」

背後(うしろ)の、襤褸布団に纏(くるま)っていたひょろ長いのが、半屈(かが)みになって体をぼりぼり引っ掻きながら、腰の辺りから穢(むさ)いものを拡げる。

「止(よ)せったら、こいつ、虱が滾(こぼ)れらあ」

為公は怖い貌で睨みつけた。

「僕が悪かった。人が飲んでたのを見て、つい欲しくなって頒(わ)けてもらって飲んだりして……」

学生が咽喉の奥から軋るような声でいうと、

「汽罐の湯を飲んだって、どん畜生だ、そいつは？」

為公は、立ち上がった弾みに、ペンキの剥げた低い天井裏へ頭を衝っつけて頸を縮め、平手で天井板を殴り返した。

「為さん、済まないことをした。君にまで心配をかけたりして、これが僕には応しい刑罰なんだろう……」

学生は、苦しそうに、そう言って咽喉から胸の辺りを掻き毟った。

刑罰？　がどういう意味か、為公には判らなかったが、いつも聴くその一言が、今朝はなんだか、うら悲しいものに韻いて、赤銅色の厚い胸壁を、ぐっと搾めつけられるように切なかった。

「俟ってろ、苦しいこたあ苦しいが、生命に関わるようなこたあねえから、いいか俟ってろよ」

為公は、ぽろぽろ涙を滾しながら、急いで袢天を引っ懸けて、地獄釜を出て行った。

学生自身の話では、水産講習所の練習生で、濃霧のために船が難破して漂流していたのを、船長に救われたと言っていた。が、監督の海象は、彼の言葉を信じないのみか、船長に対する日頃の意恨を彼へ延長させ、漁夫の群れへ投じて虐使した。

漁夫たちは同情し合ったが、素情も姓名も明かしはしなかったので単に学生さんと称んでいた。

半時間後、為公は、どうして手に入れたのか水の入ったビール壜を、袢天裏へ忍ばせて、あたふたと戻ってきたが、呀っと立ち竦んでしまった。漁夫たちが、海象と綽名した監督が、鈎の付いた鮭殺しの三尺棒で、棚の上下の仕切りを叩き回った後で、組の者は、みんな工場へ獲（か）り出されて一人もいなかった。

「馬鹿為ッ、サボッたらこれだぞッ」

海象の三尺棒に、為公は、ぎゅっと心臓を摑まれたように縮みあがった。けれども彼は躊躇した。海象の背後に死骸のように引き据えられた学生を見たからである。

「馬鹿為ッ、貴様もかッ」

為公は甲板へ駈け上がって歯噛みをしながら、水の壜をぽかんと海へ抛（な）げ棄てた。

二

勘察加（カムチヤツカ）の空は、海霧の中から寒々と白み渡っていた。船のぐるりは瑠璃色の底波が三角形に切り立って、甲板には硝子屑のような粉雪が斜めに降っていた。

右舷の甲板に、船頭や船方の漁夫たちが数十名集まっていたが、起重機で降ろされた川崎船が頭の辺りで、ぴたりと停まってから、また捲き上げられた。漁夫たちはぐっと睨めながら、

「本船が下るんだとよ」

「虫コよんた小（ち）やつぺだ蟹ッ獲（と）れべよ」

「ンでねえど、海象（かいぞう）親方がよ、宝物のある島さ探しに行くんだど」

と、頸を竦（すく）めて嗤（わら）った。

「けんどもよ、今まで、船さ通らね危険（あぶね）え処（とこ）さ航（い）くんだど」

現地へ出漁してからまもなく、無法に南下を主張する海象と、阻止に努める船長との対立は、自ずと船内の空気を二つに分けていた。海象と雑夫長とが、配下を引き具して事務室へ立て籠もると、船長や機関士、事務長、船医などの一派は、船橋（ブリッジ）へ徹宵（てつしょう）して万一の夜襲に備えるなど、一沫の暗雲は次第に船内を蔽（おお）いつくしたかたちである。

漁夫たちは、本船の動く意味が、よく判らなかったが、船長の方へ味方をした。こっちを見ていた雑夫長が肩を怒（いか）らしてやってきた。

「この藻屑（ぐんず）めら何こいてだば。貴様らの話聴かなくても判ってるでや、眼くじらはだきやあがるとこれだど」

棍棒で風を切ると、漁夫たちは縮（すく）みあがって後甲板の方へ逃げてきた。彼らは海の方へ向いたまま、顔面筋肉だけで、赤ンベイをしたり、舌を吐き出したりして、わずかに腹癒（はらい）せをした。彼らの脚の下で、ぎっしり詰まった網の中で、蟹がごそごそ踠（もが）いて、重なり合ったり崩れたり、甲板を引っ掻いたりしていた。

川崎船が出ないので、船方の漁夫たちは雑夫長に呶鳴られて、工場へ降りて蟹の取り外しにかかっていた。

機関部が急に騒がしくなって、重々しい響きが船体を揺すぶり、碇（いかり）を捲き上げたと思うまに、不意に汽笛が鳴りはためき、もう動き出していた。

物蔭から面（つら）だけ出していた為公（ためこう）は、思わずはっとした。海象が先に立って、子鬼どもが、屍骸のようにぐったりした学生を、甲板へ引き摺（ず）ってきて、綱（ロープ）で胴中を縛り、海へどぶんと抛（な）げ込んで、綱の端を索具へしかと結びつけて、

「船長め、厄介者を海から拾い上げて骨を折らしやあがった。水産講習所の船が難破したなんて聞いたこたあねえ。この騙（かた）りめ、大方どこかの沖取船（おきとりぶね）で泥棒こいて、海へぶん流されたに違いねえ、こんな奴を痛めつけなきゃ、社長様に申し訳が立たねえや、このくたばり損（ぞくな）いめッ」と毒づいた。

空は、いつしか灰色に掻き曇って、気狂（きちが）いじみた疾風（はやて）が吹き暴（あ）れてきた。船尾に沸き立つ推進機（スクリュー）の泡沫（あわ）が、二条（すじ）に分かれた中から、学生の蒼白い貌（かお）が一瞬覗いたが、すぐと巨濤（おおなみ）が被さってきて、高いうねりの頂上（てっぺん）へ乗り上げたと思うと、後ろ手に縛られた背が、くるりとぶり返してきて、波間へ白い貌が泛（うか）び上がった。

が、そのまま飛沫をあげて落ちこんでゆく荒波の底へ、逆（さか）落としに足の裏が吸い込まれて行った。と、蒼黝（あおぐろ）い大きな蜿（うね）りが身慄（みぶる）いしながら跳ね上がってきたが、人影らしいものはもう浮き上がっては来なかった。

（これが僕には応（ふさわ）しい刑罰なんだ）

為公は、学生の声がどこからか韻（ひび）いてくるような気がして、澎湃（ほうはい）たる波瀾（なみま）を伸び上がって見た。と、不意に鮭殺しの三尺棒が飛んできた。が、ひょいと身を躱（かわ）した為公に、海象はひどく肚をたてた。

そして背を小突きまわしたが、かえって、自分で後方（うしろ）へたじろいでしまった。それは対手（あいて）の馬鹿力に怯（おび）えたからではなく、その火傷に引きついた半面に、何か見遁（みのが）しがたいものがあったからである。

一時間後、海象が甲板へきて見ると、学生の身柄がずっこけて、索具に繋いだ綱（ロープ）だけが残っていた。

「失敗（しま）った」

海象が思わず呟くと、彼の背後に突っ立った船長が言った。

「君、乱暴は止（よ）したがいい。勘察加（カムチャツカ）の人鬼て奴は、十年前夙（と）うに影を消してるはずだ。後で、とんだことが持ち上がるかもしれないぜ」

「大きなお世話だ」

海象は肚の裡（うち）で後悔しながらも、対手が船長なので、そう減らず口を叩いた。

「見たまえ、他の会社では毎年、年期を入れた漁夫（ヤンシウ）が八分通りなのに、この北星漁業だけは、二度と再び来る者がないじゃないか……」

「なんだと、もう一度吐（ぬ）かしてみろ、そんな人鬼のそばに、とぐろを巻いて粘ってる君自身が、かえって臭（くせ）えや。おい、断っとくが船を動かすだけが君の役目だし、俺あ、船全体の支配権を握っててんだぞ。だからな、お互（たげ）え、他人の縄張りを荒らすのあ止そうぜ」

それは、海象としては、かつてない妥協的な口吻だった。

やがて暗澹たる夜がきた。ひどい時化（しけ）だった。為公は、幾度となく海象に追い回され、その度に作業場へ逃げ込んだ。

そして何か考え、考え、ぶつぶつと独り言をいっていた。それから気狂(きふ)れのようになって、せかせかと三百名余りの漁夫と雑夫の中を虱潰しに探し回ったが、汽罐(かま)の湯を飲んで声が潰れたり発熱したものは一人も見当たらなかった。為公は、がっかりして吐息をついた。そして、騙り出ろッと、いきり立つかと思えば、おいおいと声をたてて泣いたりした。漁夫たちは肉詰めの手を憩(やす)めて、為公は気が狂ったのではないかと私語(ささや)き合った。

あらしはいよいよ昂(たか)まってきて、船は、ひっきりなしに身慄いした。その度に電灯が危険信号のように明滅した。不意に海象が現れた。

「またサボってやあがる……」

為公は頭上へ見舞った大型の懐中電灯を素早く避けて嘲笑った。そして洗い場へ通う明かり採りの窓を指した。

「幽霊だ。幽霊が出たんだ。学生の幽霊があの通り突っ立ってるぞ」

海象は、はっと気がつくと吸鳴った。

「馬鹿為ッ、貴様、とんでもねえデマを飛ばしやあがると、叩(たた)ッ殺すぞ」

「誰が嘘こくもんか、見ろッ、あの通り幽霊が呼んでるぞ、監督さん」

海象の面(おもて)に、ちらと暗い影が翳(さ)した。が、くわッと眼を剝(む)いて、前へ一歩出た途端、為公との間に積み重ねた空き鑵が、凄まじい響きをたて崩れてきた。

給仕が蒼い貌をして扉口(とぐち)から覗いた。

「監督さん、峰岸さんが急用だと……」

それを聴いた漁夫たちは、その色眼鏡をかけた若い無電技師が何か非常のことを齎したような気がして、思わず固唾を呑んだ。為公は、幽霊から無電が掛かってきたと言って嘲笑った。海象は睨めつけて出て行った。為公も続いて作業場を出た。

漁夫たちは、日頃臆病でお人好しの為公が、人間がすっかり変わったような気がした。為公には、本当に学生の幽霊が憑り移って、大胆に喋らせるのだと信じたものもあった。

三

海象は密かに、学生の所持品を調べて見ると、海水に浸った手紙を乾したのが、二通あるだけだった。彼は、その上封を見ただけで呻き声を洩らしながら懐中へ捻じ込むと、そこを蹌めき出たが、雑具室でしばらく考えているうちに、チェッと舌打ちをして、ウヌと低く吼えた。と、傷ついた猛獣のように体を起こし、船具に衝つかりながら駈け出したが、薄暗い床を突っ切る途中、無電室の前ではっと立ち停まった。煌々と輝く灯下に、梁田事務長が、凄まじい形相をして突っ立っているのが、瞬間、眼の中へ飛び込んできた。

そばを見ると無電の盤面が、鉄槌か何かで打ち下ろしたように破壊されてあった。海象は、梁田事務長が、無言で突き付けた受信紙をぱくりと引っ奪った。

不意に船長と船医とが入ってきた。続いて雑夫長も姿を現したが、本船の南下問題でこの間から無言の闘争を続けてきた彼らは、互いに何気ない顔付きをしていた。が、対手（あいて）の虚を衝（つ）こうとする気配は、どっちにも閃いていた。海象は梁田がしたように、船長へ受信紙を黙って突き付けた。

それは無電の文句ではなく峰岸技師の遺書で、宛名は誰ともしてなかったが、自己の職責を痛感して自決するという意味が、簡単に認（したた）めてあった。峰岸の過失というのは何か、そして、どんな通信が入ったのか。

船長は眉を顰（しか）めながら、破壊された無電台の辺りから、卓子（テーブル）の下、椅子まで取り除けて室中（へやじゅう）を捜して見たが、それらしい証跡も、それから受信したものは、紙片（かみきれ）の端にも残されてはいなかった。梁田のいうところによると、彼は偶然やってきただけで、誰もいなかったが、峰岸はきっと発狂したに違いないと言った。

「峰岸が発狂したと、どうして判るんだ」

海象はそばからきめつけた。

「そうだろう。発狂でもしなきゃ、峰岸が自殺をする理由はどこにもないからね」

梁田は、ぐっと見返して言った。が、右の指の間から血が滲み出た痕がある。彼は初めて気が付いたというように、手巾（ハンケチ）を取り出して抑えたが、海象が咎めるような眼差（まなざ）しで訊くと、床に棄ててあった血塗（ちまみ）れの綱通錐（マリンスパイク）を取り上げた時、指に傷をしたと梁田は取り済ました口吻（くちぶり）で言った。

「何故打っ棄（ちゃ）っておかないんだ。現状維持ということは大切なんだから、そしてその、凶器じゃない綱通錐はどこへやったのかね」

船長はそう言って周囲の顔を見回した。

「海へ抛(な)げ込んできましたよ」

「そして、またここへ戻ってきた？　梁田君気は確かかね、それが本当だとすれば君は馬鹿か気狂(きちが)いだよ」

船長は梁田の肩を捉えて強く揺すぶり、船医に向かって言った。

「鎮静剤をやってくれんか、ひどく興奮しているからね、しかし断っとくが、薬が利き過ぎんように頼む」

その後で海象は、船長に向かって、峰岸殺しの犯人として、梁田の審(さば)きを徹底的につけるように迫ったが、船長はあっさり一蹴した。

「僕は、無電が破壊された一事が、この事件の焦点だと考えるんだが、それほど大切な電文なら、監視船の方へも入るから、いずれ一両日中に真相は判るがね」

船長の面に勝ち誇った笑みが輝(ひか)っていた。

翌朝、この北星丸に新たな事件が展開された。昨夜、興奮したまま船室へ退いた梁田事務長は、今朝は寝台に冷たくなって横たわっていた。扉(ドア)には内側から鍵が固く下りていて、外部から誰も入った形跡は見られなかった。梁田の死因は何か？　船医はモルヒネの中毒死と診断したが、昨夜少量の薬用ポートワインを与えたのみで、そのカップはそのまま、枕元の小卓(テーブル)の上に紅(あか)い雫を残して置かれてあった。屍体の右指の繃帯を解いて見ると、血がすっかり乾いて、傷痕はどこにもなかった。が、左の上膊部（じょうはくぶ）に注射の痕がある。

海象は毒々しい眼つきで詰（なじ）った。

「梁田はモルヒネでやられたんだろう。だからよ、医者がモルヒネを有（も）っていなくて、何奴（どいつ）が有ってるんだ」

医師はただ途方にくれた。

船長は機関士や水夫長を指揮して、船内を捜査した結果、石炭庫の中から血塗れの綱通錐を発見した。

午後三時頃、水葬用の新しい麻袋が用意された。水夫長が先に立って梁田の屍体をその中へ納めて、型のように船長以下全員が悼礼（とうれい）を済ますと、やがて第一号発動機船へ移されて、水夫長と舵手（だしゅ）と、三人の漁夫とが乗り込んだ。北東へ針路をとった木の葉のような船影は見るまに遠退いて行った。

甲板の上には船長と機関士と医師とが並んでいつまでも見送っていた。海象と雑夫長とは船尾の方で、何か頻りに密談に耽っていたが、海象は深い吐息をしながら、眉を顰めて、発動機船とは反対の方を凝視（みつめ）ていた。

その夕方、蟹漁に出た八艘の川崎船が全部本船へ引き揚げたが、遅くとも二時間後に帰るはずの第一号発動機船は、夜が明けても帰らなかった。甲板の上は、朝の空気が薄ら寒く澄んで、波濤の凪（な）いだ海原には瑠璃色の靄がかかっていた。いつのまにか舷梯（タラップ）が下ろされて、第二号発動機船から響く機関のどよめきが、波瀾（なみま）を劃（は）ってこっちへ反響してくる。

為公（ためこう）は、海象に言い咐（つか）って、メリケン袋に入ったものや、細長い樽詰めや罐や箱などを、船室から幾回ともなく発動機船へ搬（はこ）んだ。

海象の配下が数人、手に手に食糧品の包みを提げて乗り込んだ。

最後に甲板へ現れた海象の姿を見ると、船長を先頭に、機関士と医師とが船橋（ブリッジ）から降りてきた。

「どこへ往（ゆ）くんだ」

船長が重々しい口吻（くちぶり）でなじると、海象は、嚙みつくように歯を剝いた。

「止（よ）せやい、船長面（づら）あすんない。船を動かすだけの役目で会社から月給をもらってんだろう。俺はよ、この俺はな、十五年以来北星漁業会社の現業地代表の監督様なんだ」

海象は胸を突き出して喚くと、船長をぐんぐん船橋の下へ追い捲くって、機関士と医師へ向かって拳固を振って見せた。

「此奴（こいつ）ら、俺が、何か泥棒こくとでも思ってやあがら。おい、オゼルナイに北星漁業の借地漁区のあるのを識らねえか。無電は叩（たた）っ壊されるし、発動機船が帰らねえんで本船が動かねえから、俺あこれからオゼルナイの常務とこへ、引き揚げの打ち合わせに行ってくるんだ。手前（てめえ）ら、人間の皮あ被って、口が横に裂けてたら御苦労様と一言でもいいくされ」

海象は思うさま毒づいて、舷梯（タラップ）を降りて発動機船へ乗り移ると、引き違いに、雑夫長が咳払いをしながら甲板へ上がってきた。

四

霧がやや霽(は)れて、右手の岬の端が見えてきた。山陰(やまかげ)の海岸線は、かなりの絶壁らしく、山の相(すがた)や地勢の工合で、そこが勘察加(カムチャツカ)の東海岸なことは為公(ためこう)にも首肯(うなず)けた。

北星丸を離れてから、少なくとも数時間は経っていた。海象(かいぞう)は濃霧を避けるために一時上陸すると言ったが、その辺は茫漠たる無人境だった。海象とその配下は、岩陰に円陣を造って鯣(するめ)を噛(かじ)りながらウイスキイを呷(あお)った。

為公は甲斐甲斐しく立ち回って、岬の陰へつけた発動機船から食料品や酒類を搬(はこ)んできた。

「おいッ、為衆、一杯飲めったら……」

海象は、赤く筋ばった眼をぎらぎらさせて、岩の陰から声をかけた。続けざまに呼ばれると為公は肉厚い頬を妙に含羞(はにか)ませて、やっと岩の内側へ匐(は)い込んだ。

「ウオッカ？　なんて気が利いてるんだ」

海象はその瓶を見て眼を細くした。

ニッケルの杯で受けると、強烈な酒の臭いが鼻端へきゅッときた。彼は舌を竦(すく)めて、唇からすぐ喉へぶっつけるようにして呷った。そしてフウフウと熱い息をついた。

「酒はウオッカに限る。おい為衆、これからお前(めえ)を、うんと可愛がってやるぜ。俺(おい)ら、北星丸から有り金残らず掻っ浚ってきたんだ。あんないけ吝(しみ)ったれな会社なんかこっちからお払い箱だ。これから大仕事やらかすんだ。為衆、いい処(とこ)さ伴(つ)れてゆくしけ、うんと働けよ。後から雑夫長もやってくらあ、おい遠慮すんない」

為公は口の端へもってきた杯を手で抑えた。

「おら、酒、飲めねえや」

海象は酔眼を瞠(みは)って凝乎(じっ)と見据えていたが、

「おい為衆、お前、俺のしたことを見てたな。いや、確かに見てたに違(ちげ)えねえ、おい、判然(はっきり)いえよ、あの晩のことだ」

為公は海象に脅かされて、おどおどしながら言った。

「監督さん、お前が、あの無電技師と口争(いさかい)してたのを、おら、すっかり聴いてたんだ。海へぶん流した学生てのが、実は社長の伜(せがれ)と聞いて、おらも胆消(たまげ)たさ。だから社長からかかってきた無電がお前の致命傷(いのちとり)だったんだな」

海象は、チェッと舌打ちした。

「ところが、峰岸が色眼鏡を除(と)ると、学生と瓜二つで、工場の窓へ顔を映して俺たちを脅かしたのも彼奴(あいつ)だし、彼奴はお前の弱味につけ込んで、学生の身代わりになってやろうと脅かしたっけ。雑夫に化けて、学生に汽罐(かま)の湯を飲ませたのも彼奴よ。彼奴は学生と従兄弟(いとこ)だってな。けんども乱暴者のお前にや敵(かな)わねえ。綱通錐(マリンスパイク)でいきなり無茶苦茶に突き刺して、それから無電台を金槌で叩っ壊したのを、おら見てたんだぜ。それから屍骸を海へ抛げ込む隙がねえもんだから、昔、漁夫(ヤンシウ)を叩っこんだドブ穴へ蹴込んだろう」

海象は、妙に唇をひん歪(ま)げて瞳(め)を据えたが、

「為公、俺あ、お前の面(つら)にどっか見覚えがあるんだが、どうしても思い出せねえ」

「監督さん、この面あよく見直せったら。おら馬鹿為ッて名でねえんだど。十五年前の蟹場よ、陸(おか)に蟹工場があった時分……」

為公は切なそうな哭(な)き声で愬(うった)えるように言った。

不意を衝(つ)かれて海象の顔面神経がぴくりと痙攣(ひきつ)った。その鋭い凝視の底に何か疾(はし)るものがあった。

× × ×

極地の海には九月の中頃から、早くも吹雪が襲来した。その年は豊漁に次ぐ豊漁で、現業地監督の計らいで、引揚げ期を一ケ月先へもってゆかれた。そして、霧を孕んだ塩のような粉雪が吹き迷う十月半ば、いよいよ引き揚げとなって、三百名余の漁夫のうちで、六十余名だけが、多量の生産品と引き替えに残されてしまった。

半歳の死闘を了(お)わって、矢のような帰心に馳(か)られた漁夫たちが、これから先、更に七ケ月間酷烈な寒気と風雪と饑餓と闘って、かつて前例のない極地に越年するのは、戦慄そのものであった。その一方に、会社側への阿諛(あゆ)と、一足跳(そくと)びの栄進と、私利私慾のため、この惨劇を画策した監督側にも深い考慮が繞(めぐ)らされた。

こうして生産品と引き替えに抛棄された人命惨劇の幕はここに切って落とされた。監督

は、早くも数人の同類と一緒に、別棟の番屋へ引き移っていた。

漁夫たちは小量のメリケン粉しか与えられず、二ケ月後には、その中の幾人かが、早くも壊血病の病状を呈してきた。蟹工場の石炭庫には、まだ幾分の石炭屑があったけれども、まだ雪が疎らな時分、貯えてあった流木の薪木は目立って減って行った。そして、彼らの上に、飢えはいよいよ残忍な牙歯を剝き出してきた。近くの部落へ救いを求めるには、五百露里の道程があった。冬の初期には、そこまでゆけば無線電信所があって、本社との通信ができたが、天候の晴れ間を見て、それも犬橇で七日の行程なのだ。が、その中の果敢な漁夫が数人、徒歩の救援隊を編成する説をもち出した。そこまで行けば仮令通信はできなくとも、食料品にはありつけるのだ。

監督が、いつになく賛成した。けれども荒天と吹雪とを冒して出発した漁夫たちは、再び帰ることはなかった。

その後から捜索隊が幾組となく続いた。が、彼らもやはり帰らなかった。捜索隊も行き倒れだ。いや、後から追っ駈けて銃殺したんだ。喰う奴が一人でも減るように。漁夫たちは密かに私語き交わした。彼らの中には、夫婦共稼ぎの妻帯者が数組ほど混じっていたが、凛烈な寒気と飢えは虚弱な彼女たちの生存を宥さなかった。

身も心も凍てつく吹雪の夜、飢えと寒さに挫がれた漁夫たちは、相次いで逝く彼女たちの死を、ただ、瞶めるより他なかった。

こうして七ケ月後、漁場開きの第一船が訪ねた時、生き残った小数の弱者は、壊血病と凍傷に罹り、孔をかがった襤褸雑巾のように、よれよれにされた生命の糸を、わずかに繋ぎ止めているのみであった。そして弱者の生命を喰い尽くした人鬼は、死屍の上に匐い残った死虱のように、丸々と脂肪肥りに肥えていた。

×　×　×

「あの時、捜索隊の三人までお前の鉄砲に撃たれて、翌日、おら一人帰って見ると嬶が飢死に死んでいたが、お前は、おらが帰ってきた褒美に、この面さ沸湯をぶっかけたっけな。おまけに、あの時、生き残った連中に、会社からくれた特別手当ても、旅費も、おれたちの手には一銭も入らなかった」

為公は涕りあげてそう言った。

「ふん、どこかで見た奴だと思ったが、そういえばあの時、醤油で煮しめたみてえな古褌で、頭から繃帯してたデクの棒あ、お前だったなあ……」

海象は感慨深そうに言って嘲笑った。が、ふと怖ろしいものが眼先を掠めた。復讐！

「為公、手前、俺に因縁を喰っ付けようてんだな。復讐だ」

「復讐？」

為公は、きょとんとした顔付きで、口移しに呟いたが、海象は、ふと、身内にただならぬものを感じた。それは胸の奥から疼きあがってくる、全身が痺れるような異状な痛みだ。

「ウヌ、俺に毒を嚥ましやあがったな」

海象は眼を剝いて立ち上がったが、すぐ尻餅をついた。彼は、頭の中へ熱湯を熔かし込まれたように、両手で抑えつけたが、くらくらと眩暈がした。そして、臓器を剔られて口から抽出されそうに、のたうち回った。

為公は、海象の激しい形相に衝たれてピョンピョンと後退りした。が、怖いもの見たさに少しずつ戻ってきた。為公はふと憶い出した。

「もし、ひょっとしたら、あのアルコール中毒の、事務長の室から下げてきたウオッカに何か薬が入ってたかも知んねえな」

「な、なんだって、こん畜生ッ」

海象は土気色に変わった唇で喚いた。

「宥せったら、おら、識らねえんだしけ」

海象は、刹那に蔽い被さってくる怖ろしい死の陰影を、払い退けるような手つきをしながら、無茶苦茶に咽喉を胸を掻き毟った。そして、磐石のように硬化してゆく体を躍起と揮いたて、片膝を突いたが、がっくりと砂地へ崩れた。

「畜生め、騙りめ、人殺しッ……」

刹那、怖ろしい死力が、もう一度跳ねかえって倒れた。そして、喉元がひくひくと顫えて、痙攣った拳がそのまま動かなくなった。

為公は怖々見ていたが、

「怖かねえこった。悪いこたあできねえな、お前が殺したり苦しめたりした奴らあ、おらの手を藉りてお前に復讐をしたんだど。だけど俺、毒なんど入れた覚えはまるでねえど……天罰だ、天罰だ！」

五

岬を越した巨濤（おおなみ）が、ざっと高い飛沫（しぶき）をあげて退いた後から、すぐ盛り返してきた。

為公（ためこう）は岬の岩上から沖の方を見ると、発動機船は海鳥よりも微かだった。配下の者たちは雑夫長の肚へ入って、海象（かいぞう）を裏切ったのである。（反（そむ）くものは反かれる）為公は、いつか利尻の漁場で、理窟っぽい書生ッぽから聞き噛（かじ）った言葉をひょいと憶い出して、脚下の醜い屍骸を見下ろした。こいつは豪勢な悪党のくせに、自分と同じに独りぽっちであったということが、堪らなく憐れまれてきた。

「それから、このおれは、おれは……」

為公は、ただひた走りに駛（はし）った。

× × ×

勘察加（カムチャツカ）半島の最南端、ロバトカ岬から十浬（カイリ）の海峡を距（へだ）てて対峙した占守島（しむしゅとう）と、幌筵島（ほろむしろとう）の北方に阿頼度島（あらいとう）がある。更にそこから約三十浬の西方に、海の黄金郷のあることはほとんど知られていない。

先頃、ロシアの探検家たちが失敗に終わったほどで、その辺は霧が深くて、航路も開けず、難路中の難路で、まだその正体を見究めた者がないので、幽霊島とも称（よ）ばれていた。

八月の終わりに一二日、からりとした晴天を見るけれど、それはやがてくる時化(しけ)が予想される。が、その先にわずかな霽(は)れ間がある。雪白の冠を戴いた頂上の秀峰が、清澄な海気の中に、浮き島のようにくっきりと浮き上がって見えるのは、その一瞬である。

勘察加の曠野を山越しに、西海岸へ彷徨(さまよ)い出た為公は、大規模の工場や漁場のある地点で、ロシアの官憲に追われて、命からがら短艇でオホーツクの海へ漕ぎ出した記憶はあったが、奇蹟的に、その島へどうして漂流したのか、彼自身さっぱり覚えがなかった。

為公が気がついた時、あの麻袋へ死骸となって入れられた梁田事務長も、水夫も舵手も漁夫たちも、彼を取り巻いて、仲間が一人殖えたといって笑っていた。

梁田はかねて、この海の黄金郷の探検を目指していたが、海象に先を越されぬ先に、自分がアルコール中毒者なのを幸い、同志の者と相談して、自らモルヒネを注射して屍体を装い、発動機船で北星丸を逃げ出したが、この無人島へきてから、お蔭でアル中が全快したと欣(よろこ)んでいた。海象が無電技師を殺した際、慌てて凶器の綱通錐(マリンスパイク)を現場へ残したのを、偶然発見した梁田は、面白半分に石炭庫へ棄ててきて、海象を暗に脅すために、現場へ引っ返してきたのであった。

「やあ、珍客が見えた」

為公は、はっとして振り返って見ると、あの学生が立っていた。為公は、ただ、唇をぱくぱくさせた。そして今迄自分の周囲にあった歓びも悲しみも瞋(いか)りも悔いも、堰を切ったように判然と蘇生(よみがえ)ってきて声をたてて哭(な)いた。為公はおろおろ声で、海象のことを口走る

と、彼は手で制めて、

「それは言わない方がいい。悪い奴はどこかで、何らかの形式で、誰かにきっと制裁をうける。現に僕の親父がそれで、あの海象のやつを十五年も信用して、その報いは現在我が子の僕が、目のあたりに受けた。その社長の伜は、海象があんな風に罰しられてもいいと思うよ。僕が始終いった刑罰の意味が、これで為さんにも解るね。お蔭で君たちの苦しい生活も体験したし、昔のことだとばかり思っていた勘察加の人鬼って奴の正体も見究めたが、生憎僕が水泳の選手だったので、綱をすり抜けて陸地へ逃げてしまった。

あれから三日目、濃霧を避けに船を寄せた梁田君たちに救われたが、そこで梁田君といろいろと科学的推理をたてて、濃霧を冒し、難航を続けてきたら、旨く的中してね。これで親父に無断で、海の黄金郷の探検に来て難破した僕の面目も立つわけだし、しかもこの仕事は僕の親父とは何の関わりもなく、働いた者には、誰にも頒け前がいくんだよ。為さんも働いてくれるね」

為公は、彼の脚下に俯して哭いていた。（俺は独りぽっちじゃなくって仲間がある、頼もしい仲間がある。さア、これから命がけで働くんだぞ）と、為公は自分へそういい聴かせた。

海岸線から数哩、山路へさしかかると、為公は、仲間のやっている仕事がはじめて判ってきた。それは本当に海の黄金郷ともいうべきで、一方の河口から溯るおびただしい紅鱒の群れは、河水を紅の一色に彩めていた。

為公はこうした光景を、昔、択捉(エトロフ)のウルムベツの河上や、勘察加のオゼルナイの河上、カム河の上流で見たことがあったが、今の世智辛い世に、こんな素晴らしい処があるのかと、われを忘れて見惚(みと)れた。

漁獲の準備工作は成った。今はただ、産卵を了(お)わって、河の両岸へ打ち揚げられる獲物を俟(ま)つばかりである。

海から河へ――更に上流の湖水へ溯ってくる紅鱒の群れは、頭の一点に青味をおびた緋鯉のよう。幾千万尾ともしれぬ水音は、木の葉が水に揉まれるように、水面を渡って山の斜面に反響する。

そこに必死の溯行(そこう)が続けられるのだ。

水は深く、清らかに澄んでいた。低い匐松(はいまつ)の被さった岸根の辺りが泡立ち渦巻いて、清冽(せいれつ)な地下水が滾々(こんこん)と湧き立ち溢れ、匐(は)い拡がってゆく小波(さざなみ)の環(わ)は、ぴちぴちと跳ね狂う紅の魚紋に掻き擾(みだ)され、そこに生殖の荘厳さと、生物的摂理の微妙さが窺われるのであった。

黄昏(たそがれ)の迫った湖水の面(おもて)は、仄かな微光(ひかり)に揺れて薄紅色に映え、徐々に暗紫色(あんししょく)の陰影(かげ)を曳いて、やがて漆黒の神秘が匐(は)い寄ってくる。

旅行蜘蛛

動乱支那の民心を糾合して一致抗日救国へ――澎湃として涌き起こった中国失地回復の叫びは、しかし頭上に振りかざした旗旌とはおよそ反対の方向に作用して、事変の裏面に躍る英支貿易を促進し、南支開発援助を名とする英の対支借款を具体化させて、その結果は英の一気呵成的勢力侵出となって顕れた。

まず雲南緬甸ルートの前哨たる南支黔滇鉄道起工（貴州雲南間）、貴陽航空公司の急設と相次いで、更に南遣部隊の侵出となり、諸種の軍事施設は急速な発展を遂げ、英支関係は画期的飛躍を見るに至った。

その作源地である貴陽（貴州省の首都）の地方軍閥、貴陽都督鄭蔡普の潜勢力は、これによって頓に南方庁の甝政権を圧するの慨を示した。

けれども老獪英の深慮遠謀的画策は、これより前甝坧坵の独裁政権に対して、いわゆる反甝戦を企てて失敗した鄭蔡普を誘って、抗日戦線拡充のスローガンの下に、この両雄を妥協提携へまで転回させたのである。

しかし、ここに宿命支那の為政者、甝坧坵にとっての一大杞憂は、先年西走した赤狼共産軍の分子が新匪首黄章英を戴き、四川、貴州、雲南辺境の山地に拠って匪兵五十万を擁し、今や機熟して蜂起の気勢を揚げつつあることであった。

嘗(かつ)て、剿匪(そうひ)は抗日より難しと嘆じた※［＃「虚＋甘」］の恐匪癖は、彼を駆って、英支借款の調印かたがた剿匪工作督励のため急遽貴陽へ飛来させるに至った。ところが※［＃「虚＋甘」］は調印の済む前に意外な事変に遭遇したのである。それは※［＃「虚＋甘」］が昨年西安において張朔朗(ちょうさくろう)の非常政策(クーデター)によって死命を制せられたその再演に他ならぬのだ。

その際※［＃「虚＋甘」］が張朔朗に余儀なく書かされた血書を繞(めぐ)って、これを手に入れて※［＃「虚＋甘」］の弱味を摑もうとする虎視眈々(こしたんたん)の英、老獪な鄭蔡普とその一味赤狼軍等、数々の魔手は入り乱れたのである。※［＃「虚＋甘」］は果たしてこの第二の危機を脱し得たかどうか。而(しか)して血書は誰の手に？

一、白蛉(バイリン)禍

英人医師アーノルド・スミスが、支那奥地の奇病カラザール病白蛉(バイリン)を研究のため、この貴陽自然科学研究所の病理科へ招聘されてから、まだ間もなかったが、研究は着々と捗(はかど)っていたので、その朝も彼はもう研究所へ顔をだしていた。

そこへ貴州南遣部隊特務隊付き武官オリヴァ中尉から急遽来訪すると電話があったので、彼はすぐ医局の方へ引っ返してきた。控室を覗くと香港(ホンコン)タイムスの特派記者ジム・ウィルスンが控えていた。※［＃「虚＋甘」］坧坵(かんせききゅう)との会見記(インタビユウ)を取りにきたウィルスンは、オリヴァ中尉と打ち合わせて待っていたのである。まもなく、オリヴァ中尉が平服姿で慌ただしくやってきた。

中尉は性急に二人を促して、長身を自動車の中へ戻した。小男のウィルスンが真ん中へ挟まり、右にはスミスが納まった。

朝の薄陽を背へ浴びた自動車は、市街の彼方に薄藍色の靄のように暈けた雲霧山蒐して駛りだした。

ウィルスンが、発する矢継ぎ早の質問に、オリヴァ中尉は言葉少なに答えた。

「実は劂珩垢は危篤なんだ、それがひどく神秘的でね。東洋的な神とか仏とかいう問題になると、我々は一向門外漢だから、結局その方に幾らか精しいスミス君を引っ張り出すことになったんだ」

中尉としても、つい先刻、貴陽都督の鄭蔡普の秘書から急報を受けただけで、果たして劂が危篤かどうか、現場へ行って見なければ判らなかったが、彼らの手に負えぬ難問がいよいよこっちへ振り替えられたことだけは確からしい。

劂は政務秘書の趙司龍を伴って、南京から飛来すると、ひとまず都督官邸へ納まったのだが、中尉はその時劂に面会したきりであった。

その翌日、黔滇鉄道（貴州雲南間）の現状を見た上で、上司との間に借款調印を済ます予定であったが、どうしたのか、その朝劂はそれっきり雲霧山の至誠廟へ閉じ籠もってしまったのである。それを聞くと、ウィルスンは口を挟んだ。

「劂の目的は無論、調印などは第二義で、黄章英討伐の援軍を鄭へ求めるのが主眼だったのでしょう……」

中尉は重々しく首肯いて、

「これは、いかにも重厚な支那式儀礼で、我々白人の想像もつかないことだが、甝が先年北伐の途中、殷成山の故郷へ立ち寄って殷の亡父の墓参をし、紅軍（こうぐん）討伐の援軍を求めたあの術（て）と同じらしい。が、甝の狡策に乗ってみすみす失地の愚を招くような鄭ではない。いや今度の異変は、甝が去年西安で長朔朗（ちょうさくろう）の非常政策（クーデター）で死命を制せられたあの再演なんだ。甝が気でも狂っていない限り、至誠廟へ閉じ籠もって道教式修法なんかやるはずがないじゃないか」

「すると鄭蔡普が甝を監禁したと見るのが至当ですね」

ウィルスンは中尉の言葉を忙（せわ）しくノートしながら乗り出してきた。

「うむ、見たまえ、支那では文明が到る処で破産の厄に遭っている。人質と賠償の国だ。匪賊の巨魁もそれをやれば、木っ葉匪賊もやる。強いものだけが正義なんだ。誰が真の強者であるかは、機微を捉える巧拙で決まるのだから、蟻が甲虫（かぶとむし）を拉（らっ）し去ったところで、あえて不思議ではない。ただ、対手（あいて）が大物なだけだ」

「すると、蟻が甲虫に、いや鄭が甝に要求するものは、そもそも何です？」

「それは、去年甝拓垣と張朔朗との間に取り交わした血書なんだ」

自動車は、工事中の軍用開鑿（かいさく）道路を、南支黔滇鉄道特許局殷份（いんぷん）公司（英支合弁の株式会社）の、厖大な建築場に沿って駛っていた。難工事を重ねたこの黔滇鉄道が、完成するのも、さほど遠い将来ではない。それを最期の救命線のように心得ていた老獪甝は、自ら今危篤線上をさまよっている。

ふと中尉の眼を射たのは、沿道の土民らがこっちへ向かって拳を打ち振り、眼を瞋らし、或いは嘲侮の意を示して、何か罵り喚いている光景だった。彼らは自動車の過ぎ去った後から、白蛉禍、白蛉禍と口々に浴びせかけたが、車が方向を変えると逸早く逃げ散ってしまった。

ウィルスンは、眼鏡の奥から憤慨の瞳を射返していたが、中尉はその肩を叩いて得意の弁舌を弄した。

「君、中国拒毒会会長の羅運炎博士が言った言葉を識ってるかね。支那を地獄苦へ陥れた永劫の仇敵に対して、彼らはただその動物的嗅覚から吼えたてているのだ。気にすることはないよ」

遥かに望んだ苗嶺の山脈は刻々に山容を変えて行く。山路へ差し蒐ると熱さが増し、緑の影は濃く深まり、屈曲した岨道は狭められ、やがて山峡の行き止まりで自動車は停まった。ここに最近、匪のために急設したらしい督軍の屯所がある。先刻から待ちあぐんでいたらしい鄭の秘書陳茹好が一行を迎えた。

中尉は、手に負えぬ難問をこっちへ振り替えた鄭の走狗へ、冷たい一瞥をくれただけで、そこから衛兵の案内で至誠廟へと向かった。

二、怪夷飛頭獠

至誠廟は石造で二重の簷があって、正面の古びた幔幕の中に木彫りの道教の神が祀ってあり、右方の石室には十能閻王と称する十体の閻魔王が並んでいるが、何故か笏を持った方の手がことごとく捥ぎ奪られている。幔幕を回らした偶像の後方に石壁の通路があって、一画に一つずつ、石格子の入ったハート形の窓がある。

左方の石室には石扉の側に黒檀の印度風な低い寝台が置かれてある。ここは陽光を遮る偶像がないために比較的明るくて、それにハート形の窓には石格子が取り払われた痕がある。

そこから斜めに射す陽光が、こっちの寝台の脚の辺から冷たい石の床へ落ちている。その仄かな光線は更に寝台の白布に反映し、そこに横たわっている戡坧圻の半面をまるで彫像のように浮き上がらせている。戡がこの至誠廟に閉じ籠もってから今日で十一日目、そして幾時間か前から、硬直した冷骸を横たえていたのである。

戡の枕辺にある絨毯には、紙馬（祈禱に焚くお札）、香、燭の類が供えられ、その上へ拡げた梵字金経の裏に、偸天換口、追魂摂魄等の呪語が香の灰で書かれ、更にその上を薄く乱れた筆蹟が幾通りにも縦横に走っている。透かして見ると「我称戡将軍」となった。

オリヴァ中尉はスミスの訳をじッと聴いていたが、そこへきた陳茹好を捉えて、戡に

どんな念願があったかを訊くと、陳（ちん）はひどく慌てて、

「どうしてそれを私などが識っていましょう。元来（もともと）苦行的修法は、どんなことがあっても他人には理由を洩らさぬのが原則なのです。せめて瑤（よう）夫人でもいられたなら、無理にも中止して頂くものをと、鄭（てい）都督も頻りにおっしゃっていられたほどで……」

陳は吐息を洩らし、甝の護衛に衝（あた）った兵たちを呼び入れ、異変の顚末を彼らの口から述べさせた。

甝の死が発見されたのは今朝の七時のことであるが、まず昨夜の衛兵が言うには……。

「私は夕刻七時頃浄水を差し上げましたが、その折御子息が突然見えられました」

「えッ、モスクワ留学中の甝冀生（かんきせい）殿が？」

陳が驚いて訊き返すと、兵は悪いことでもしたようにおずおずして、

「はい、甝将軍は無言の行の最中だったのでしょうか、冀生（きせい）殿の激昂した声だけしか聴こえませんでした。『お父様がそんな莫迦げた苦行なんかしているうちに、黄章英（こうしょうえい）を首魁とする五十万の赤狼（せきろう）軍は、雲南の塩興（えんこう）を中心として大半月形を描き、遠く緬甸（ビルマ）の辺境まで脅かしております。黄章英は貴方を人民裁判に付すると揚言しているが、彼は赤色（せきしょく）指導委員たる僕にすら会ってくれません。貴方が御返事なさらなければ僕は適宜の所置を取ります』冀生殿はそう叫ぶと狂人のように飛び出してゆきました」

続いて、次の兵が呼ばれた。

「私の巡視は深夜の二時でした。不意に廟の裏手から、ドカンと凄まじい音響が起こり、

同時に白昼のような怪光がぱっと光ったのです」

すかさずスミスが口を挿んだ。

「その時、君はどっちから振り返ったか……」

「右の方からでした。私はすぐあの黄葛樹の下へ行ってこんな風に谿谷を窺いました」

彼は黄葛樹の下へ走り、廟の裏側を指して、

「すると、あの寝台へ向かった窓の下から瞳のない化物の頭が、ふわふわと人魂のように飛び出してきました。紛れもなく飛頭獠です。彼奴は蛇や野鼠を好んで喰い、人間の生き血を吸う奴です。将軍の生き血を吸ったのも彼奴に違いありません。私は魚の切れ端でもあったら抛げ付けてやろうと思ったんですが、代わりに小礫を抛ってやったら、彼奴の頭はあの廟の巌下の間鏬にある胴っ腹へ納まってしまいました。

「莫迦ッ、貴様は寝惚けていたんだ」

陳は頭から叱り飛ばした。

スミスは彼らより先に廟へ引っ返し、窓と寝台との間の床へ拡大鏡をあてて検ていたが、薫香の灰と微細な塵と一緒に、黒い昆虫の脚を紙片へ摘み取ってポケットへ納い込んだ。それから、拡大鏡を䖒の薄い頭髪の辺へ翳した。そこには枕の下から床の上へ、肉眼では見えぬほどの薄く細い膜のようなものが垂れていた。

彼が窓の方へゆくとみんなが戻ってきた。スミスは䖒の脈をわずかに検ただけで、死因はヘモグロビンの障礙からきた心臓麻痺で、絶命したのは今朝六時前後、つまり約五時

間前という断定を下した。

そこへ鄭蔡普が、大勢の従者を従えて、肥大な体を網代の轎に揺られてやってきた。鄭は中尉の視線を避けるようにしながら、

「魁将軍にどんな念願があって閉じ籠もられたか識る由もないが、わしの誠意は誰しも認めてくれることと信じる……」

という意味を勿体振った口調で述べた。

遺骸に白布が掛けられ、鄭が香を焚き、オリヴァ中尉の一行が悼礼を了ると、黒綸子の支那服に寛いだ鄭は悠然と葉巻を燻らしながら、中尉を次の閻魔堂へ導いた。偶像の前には数脚の椅子を搬んで席を設けてあった。鄭の不逞な高笑いを背に、ウィルスンはスミスを促して廟の外へ出ると一人年配の兵を招き、幾枚かの銀貨を握らせた。

その兵の話すところによると、魁の体に異状が起こったのは閉じ籠もってから三日目からで、まず咳嗽発作を起こして涙を流し、咽喉を抑えて頸を振る動作が続き、或る時はひどく興奮して狂躁発作を起こしたということであった。

ウィルスンが昨夜窓からとびだした妖怪の話を持ち出すと、スミスは苦笑しながら、

「それは支那の書物にちゃんと記載されている化物です。雲南の山間地方に例の飛頭獠という夷族があるそうです。眼に瞳がなく、頭のまわりに糸のような痕があって、蛇や鼠や蜘蛛などを喰い、夜になれば頭だけ人家へ入って、鶏卵とか小児を取り啖い、生き血を嗜み、魚腥に遭えば、たちまち逃げ出して頭は胴へ納まるとあります。いかにも支那式怪

物ですよ」

「廟の裏手から起こった怪光も化物の一種かね？」

「いや、それはたぶん、科学を識る者の仕業でしょう」

三、瑤夫人

ウィルスンがスミスの指す方を見ると、深い谿谷を距てた彼方に、幽邃な山気に包まれた廟宇が眼についた。こっちの至誠廟よりはやや小高く、距離は約五粁もあろうか、濃やかな樹影に囲まれたその碧瓦は、どこか神秘的だった。

スミスは遽にそこへ行って見るといい出して、一同は先刻通ってきた督軍の屯所のある所まで引き返して、その前を過ぎようとすると、下士官が慌ただしく立ち塞がって引き制めた。

「闞将軍の山籠もり以来、一般民衆の廟詣では固く禁じられております。いいえ、まだ解禁の命令に接しておりません」

仕方がないので、スミスは逸るウィルスンを制して引っ返そうとした。その時、向こうの山峡を出た網代の轎が、岨道に沿うてこっちへやって来るのがちらちらと見えた。

督軍の屯所を無事に通過したのは一体何者だろうか？　期せずして同じ疑問に捉えられて、一同は立ち停まった。

轎はやがて眼下の勾配路へ差し蒐(かか)った。轎からやや垂れ気味に覗いた藍色の裙(チコン)と華奢な靴とが視界を過ぎた途端、

「呀(あ)ッ、瑤(よう)夫人」

とウィルスンが叫んだ。彼らが轎の後を追い、至誠廟へ引っ返して見ると、果たしてそこには鄭蔡普(ていさいふ)との間に劇的場面(シーン)が展開されていて、さすがのウィルスンも瑤夫人へ近寄る隙(すき)がなかった。

「鄭(てい)さん、鼾将軍を閉じ籠めて殺したのは誰ですの、貴方ご存じでしょう。さあ鼾の讐(あだ)を討ってください、今すぐにも」

瑤夫人の言葉は燃えるような怨嗟を罩(こ)め、一言一言鋭い韻(ひびき)を以て逼(せま)ってゆく。

「夫人(おくさん)、そう興奮なさらないで、そして、わしをそう虐(いじ)めないでください。わしは実に辛い立場にあるのだから」

鄭は細い眼を烱(ひか)らしながら、哭(な)き声で言った。

夫人は間に入った中尉に慰められて、悄然と項垂(うなだ)れていたが、やにわに寝台の端へ身を投げかけて嗚咽の声を顫(ふる)わした。そこへ、折も折、衛兵の呶罵を浴びながら背広服の青年が躍り込んできた。

「僕は鼾冀生(かんきせい)です。貴方がたは、僕が父を殺したとでも思ってるらしいが、違います、違います。父を殺した奴は……」

そう叫びながら、狂おしい青年の瞳(め)が、ふと頭を擡(もた)げた瑤夫人の視線とばったり行き合

った。彼は凝乎と夫人を瞶めていたが、それきり唇をひくひく顫わすと、平衡を失ったように蹌踉と石壁へ身を凭せかけ、それから身もだえして、怖いものから遁れるように廟を跳び出し、石階を躓きながら、疾り去った。

「青茅、青茅」

と、意味不可解な呪文のような言葉が、彼の咽喉元から嗄れて叫ばれるのが聞こえて来た。

瑤夫人の眸からは涙がすっかり乾いていた。

「あの方はきっと私が飩を殺したとでも思ってらっしゃるんだわ。いいえ、汪葉恵夫人のお子様ですもの、当然私に好感をもつはずはありませんわ」

「夫人、それは誤解ですよ。第一、貴女は、たった今、見えられたばかりじゃありませんか」

中尉は彼女を労りながら、スミスに代わって質問を発した。それは、飩が日頃から道教を信じていたかどうかという点である。彼女は中尉よりはスミスへ応えるように言った。

「はい、飩も私も、それはそれは夫唱婦随的に道教を信仰しておりましたの。神秘主義だなんて、皆様はきっとそうお嗤い遊ばすでしょう。でも道教とはもともと老荘の学説に後世に到って仏教を加味したもので、どうせ迷信には違いありませんけれど、飩が自分の故郷へきて閉じ籠められているのが判ったものですから……」

「わしは将軍を閉じ籠めはせん」

鄭が進みでて遮ったが、彼女は耳にも入れず、

「夢魂旧に依りて故山に到る。おお神様、それは夢兆ですわ。この廟、この祭壇……」

彼女は更めて周囲の事物に驚異の眼を瞠って、

「夢に、この寝台に横たわった甝の顔が判然と見えましたの。ああ一切有為の法、夢幻泡影のごとしと金剛経にありましたのに……」

と彼女はその場へ哭き伏してしまった。

「しかし南史では巫言夢のごとしといいますが」

鄭が慰撫のつもりで吐いた言葉が、かえって彼女を瞋らしてしまった。彼女はすっかり涙を納めて陳を招き、甝に随いてきた政務秘書の趙司龍を呼ぶように言った。

「おや、南京へ帰って鄭都督の誠意を誤伝したのは、彼ではありませんか」陳は皮肉の意をこめてそういうと、

「いいえ、私は趙に会ってはおりません。私は甝が幽閉された夢兆によって、旅行先の成都から参ったのですから……」

「いや、わしは断じて将軍を閉じ籠めはしない。貴女は往年のことを根にもってらっしゃる」

鄭はほとんど哭き声で、殊に最後の語句は聞き取れないくらい低声で言った。

×

翌朝、ウィルスンは鄭都督を私邸に訪ねてその心境を叩くと、鄭は垂直に垂れた半白の

髯を撫で、脂肪に充ちた肉厚い頬を解いて次のように説明をした。

　甝将軍の死後、誰が天下を取ろうとも、共産党の首魁が国府乗っ取りの陰謀を起こそうとも、また日本軍が南京を占領しようと、百万の赤狼軍（せきろう）が貴雲境を包囲しようとも、自分はあくまでも貴陽都督であることに変わりはない。自分の管内が紊（みだ）されない限り、彼は花卉（かき）を愛（め）で詩を愉しみ、英国製のハバナを燻らし、広東（カントン）製と称する日本のお茶を飲み、紹興（ショウコウ）の老酒（ラオチユウ）に陶酔して徹夜の宴を張る。そして、後房に蓄えた十数名の嬖妾（へきしょう）はいつも美しいのだと気焔をあげて、ウィルスンを煙（けむ）に捲いた。鄭はその後で呆（とぼ）けたように付け加えた。

「甝将軍が逝かれたのは白蛉（バイリン）病だそうな」

「甝が白蛉病？　誰がそんなことを発表したのです？　検屍医は誰です？」

　ウィルスンが屹（きつ）としてつめ寄った時、跫音がして、鄭の侍医の羽王占（うおうせん）が外廊の方から入ってきた。表面（うわべ）は滑らかな鄭都督とは反対に、羽（う）は蛇のような陰険な眼を烱（ひか）らして真っ向から挑みかかってきた。彼の早耳はウィルスンの言葉を聞いていたのである。

「ははあ、貴方はたぶん、あのスミスとかいう若い助手上がりの先生の検案を信じてらっしゃるのでしょう。白蛉（バイリン）とは五月頃発生する一種の毒蠅で、この病に罹（かか）るとチブスのような熱が出て数日中に死亡することは周知の通りですが、内部的には肝（かん）、肺、腎、心臓等を冒され、また皮膚面には湿性壊疽（えそ）が顕れ、その死滅した組織の部分に腐敗菌が繁殖して蛋白脂肪を分解し去り、そこに怖（おそ）るべき伝染性が潜むのです。僕は北平（ペイピン）大学の医科にいた当時から、また北軍の軍隊で軍医をしていた当時も、一時に数千の白蛉の患者を手がけているし、徴候を見れば一目瞭然ですよ。風土的に言っても人種的に言っても我々の方がそうあるべきはずです」

ウィルスンは、高慢な対手(あいて)をただ見据えていた。が羽が今言った病状は黜の死に何ら顕れていないはずだ。それを思い切って言おうとしたが、唇の裡で喰い止めた。羽王占は後方(うしろ)へ何やら言い付けると、美女の手で玻璃窓が開かれ、斑竹(はんちく)の簾(すだれ)が捲き上げられた。

これが南支那(サウスチャイナ)の辺境だろうか？　ウィルスンは眼前に展開された景観に思わず眼を奪われてしまった。宏壮な古王宮のような物々しい建物、塔のように聳え立つ高楼、蓮池に架した丹朱(にしゅ)の橋、絢爛な花園、竹亭を繞(めぐ)る曲水、雅致を添えた茅屋(ぼうおく)を回(めぐ)って芭蕉や椰子などが緑滴るばかりに茂り、それらの枯淡な或いは濃彩な支那趣味は棄てがたいものがあった。

ウィルスンは、身辺に逼(せま)る咽(むせ)ぶような香気に誘われて外廊へ出て見ると、庭苑の到る処一面は、幾百種ともしれぬ香りの高い蘭花に埋められていた。その香気はどこか高雅な女性を想わせた。彼はふと瑤夫人を想い出した。彼女は彼方の高楼、双竜閣に逗留しているはずだから。

ウィルスンは、ズーンと鼻梁(はな)から脳髄を貫くような香気に衝(う)たれて、不知不識(しらずしらず)全身に阿(ア)片(ヘン)的麻痺が襲って来るように思った。何時(いつ)の間にか羽王占が後ろに寄り沿うて来た。

「いかがでしょう。この高貴な匂いの交響楽(シンフォニー)は。これはただ匂いばかりの芸術ではなくて、生理的にも医療的にも非常な効果があるのですよ。昔アテネの都が、外はスパルタ軍の襲撃を受け、城内は流行病の猖獗(しょうけつ)で滅亡を俟(ま)つばかりとなった時、医聖ヒポクラテスが、市街の到る処に香料を焚かせ、芳香を放つ花束を戸ごとに掲げさせて抗毒剤とした例があります。そこで、僕は都督に進言して、おびただしい蘭花で苑を埋めて、貴州一帯に蔓る白蛉病の調伏に備えたのです」

この時、鄭がお茶を奨めたので、ウィルスンは香気に痺れた体を、蹌踉と室内へ運び入れたが、彼は椅子に凭れたまま爪先から全身の力が消失してゆきそうな気がして、ただ茫然たる有り様だった。

四、都督邸の異変

ウィルスンが、半意識状態に復って初めて気がついて見ると、身はスミスの実験室に横たえられていた。スミスは彼の囈言に耳を傾けていたらしいが、常態に復ったのを見て笑いながら言った。

「とうとうやられたね。羽王占が君のそばに立った時、奴は手に手巾を持っていたはずです。仕掛けはそれで、小さな硝子玉の頭をポキリと切ると、手の温みで、中から塩化エチールが噴き出してくる。その時、羽は横を向いていたでしょう。すると背から鄭の声がかかって室内へ入る。少しの麻痺はくるが一二分で醒める。この時分既にスコポラミンの注射を受けていたはずで、これは独逸ライプチヒで発明された一種の麻痺剤だが、他の麻痺剤は死人同様になるのに反して、これは朦朧意識の裡に種々の行動をしても、後に記憶が残らないのが特徴です。彼らは責符付きで放免したのですよ、スパイを働かすために……」

ウィルスンはその説明を聞くと、驚愕のあまり跳び上がった。それをスミスは制して、

「いや、大丈夫、彼らの計画は失敗です。君を放免するのが三分ほど早かったから。ここへ駈け込んだ時、最初に口走った言葉を憶い出せますか」

「さっぱり判らない」

「すると、もう一度、朦朧状態に陥るでしょう。時間的に効果の顕れる薬剤を服まされたのです。だから解毒剤は適宜の時刻が来なければ危険です。それから、僕の仕事を手伝ってくれますね」

ウィルスンは無論同意した。まだ時間が早かったので、そばの顕微鏡を覗くと、思わず呀ッと声をたてた。その昆虫の脚には黄と黒の斑点があって、針のような褐色の毛が生えている。

「これは白蛉ですか……」

「いや、蜘蛛の脚ですよ」

スミスは、それを𣠽の寝台の付近から拾い取ったのだが、そのそばの容器に入れた微細な塵の中に肉眼では見えぬほどの薄い硝子屑が混じっていた。スミスはそれを押しやって、藪蚊のような白蛉の容器を示した。その後でウィルスンは憶い出したように言った。

「諜報部の話では、瑤夫人は二人の侍女を伴れてきたが、ここへ着いた時、非常な美青

年が彼女を跟(つ)けてたそうだ」

スミスはただ、首肯くと、ウィルスンが追いかけるように、

「しかし夫人のあの迷信ぶりはどうかと思うね」

「僕はまた彼女が、夢魂(むこん)道術的迷信者であるように希(ねが)ってますよ」

とスミスは謎のような答をして、ウィルスンを面喰らわした。しかしウィルスンにもスミスが何か独自な目算を立てて動いていることが充分察せられた。

その夜十時頃スミスはウィルスンに服用の薬を与え、彼自身は支那人に変装して何か器具の入った革袋を携えて外出した。そして三時間を経て帰って見ると、ウィルスンはまさに常態に復っていた。続いてウィルスンが替わって深夜の戸外へ出てゆくと、スミスは或る方面へ暗号の電話を掛けて次の室(へや)へ入り、テレヴィジョンの受像機を矇(みつ)めた。

翌朝六時半、スミスは鄭の裏門でウィルスンと落ち合った。スミスはひどく急き込んでいる。

「早く瑤夫人の安否を！」

二人は宏壮な外壁に沿うて走り、密かに裏庭から入って門衛に出会うごとに銀貨を摑ませ、内苑深く押し入って行った。

スミスはウィルスンが戻ってくる間、建物の蔭に身を潜めて窺うと、先刻(さつき)テレヴィに映じた受像は、本館と双龍閣との空間(あきま)と判った。彼は昨夜密かに工作を施し、受像の場面を鄭の密議室へ向けたのだが、とんだ方向へ転換していたのだ。彼は容易に敵の術中に陥っ

た愚を覚った。が、不慣れなウィルスンを使ったために意外な発見をした。

ウィルスンが慌ただしく戻ってきて瑤夫人は無事だと告げた。しかし、彼女は頭痛がして昨日から臥せっているらしいと付け足した。

スミスは瑤夫人のいる双龍閣と反対の方を指した。その高楼の窓が開放してあった。鄭の寝室だ。彼らはすぐ中門の廊下口へ回ると、陳茹好が慌ただしく出てきて制めた。

「貴方がたはどこから闖入されました。早朝から凶い御戯談は止して頂きましょう」

「一刻を争う場合だ。君が犯人でなかったら退きたまえ」

ウィルスンは陳を押し退けて廊下へ跳び上がると、スミスも猶予せずに続いた。

宏い廊下へ出ると、丹塗りの勾欄を回らした壮麗な花崗岩の階段がある。それを駈け昇ると、白玉の大花瓶に挿した、大輪の牡丹がぱっと眼に映った。ウィルスンは一瞬戸惑いしたが、左の廊下へ走った。内壁の間に錦の帷帳や金碧の扉がちらちらした。突き当たりの垂帳を左右へ開くと一段低い石廊が現れた。怪異な形をした灯台基にはまだ仄かな灯火が瞬いていた。

スミスは右手の廊下へ、朱に金色の唐獅子を二重透かし彫りにした扉を指した。

ウィルスンが駈け付けて扉を叩くと、陳が大勢の召使を引き具して追い駈けてきた。

「この室には第七夫人もいられますぞ」

陳はそうきめつけて、老女の手から合鍵を引っ奪ってきて、室内へ入ったが、すぐ出ては来なかった。しばらくすると期待した叫び声が起こった。

「大変だ、大変だ……」

深紅の垂帳に纏（くるま）った陳の物々しい騒擾ぶりは演技めいたものに映った。玻璃の灯器から垂れた瓔珞（ようらく）が、窓から吹き込む朝風に揺れて、微妙な音色をたてていた。内房は左方に深紅の垂帳に囲まれ、大伽藍の内陣のような一画をなしていた。庭苑（にわ）から見た白障の窓は枕辺に当たっているが、開放した窓から真っ直ぐに内房の垂帳が捲き上げてあった。

窓下を瞰下（みおろ）すと、地上約二十呎（フィート）のR型に彎曲した外壁から成り、下方から登攀（のぼる）ことは到底不可能だ。この建物と相対して約五十米（メートル）の彼方に、瑤夫人の逗留する双龍閣がある。その第二重目の室は、こちらの窓よりはやや小高い位置にあって、朱欄を回らした外廊の扉には双龍崩しの絢爛な二重浮き彫りがしてある。

スミスの瞳は、再び籐枕に載った薄禿の鄭の頭と、そのそばに崩れた古風な唐輪髷（からわまげ）へ帰ってきた。脂粉の剥げた牛酪（バタ）の固まりのような頬から受ける冷たい感じは、誨淫（かいいん）なものよりはむしろ、一種の死臭に混じって鬼気逼（せま）るものがあった。スミスは拡大鏡を取り出し、朱色の肌着からはみ出した胸部から、乱れた毛髪へ絡まった細い一条の銀線を辿ると、珊瑚の髪飾りで一旦断たれた銀線は、朝風に顫（ふる）える毛筋の渦巻に絡まって、更に二条の糸を、そばの粗野な口髯に繋ぎ止めていた。

スミスは陳に向かって言った。

「これでも君たちは、甝も鄭も白蛉病だと主張するつもりかね。え、何？　羽王占が逃げた？」

ウィルスンは嘲笑った。

「主人が白蛉病で死んだのでは、安閑としてはいられまいよ。庭苑を埋めた馥郁たる蘭花も、何ら疫病除けのお守りにならなかったのだからね……」

そうこうするうちに、内房の外へ押し寄せた大勢の女たちの中から、不意にヒステリカルな喚き声が起こった。

「あのヒス婆さんは鄭の正室らしいて」

「ええ、彼女は、貴国の中尉殿が蕭栄女と逃げたといってるが、蕭女というのは第七夫人の侍女なそうだ」

スミスはそういいながら、彼方の双龍閣を瞶めていたが、そばの小婢に言い付けて瑤夫人へ面会を申し入れた。ウィルスンも緊張した面持ちで看戍っていたが、使者の小婢が庭苑の玉砂利を踏んで双龍閣の門を潜り、やがて階上の外廊に現れ、金碧の扉の裡へ吸い込まれるまで彼らは瞬きもせずに瞶めていた。

五、旅行蜘蛛

鄭都督の死が発見された頃、貴陽航空公司の飛行場からテスト中の偵察機で脱走者のあることが特務隊から報告された。操縦士の東嘉庚が行方不明なのである。捨て置けずと、まもなく追跡の三機が、西南へ向かって飛行場の空中高く飛翔し去った。

門衛の報告を聞いてみると、行方不明の東嘉庚は、一人の眉目秀麗の支那青年とともに入場したことが知れた。

「その美青年というのは、赤狼共産軍の首魁黄章英とは思わんかね……」

特務部長はオリヴァ中尉にそう言った。

「僕は、瑤夫人を跟けてきた美青年らしいと確信するが、しかし昨夜、せっかくB代表が見えられたのに、秘密部員の検閲が鄭一味のテレヴィのからくりで見合わせになったのは遺憾でした。彼らはそれほど秘密部員の顔ぶれを識りたいのでしょうか」

「君らは鄭一味と赤狼軍とを別個のものと観ているが、大盗即大監、これは彼ら支那人の不文律じゃないか。しかし甝の政務秘書趙司龍の消息はまだ判らんのか」

彼がそばの釦を押すと、智的な瞳をもった壮年の支那人、特務部員三十七号が現れた。

部長は彼に向かって意味ありげに訊ねた。

「君らの眼からは、支那人か同種の支那人にしか見えまい。しかし同時に日本人も支那人に見える。君はその区別をどうして識るか」

「彼らの私的行動によって識るのみです」

「ではここに所在不明の者がある。それは甝の政務秘書趙司龍だ。五日以内に彼の消息を復命したまえ――」

三十七号は挙手の礼をして引き下がった。

×

鄭の死とともに雲霧山の屯所から、督軍の兵は引き揚げて、南遣部隊の駐屯兵が入れ替わっていた。東嘉庚が偵察機で脱走以来、貴雲境の山脈の遠近に、警戒の機影が絶えず去来している。

その日の午頃(ひる)、オリヴァ中尉はスミスを促して至誠廟へ向かった。

「君は甝の死後、あの血書は無効だと思わんだろうね。僕はあの至誠廟の偶像の手がことごとく欠けているところに曰くがありそうな気がする」

中尉は相変わらず性急(せっかち)で独りで喋り続けている。スミスは対手(あいて)が脱線するごとに苦笑で酬いたが、やがて言葉尠(すくな)に説明した。それは、西安事件に黒幕の一役を演じた鄭も甝も張朔朗(ちょうさくろう)も、この貴州が故郷であること、そして瑤夫人が口走った夢魂(むこん)旧によりて故山に到る——とは彼らの一種の呪語で、張(ちょう)がこの地を卜(ぼく)して血書を隠したことを暗示するものだと言った。すると突如、行く手に当たって一発の銃声が轟き渡った。ハッとして、瞳を凝らすと、前方の道に立つ三つの人影のうちの一つが谷間へ消え去った。オリヴァ中尉は、射手の背姿(うしろすがた)へ忙しく眼を移すと、その青年は雑軍の下士兵の着る粗服を纏(まと)っていて、眼のせいか漆黒の髪と白い頸の辺が際立って華奢に見えた。と、また拳銃を持つ彼の右手が上がった。筒先に立ったのは陳茹好(ちんじょこう)であった。

「俟(ま)てッ」

オリヴァ中尉は突嗟に叫んで駈け出した。刹那、左方の谿谷(たに)の彼方から飛来した灰色の物体が、射手の青年下士兵の半面へ衝(ぶ)つかったと見るまに、彼は呀(あ)ッと微かな叫びをあげて拳銃をからりと取り落とし、そのまま撞と横倒しに断崖を転がり墜ちて行った。

陳が真っ先に覗いた。スミスも時を移さず駈け付けた。青年の体は断崖の中途で蔓草に支えられていたが、最早缔切れているらしく身動きもしなかった。そして、こちらへ向けられた額の半面が、古綿を伸ばしたような奇怪なものに蔽われていた。

「ああ、旅行蜘蛛だ、旅行蜘蛛だ」

と、スミスは瞳を輝かして呟いた。

しかし、一体彼は何者だろう？　中尉が訊くと、陳はひどく狼狽えながら赤狼軍の間諜だと言った。

「早くここを去りましょう。危険ですから」

陳は彼らを急き立てた。スミスは谿谷の彼方を警戒しながら至誠廟へ急ぐ途すがら陳に訊いた。

「鼩と鄭、第七夫人とそれから今の青年と、旅行蜘蛛の犠牲者がこれで四人目だ。僕はテレヴィの受像で図らずも見たが、鄭の内房へ真っ先に入った君もそれを知っていたはずだ」

陳は瞬きしながら、

「実は鄭長官も第七夫人もあれでやられました。けれども、あんな奇怪な死に態をどうして貴方がたにお目にかけられましょう。私は突嗟にお二人の顔から、怪しい蜘蛛の巣を払い除けてしまいました」

「鼬の死を発見した衛兵も、やはり君と同じ心理から、狼狽して取り除けたらしい」

スミスはそう付け加える。

「しかし、旅行蜘蛛が一瞬にして人を斃すほどの猛毒を持っているとは信じられませんね」

陳が怖々(おずおず)尋くと、

「その通りなのだ。旅行蜘蛛は多く揚子江の沿岸に棲んでいるが、大風の吹く日に自分の造った巣に乗って、あの大江(たいこう)を向こう岸へ飛行するということだ。それで、どうかすると途中で、溯行する船の煙突や船具に引っ懸かることもある。けれども猛毒をもっているわけではない。第一、毒があるにしても、殺害のために飛行するなんて、昆虫としてはあまりに計画的だよ」

至誠廟へ着くと、中尉は真っ先に十能閻王(のうえんおう)の欠けた手をいちいち撫で回して検(み)た。

「それは後回しにして、こっちに重要性がありそうですから……」

とスミスは、中尉を廟の裏手へ導いた。

「山一つ向こうに何があるか判らないのが、支那です」

スミスの指す方を見ると、奇怪な突風の飛来した谿谷の彼方は、一層緑の色を深めて、廟宇の碧瓦が樹(こ)の間越しに見える。先頃、スミスとウィルスンが途中まで行き、下士官に制(と)められて引っ返したあの廟であるが、岨道を引っ返すのは危険だ。

スミスは中尉を促し、陳の勧めるままに黄葛樹(こうかつじゅ)の根方から、深い雑草に蔽われた底しれぬ谿谷へ降りて行った。

六、暗黒の科学者

その媽姐廟は、至誠廟よりは規模がやや大きく、碧瓦の二重の簷をもった廟の扉は、何時の頃からか取り払われ、丹塗りの剝げ落ちた柱には幔幕さえもない。薄白い石床の中央には魁偉な風貌の武将の偶像が祀られ、その左右に牛頭馬頭が控えている。

陳は一番先頭に進んで行ったが、何を見たのか、呀ッと叫んだ。同時に、裏手の回廊へ、肩と腰部に樹皮を纏った矮軀の怪物が、ひょっこりと現れた。その獣類じみた慓悍な面は、何か危険なものを思わせた。

「阿稷だ、阿稷だ、咽喉を注意してください」

陳は猛獣に出会った時のように喚いた。怪物はくわっと歯を剝いて、身体を蹙め、足を爪立てて一跳びすると、拡大鏡でしきりに床を検ているスミスを狙った。

オリヴァ中尉は円柱の蔭から拳銃を突き出して引き金を引いた。銃声と同時に怪物は奇声を挙げて回廊から断崖へ墜落した。

「雲南の山間に棲む阿稷という夷族の一種で、登高陟嶮如飛　逢人則殺吸生血というほどですから実に危険な怪物です」

スミスは谷底を瞰下しながら呟いた。中尉は後欄の簷に絹糸の綱が垂れているのを発見した。それは一種の縄梯子で、怪物が跳び降りた機みに垂れ降ったらしいが、無論夷族の使用するものではない。中尉はスミスを促し、陣を見張りに残して、その縄梯子を伝わって二重の簷の隙間へ潜り込んで見た。そこは石造の廟の天井裏で、頸を屈めて歩むほどの高さである。廟の表側の外部に表れた部分は、簷の間が約一呎しかない石の格子で、夜分は灯火を灯すのか、簷の隙間を被う厚手な黒幕が手繰ってあった。隅々には何か包装したらしい莚や布巾が雑多に積み重ねてあり、得体の知れぬ機械類が幾通りも据え付けてある。

側の金網の掛かった小箱を覗くと、底の方から不気味な蜘蛛が蠢々と這い上がってきた。背後を振り返って見ると、屋上へ出る開閉口の下に縄梯子が掛かっている。その真下の鉄筒に装置した種々の計量器や、距離測定器や布管、様々な金属管やコードの端が、玻璃管と鉄筒を通って屋上へ突き抜けているのを見ると、スミスは縄梯子で屋上へ出た。

そこは廟の裏手に当たって、あたりは欝蒼として樹影に蔽われている。屋上へ突き抜けたパイプの端は、ちょうど、太陽灯の笠に似たものが付いていて、金網の蓋が開かれてあった。蓋の開いた方向は、つい先刻共産党員の青年が斃れた位置で、笠の内部を透かして見ると、蜘蛛の巣が二条、金属性の蔭に映じて光っている。

スミスは天井裏へ降りてきて、距離測定器を覗くと、四粁と五百米を指していた。五粁の地点はまさに至誠廟に当たるのだ。

続いて、中尉は一葉の写真を発見した。それは斟坧坵が至誠廟で寝台へ横たわった光景である。その位置からいうと寝台と相対したハート形の石格子のない窓の外部から撮影したことになる。中尉はポケットから白いゴム風船の破片を取り出して示した。それは先刻、至誠廟の崖下で拾ったもので、拡げて見ると瞳のない眼と鼻の一部が現れた。

「これが甝（かん）の生き血を吸ったという飛頭獠（ひとうりよう）の正体なんだ。衛兵が、怪光の射した後で瞳のない怪物の頭が窓から飛び出したといったが、それは廟の下の岩の間罅（かんげき）で、窓の高さに装置したカメラのシャッターを切った刹那の自働閃光灯の光なので、怪物の頭を躍らしたのは、怪光を擬装（カムフラージュ）する手段に過ぎなかったのさ」

スミスは苦笑したが別に否定もしないで、

「元来、この旅行蜘蛛（トラベリングスパイダア）は風の吹く日に造った巣に乗って大江（たいこう）を越すほどの超速力をもつといわれる昆虫だけれども、蜘蛛それ自体には、無論人間のお誂（あつら）え通りに距離を決めて飛んでゆく意識はない。しかし、これは随意に標準を決めることの可能な一種の弾丸だ。この暗黒の科学者はまずその方向を決めてから、旅行蜘蛛の習性を利用して、暁方の六時前後に屋上の笠の中へ封じこみ、このコードを引いて金網の蓋をする。そして、このペダルを踏むと、旋盤が顫動（せんどう）して、通風管を通して風を捲き起こし、蜘蛛に暴風の錯覚を懐かせることになる。すると蜘蛛の動作が、笠に取り付けた潜望鏡（バクスエープ）を通じて、下の反射鏡に映されるわけで、こうしていよいよ巣が出来上がると、それより先、彼はガスマスクをして手袋を穿（は）め別個の工作に取りかかる。

――この硫酸加里（カリ）と青酸加里（カリ）とを加熱して化合させると青酸瓦斯（ガス）が発生する。それを膠嚢（カプセル）状のごく薄手な硝子（ガラス）管の中へ塡（つ）め、旋風管を通じて巣の中へ封じ込む。

それから強力な圧搾空気を起こすと、いよいよ強風の錯覚に捉われた蜘蛛は、自己の弾力に乗って弾丸のように飛び、標準距離の物体へ衝つかってゆく。そして、このしっとりとした重みのある一種の膜のような灰色の物体が、怖ろしい速力を以て叩きつけられた刹那、薄い硝子の膠嚢が敗れて、充填した青酸瓦斯が発散し、瞬時に生命を奪ってしまうのです」

七、地煞変法の呪語

オリヴァ中尉とスミスとが、旅行蜘蛛の秘密を発見して有頂天になっていると、何時の間に出て行ったのか、廟の外でまた陳の叫声が起こった。二人が現場へ来て見ると、阿稷が墜落した少し先の方に若い男の屍体が転げている。その青年の咽喉笛には、明らかに阿稷に咬まれた傷痕があった。

一同呆然たる中に、折から共産赤狼軍の空中偵察隊に参加して雲南に向かったウィルスンが、数名の隊員とともに消息を齎してきた。

五日前、貴陽航空公司の飛行場から、赤狼軍の首魁黄章英を載せて脱走した操縦士の東嘉庚は、撃墜された偵察機と運命を共にしたが、その際落下傘で飛び降りた黄章英は、風魔嶺の天嶮を利用してついに逃げ延びてしまったという。が、彼は今暁月明をたよりに根拠地の塩興を密かに発って、こちらへ向かった形跡があり、尠くとも三時間前に、彼は貴陽付近のどこかへ着陸したはずという諜報が入っているのだった。

断崖の中途へ引っ懸かった若い男の屍体を引き揚げて見ると、甝の息子の冀生であった。すると、この廟の天井裏に棲む暗黒の科学者の正体は？

周囲の瞳は、この無残な死を遂げた蒼白い青年へ蒐まってきた。が、赤色指導委員たる彼の行動は、懐中に秘めた汪夫人からの書簡で明らかとなった。その書簡で見ると、彼は母の切なる心を汲んで、モスクワに留学中既に反共に転向していることだ。そして、昨年の西安事件に、張と紅軍の手から甝を取り戻した汪夫人は、その際張に死命を制せられた甝が、彼らと不利な血書を取り交わしたため、更に第二の死地へ追い墜されたのに対する救出法を我が子へ示したもので、その密書を取り戻す鍵は黄の一字であると認めてあった。

スミスは、その意味を訳して伝えると廟へ戻り、戴冠袍衣の魁偉な風貌をした偶像を指して、

「これは盗賊の首魁から帝位に即いた黄栄の偶像ですが、剣を把った手が欠けていることといい、また脇侍の牛頭馬頭の手も無いこと、それに、あの至誠廟の偶像の手もことごとく欠けていることと言い、その一つ一つに何らの意味はなさそうです。次に黄の字が冠せられているのは……」

とスミスは言いながら、中尉から双眼鏡を借りて、廟の屋根裏から屋上へ出た。双眼鏡は彼方の至誠廟の背後の黄葛樹へ向かった。

「誰も手をつけていなければ密書は必ずこっちのものです」

スミスは降りて来ると、さも自信ありげに丹塗りの柱に最近小刀(ナイフ)か何かで彫りつけた文字を指し、道典秘宝の地煞変法(ちさつへんぽう)中にある役鬼駆神(おにをつかいかみをしずむ)、移天換斗(てんをうごかしちをいれかえる)の呪語を指し、これは大いに意義のあることだと言った。

彼らは岨道を迂回して至誠廟へ取って返した。スミスは廟の右手に聳える黄葛樹を見上げて言った。

「この樹は、木質が石よりも硬くて、鋸(ひ)いても器具を作ることもできないし、また割(さ)いて薪木(たきぎ)にすることも駄目なので、貪慾な支那人も、この樹だけは手出しをしない。そこに曰くがあるのです。呪語の役鬼駆神とは張朔朗(ちょうさくろう)一味の者らが、その使命を誇大したまでで、移天換斗——とは、ここではあの遥かの梢を動かすの意で、果たして第二の岐枝(えだ)か第三の岐枝か登って見なければ判らないが、恐らくは第三の岐枝でしょう。そこに換斗(ちをいれかえる)の鍵が密(ひそ)んでいるはずです」

スミスは用意の鑿(のみ)と槌とをポケットに、蜿蜷(くねっ)た幹を足場に登り始めた。そして幹から枝へ、だんだん小さくなってゆく彼の姿が第三の岐枝へ現れたが、すぐ葉蔭に隠されてしまった。と、蒼穹へ緑の手を拡げた梢は、遽(にわか)に嵐が渡るように揺動(どよめ)いて、次第に穏やかに静まりかえった。が、どうしたのか、スミスはやがて悄然と地上へ降りてきた。

「あの第三の岐枝へ小規模の火薬を仕掛けて孔を穿ち、その中へセメントを塡(つ)めて、血書を入れた容器、恐らくは平たい箱型の石を、二つ重ねた間へ挟んで、塗り罩(こ)めたものと思われます。何者かがそれを取り出したのは、齣が死んだ前夜です。何故といえば、局部的に火薬を使用して、孔の回りを焼き取った痕が残っていました。つまりあの夜衛兵を愕かした音響と怪光がそれで、兵は左の方から振り向けば正確にその位置が判ったのに、右の方から頭を回らしたので、怪光の出所が廟の裏手に見えたのです」

八、没法子

オリヴァ中尉は、ウィルスンが渡した一葉の写真を陳へ突き付けた。写真の主は、額が広く、鼻梁が高く引き緊まった唇は小さく、智的な瞳の裡に烈々たる鋭気が窺われるが、稀に見る美青年で、粗末な軍服を着て、腰に弾帯を締め、右肩から銃を引っ提げている。

「うむ、これは先刻君を射とうとして旅行蜘蛛に殺された男だ」

中尉は彼らとともに陳を先に立てて岨道へ引っ返し、隊員の手で、断崖の中途で蔓草に支えられた屍体を引き揚げてきた。スミスは、灰色の膜のように顔面を蔽うた蜘蛛の巣を、ベエルを引き剝ぐように、その端を摘んで草叢へ抛り出すと、その中から一匹の巨きな蜘蛛が匐い出して逃げ去った。死相に歪められているが、それは写真の主に相違ない。中尉は陳に向かって声を荒らげ、

「君は何故先刻、この男が黄章英だといわなかったのだ。あの時、黄が君より先に狙ったのは羽王占だろう。君と羽は共謀して血書を手に入れ、黄章英に売り渡す肚だったのだ

ろう」

陳は不逞な嗤いで遮り、

「戡の死後、黄がなんでそんな死餌に誘われてくるものですか。戡の死後に血書を欲しがるものは、冀生以外にないでしょうよ」

「その冀生を、君たちが飼い狎らした阿稷に咬み殺させ、その後で我々を谿谷から媽祖廟へ導いて、阿稷を嗾けたりしたではないか。この先に殺した冀生の死を我々に告げたのは、黄の字の謎をスミス君に解かせるためではないか」

問い詰められても言を左右する陳は、その場から隊員に連れ去られてしまった。

その後に、彼らは意外な発見をした。それは黄章英の死に顔が、瑤夫人にそっくりそのままであることだ。そこで中尉とウィルスンの間に異議が起こった。ウィルスンは言った。

「僕はここへ来る途中、鄭の邸から自動車で出た瑤夫人を捉えて、ある手段でベエルを除らせて見ると、実は彼女の侍女の一人で、夫人は赤狼軍に狙われて怖いから、身代わりを慥えて今朝早く発ったというのです。そこで考えられるのは、夫人がこの地へ来る途中跟けていた美青年というのは夫人それ自身であったといい得るし、なお鄭の死が発見される前後二回に亘ってスミス君が彼女へ面会を求めると、頭痛を口実に断ったが、その時、彼女は既に黄章英になり済まして、飛行機で逃げ去っていたのです。あの暁方、瑤夫人が、いや、変装した中尉殿が蕭栄女を手先に使って、鄭の内房の垂帳を掲げさせ、玻璃窓と白障とを密かに開かせたのです。第七夫人の侍女の蕭栄女の他に、誰がそこへ近寄り得るでしょうか……」

中尉は憤りっぽく言った。

「黄章英が瑤夫人だって？　嘘だ。何故なら、夫人それ自身が、いやこの黄章英が自分の武器の旅行蜘蛛の装置で斃れるはずがないじゃないか」

この時スミスが中に割って入って、

「あれは阿稷の悪戯が偶然的中したからですよ。その証拠に蜘蛛がのそのそ逃げ出したでしょう。つまり毒瓦斯の装置がしてなかったからです」

スミスはなお、硬直している屍骸を指し、

「美しい彼女の死相が、この通り別人のように変じたのは致命的な恐怖による衝動死だからで、その半面に起こった痙攣と弓状の姿体は極度のヒステリイ麻痺の表現です。何の前触れもなく襲来した蜘蛛の巣は、その秘密を知る彼女にとっては死の観念そのものであって、毒瓦斯というその間髪を容れぬ潜在意識的恐怖観念に、ついに打ちのめされてしまったのです。彼女が常識的でない一例は、自分の変装は断じて看破されないと信じていたくらいで、羽王占の死は彼女の一人二役を看破した結果なのです」

「もっと動きのとれぬ証拠を挙げてくれたまえ……」

中尉は不機嫌だった。スミスはにやりとして、

「瑤夫人が齣の遺骸に取り縋って哭いた時、冀生が狂人のように躍り込んできましたね。彼女と冀生とは、あれが初対面なのでした。が、運命の悪戯は、その先に簡陽で、この二

人を一方は赤狼軍の首魁として、一方は匿命の指導委員として、対面さしております。冀生が驚愕のあまり廟の外へ飛び出し、囈言のように口疾った『青茅、青茅』というのは黄章英の異名なのですよ。僕はある文書によって、黄章英に青茅の別名のあることを初めて識ったのです。なお青茅とは禾本科の植物で、これを乾して黄色を採るとあります。つまり黄章英は青茅から生まれたもので、青茅はまた彼女の幼名でもあるのです」

スミスの説明は最早異議を差し挟む余地がなかった。中尉はただ、吐息を洩らすのみである。ウィルスンが替わって疑問を提出した。

「冀生が最初劻を訪ねた時、彼は熾烈なイデオロギイをもっていたのに、汪夫人の書簡で見ると、彼はモスクワにいた時から転向しているはずだが……」

「あの日冀生は赤色指導委員を装うたのは、扉の外に聴いている衛兵を欺く手段だったのです」

「では血書を奪い去った者は？」

「それは劻の内意をうけた政務秘書の趙司龍の仕業です。何故なら、我がスパイ網を総動員しても支那要人中で行方不明なのは彼だけですし、更に我々にとっていっそう忌ま忌ましいことは、趙司龍は日本人で、スパイであることです。血書を奪い去った後に、日の丸の印が我々を愚弄するように描いてあったが、あの飛頭獠の怪事件などを憶い出すと、僕はあまりの肚立たしさに、先刻あの場ですぐそれを告げることができなかったほどです」

スミスは大跨に歩きながらそう言って嘆息し、

「血書がこっちの手に渡らずに、日本の手に落ちたのは、たとえ、翽自身の手に渡らなくとも、彼にとっては無上の幸運というべきでしょう。老獪な翽は何喰わぬ面で数日中に南方庁へ姿を現すに違いない」

「翽が生きている？」

ウィルスンも中尉もただ、眼を睜った。

「そうです。翽は生きています。翽の気狂いじみた道法苦行は無論血書を得るための手段で、血書を匿した者と捜す者との心理がこの地に一致したのは、張と翽との故郷がこの地であることと、夢魂旧に依りて故山に到るという道術的、そして支那式迷信がそこに合致したまでで、また所在の発見者は翽の道法的沈思作用か、趙司龍かの何れかでしょう。翽が身代わりと入れ替わったのは恐らく二日目からです。何故なら、ホスゲンの中毒作用を起こしたのは三日目からでしたから。そうとも識らずに鄭は好機逸すべからずとして、配下を総動員して血書を捜す傍ら、羽王占と計り、修壇に供える薫香に微量のホスゲンを混ぜて、二十一日の期間中に徐々に生命を蝕んでゆく方法を取ったが、十一日目に急死したので、慌てて白蛉病にこじつけてしまったのです。

しかし翽の替え玉先生が、断食をさせられた揚句、瓦斯中毒の発声障害を来したのを、無言の苦行と観られたのは笑えぬ喜劇でした。が、彼は苦しさに耐えかねて、偸天換口、追魂摂魄等の呪語を経巻の裏面へ薫香の灰で認めたが、そのうちに、薫香に混ぜたホスゲンから咳嗽、頭痛、嘔吐、発声障害と次第に症状を昂め、狂躁発作から逆行性健忘性となり、あの『我称鼾将軍』の字義通り、自分がまるで鼾将軍であるかのような錯覚を起こすようになったのです。

これで鼾が打った人騒がせな断食苦行の大芝居は終幕（カーテンフォール）です。しかし、瑤夫人も鼾の身代わりは一目で看破しました。彼女は自分の失敗を識ると、鼾に対する第二の計画を樹（た）てるべく、根拠地の塩輿（えんこう）へ一時引き揚げる必要が起こってきました。が、直ちに引っ返してきたのは、急激に自分を追究する冀生に、廟裏の科学室を発見される虞（おそれ）があるので、彼を例の旅行蜘蛛の装置で倒す計画をしたのが、かえって、自分自身を斃す結果とはなったのです」

ウィルスンは吻（ほっ）と吐息を洩らして、

「僕はフェミニストの中尉の気持ちが判るような気がする。しかし、瑤夫人は何故こうも数々の罪悪を犯さなければならなかったかという点がどうも腑に落ちない」

スミスは瞳を曇らして言った。

「それは精神病理学の方面から説くのが至当でしょう。約十年前、江西紅軍（こうぐん）の別働隊たる馬廷真（ばていしん）を首魁とする共産赤狼軍が、数万の匪徒を率いて、陝西（せんせい）、甘粛（かんしゅく）地方を襲った時、彼らは妙齢の婦女子を捉えて共有の目標（めじるし）として、彼女らの臀部へ牛馬同様赤の烙印を捺した記事が、当時の新聞に見えていたが、その中の女王（クウィン）すなわち圧塞美人（あっさいびじん）と称（よ）ばれたのは、実に後年の瑤夫人だったのです」ウィルスンは初めて興味を覚えたというように、タバコを燻らした。

「彼女はその時、節を完(まっと)うして死を伝えられたが、当時鬫と鄭、張、殷らの和議が成立して、その際鄭はこの美玉を支那式に自己の二心なき誓約の引出物として鬫へ贈ったわけで、瑤夫人として、自己の物質扱いにした鄭を倒さねばならぬ理由はそこにあったのです。その後、彼女は故郷恋しさに秦州(しんしゅう)へ来て見れば、その年は甘粛地方の大饑饉で、人間が人間を啖(くら)う惨劇が到る処に演じられていたが、それは、あの赤狼軍の一九大屠殺の劫景(ごうけい)を、まざまざと憶い出させるものがあったのでしょう。彼女が人格転換の悲劇は実にそこにあったというべきで、宿怨の敵馬廷真を倒して、自らその首魁となり、惨虐の血を沸(たぎ)らせた梟雄(きょうゆう)黄章英の名で、支那全土を震撼せしめたのは、それから間もないことでした。が二重人格者たる彼女が、夫の鬫を倒さねばならぬ理由は、一方、黄章英の立場からして、独裁者、鬫拓坵(かんせききゅう)の存在は宥(ゆる)しがたいものだったのでしょう。すると彼女は則天武后(そくてんぶこう)やメジア式女性かというと、ウルフェンは女性の毒殺行為は男性の横暴を挫く唯一の武器であるといっております。そして、女性の犯罪の多くが性的色彩をおびている性質上、彼女のそれも、そのヒステリイ性に刺戟されたに過ぎないのです。毒虫は己の尻にもつ毒素の刺戟によって自己催眠に陥る——あれですよ。彼女もその臀部に捺された赤の烙印の故(せい)だともいえるし、また支那民衆通有の没法子(メーファーズ)の宿命的諦観へ反逆したともいえるでしょう。いずれにしても彼女のそれは、強風の日に、自己の造った巣へ乗って大江(たいこう)を乗り切ろうとする、あの無暴な旅行蜘蛛(トラベリングスパイダア)そのものだったのです」

鴟梟（しきょう）の家

――主要人物――

牧原一郎……探偵（支那名、朱光）
西崎利雄……牧原の親友
孔　令愷……孔家の三男
姚　紟……孔の妹
彭　元倍……孔家の秘書長
陶　文佳……孔家の第二秘書
孔　大　人……孔家の老主人
彩　夫　人……孔大人の第二夫人
何　夫　人……孔大人の第三夫人
張　天　師……易者
芝　薫……孔家の女家庭教師

一、序曲(プロローグ)

「やあ、孔令愷(こうれいがい)君、さっきから待ってたが、こちらが名探偵の牧原一郎君でね、支那式には朱光(チウコワン)君と称(よ)ぶんだ」

西崎が牧原探偵を紹介する時は、特に語気が弾んでいる。それに西崎自身、この事件に、ワトソン役を買って出ようという野心があるので大変なハリキリ方だ。が、孔青年が、牧原探偵から受けた瞬間の印象は、単に、インテリの支那青年朱光という感じがした。

牧原の黄絹(こうけん)の支那服は、それほど、しっくりと板についている。いや、支那服ばかりではなく、支那研究家たる彼が、大陸探偵という新たな一歩を踏み出して以来、天津(てんしん)万国橋の爆破未遂事件、北京灯市口(ペキントウシコウ)の銭荘(チエンチユアン)ギャング事件、それから京漢線(けいかんせん)の頭等車(トウトンチオ)(一等車)殺人事件等に活躍して、矢継ぎ早に解決を付けたその手腕を、孔青年が識(し)っておればこそ、難問題を引っ提げて依頼にやってきたのだ。

西崎は性急(せっかち)に今度は牧原に向かって、

「孔君は、事変前に日本の〇〇大学の経済学部にいたこともあるし、現在はこの北京大学で遊び半分にやってるんだが、家というのは易県でも大変な金持ちでね、店の大切なお顧客(とくい)様なんでね……」

そういう西崎は、この華北百貨店の仕入部を受け持っている若手主任で、ここはそのお顧客用の応接間なのだ。

「ところが、その事件というのはこうだ。昨年の夏以来、孔家に次々に不祥事が起こり、二人の兄さんが相次いで歿(なくな)るし、最近また、妹さんの家庭教師が死んだ。この三人の死が孔君の観るところでは普通の死ではなく、何者かが画策した他殺に違いないというんだ。それで、この夏休みに帰省すると、今度は自身の番じゃないかと、見られる通り蒼くなっている始末さ……」

その後を牧原が引き取って言った。

「その次を孔君に話して頂きましょう」

孔青年は、真正面(まとも)に注がれた牧原の視線に促されて、日本語と支那語とをまぜて話し出した。

「それは昨年の六月のことでした。当時、僕も邸にいましたが、コロンビヤ大学で宗教(ミッション)の方をやっていた長兄(あに)が突然、帰省してちょうど一週間目のことです。邸から約五支里(しり)ほどの地点、大行(たいこう)山脈中の支脈の一つで、陘原(けいげん)という山峡の谷あいで殪(たお)れていたのを、付近の五寨村(ごさいそん)の百姓の呉老爺(ごじいや)が発見したんです。

そこは谷あいの路の降り口でしたが、致命的な外傷はほとんどなく、医師の検(み)たところでは墜落等の事故でなく、ヘモグロビンの障礙(しょうがい)による窒息死だということでした。

呉老爺の話では、その夕方、白い洋服を来た長兄と五寨村の百姓の娘婀蘭(あらん)とが、谷あいの細道を、一緒に歩いてたのを見たというんです。婀蘭は、近村でも評判の美人で、刺繍した室沓を拵えるのが巧いので、僕の家の後房へも出入りしていました。

それから四ケ月後、僕は当時、この北京へ来てましたが、香港大学の医科にいた次兄が帰省して、半月目に、やはり長兄と同じ場所で、同様な死に方をしたのです」

孔青年は、息窒るように、尖った喉骨をひくりと顫わして語を継いだ。

「次は一ケ月前のことで、妹の家庭教師芝薫というのが死にました。死因は兄たちと同じだそうですが、今度は死に場所が邸内なのです。それに変なのは、その夕方、例の呉老爺が、陘原の岨道を、芝薫女史と黒っぽい姿をした男が一緒に歩いていたのを認めたといいます」

「その辺の地勢をも少しくわしくおっしゃってください」

牧原は、ルビー・クインの煙を靡かせながら言った。

「陘原付近は、嶮しい巌山が峨々として聳えてまして、谿谷の上の方は起伏した峯つづきで、その山々の中腹に、蜂の巣みたいにたくさんの窩があるのです。日支事変直後、敗残の第十八路軍が一時立て籠もった処で当時、支那兵はその窩の中へ、毒瓦斯を貯蔵していたという風説が、その辺へ伝わっております」

西崎は、そっと席を離れた。店の方が忙しいのだ。牧原はちょっと首肯いて見せただけだ。

「ところが、日本軍の砲撃で毒瓦斯が埋没してしまい、支那兵はそれを掘り出して使用する隙もなく逃げ去ったという話で、兄たちの死因はその毒瓦斯のせいかもしれぬというのですが」

孔が毒瓦斯説に半ば気をひかれているのには理由があった。それは長兄の先に、五寨村の百姓の倅（せがれ）李少年が殪（たお）れているし、次が長兄で、それから斉（せい）という中年の百姓、その後が次兄で、そのまた次が百姓の汪（ワン）という順序で、この三人は孔家へ出入りの日雇いで、庭苑の草取りや、薪材搬（はこ）びなどで、各々時日は異にしているけれども、その帰途、五寨村と陘原とを繋ぐ岐路で殪れたのだ。

それらの犠牲者のあった日は、陘原付近に夕靄（ゆうもや）が朧に立ち罩（こ）めた薄暮の頃で、空気は生温（なまぬる）く、低湿な谿底（けいてい）へ涸着している毒瓦斯の毒性原素が、自ずと気化しそうな日だった。

二、孔家（こうけ）の人々

牧原は孔青年が提供した毒瓦斯（ガス）説を第一の仮説として話を進めた。

「当時第十八路軍に××から支給されたその毒瓦斯が、クロル・ブルムか、砒素を包含するイペリットか、硫黄が燐性かそのいずれであるとしても、気温は風に吹き去られ易く、時としては一陣の風にすら愚弄されてしまう場合もあるし、そこでホスゲンという重い性能のものも使用するわけだが、しかし、その中には熱に逢って分解したり、またアルカリや水などで変質して効力を失ってしまうこともあるので、そう判ると毒瓦斯なるものも、案外怖ろしいほどのものでもないのです。とにかく毒瓦斯説は後回しとして第二の仮説に移るとして、貴方がこの事件を他殺と睨んだ点をおっしゃってください」

「僕は、それが眼目でお願いに上がったのです」

孔青年は椅子を乗り出して言った。

「僕が他殺と睨んだのは、妹の姚紟からの手紙が原因です。妹が芝薫の死体を見た時、唇から剝き出した前歯や指の爪や髪が燐光のような青い光を放っていて、それが見ているうちに消え失せたとありました」

「妹さんは、芝薫女史の逢い曳き説なんか否定してるでしょう?」

「おっしゃる通りで、妹は絶対に彼女の純潔を信じております。私の父は酒と女とで体が相当参ってますし、母は兄たちの死以来病床に就いたきりですから、後房のことはもっぱら芝薫がやっておりました」

「それで、お家の元締めは誰がやってますか?」

「秘書長の彭元倍です。彼は責任観念の強い実直な男でして、次は陶文佳と徐品滄という二人の秘書と、その下に男女の召使が約二十名ほどいるでしょう」

牧原はじっと何かを考えていたが、

「芝薫女史の死の様子をもっと詳しく実地について調べたら、案外早く解決するかも知れませんね」

「一体僕はどうすればいいのでしょう?」

孔の瞳に不安の影が翳した。

「すぐ帰省されるのですね？」

牧原は決論を与えるように断乎としてそう言った。

「そうすると僕は得体の知れぬ敵に、すぐ殺されてしまうかもしれません」

「いや大丈夫です。この西崎君と一緒にお帰りなさい。僕は二日後に行きます……」

×

西崎は、牧原探偵の助手という格で、夏休みの帰省にかこつけた孔令愷の学友、鄭司龍と名乗って孔家へ乗り込んできた。西崎の支那服は牧原ほどイタに付いていないから、孔が大学で着ていた制服を一着に及んで、与えられた一室へ納まった。孔家は易県第一の金持ちといわれるだけあって、邸内はほとんど一つの城郭といった構えだ。

西崎のあてがわれた室は十坪ばかりの前栽があって、白く低い牆が繞らされ、奇形な庭石が程よく配置してあり、庭に面した壁際には喆の字型の紫檀を組み透かしにした格子窓がある。そこから覗くと掌を拡げたような恰好の濶葉樹の葉が、緑青を盛り上げた密画のように美しい枝を差し伸べている。

庭苑のぐるりに花卉は見えないけれども、壁間には南史にある「石を聚め果を移して、雑うるに花卉を以てす」から採ったのであろう、嘉卉庵の扁額が掲げてあった。

そこへ、十五六の小婢が、青磁の皿へ南京豆を白砂糖で固めた板菓子を載せ、茶瓶を入れた籐籠を搬んできた。

彼は牧原がやってくるまでに、尠くとも何か一つの功名を立てる必要があったが、さて、何からどう手をつけていいか分からない。室を出てぶらぶらしていると、宏い廊下へ出ていた。中央には地階へ降りてゆく大理石の大階段があって、丹雘(たんかく)の勾欄(こうらん)が回らしてあり、階段の中央には拡く厚い深紅の絨毯(じゅうたん)が敷かれてあった。孔大人(こうたいじん)の居室はこの下になるのだ。

ふと、下の方から誰か昇ってくる気配に西崎は、階段際の両袖に置かれた白玉(はくぎょく)の大花瓶の隠(かげ)へ慌てて身を隠した。

階段を昇りきった男の姿が、鈍い光線の中へ浮き上がってきた。その男は髪を綺麗に光らし、すらりとした姿体をしていた。が、瞳は冷たそうに輝(ひか)って、薄い唇の辺りが妙に苦味ばしっている。

彼は第二秘書の陶文佳(とうぶんか)だった。孔家の使いで時折、北京の華北百貨店へやって来るが、好男子なので西崎の印象に残っていた。しかし彼は仕入部の主任なので、陶に直接に会ってはいなかった。

陶は敏捷な眼つきで、その辺を見回してから、白玉花瓶のそばへづかづかと近寄ってきて、大輪の白牡丹を挿した中へ手を突っ込むと、その中から折り畳んだ紙片を素早く摑み出し、階段へちらり視線を走らせて、左手の細い廊下へツトそれてしまった。

三、半規窓(はんきそう)

西崎はそっと陶の後を蹤(つ)けたが、次の廊下へ回って見ると、もう彼の影は見えなかった。

が、廊下の端が庭先の降り口なので、西崎はすぐ庭へ出た。陶はどっちへ行ったか？

一叢の竹林を抜けると、彼方に緩らかな築山があって、その頂上に傘形の亭が見える。

蓮池のある方へ引き返すと、母屋から簷続きの建物の裏側へ出た。

その建物の一つに半月形の石門が見える。西崎はそこまで行って見ると、篆字風で「半窓残月」と彫りつけてあった。

この住居の総てが半月形の凝った風致を見せている。彼は知らず識らず黄色瓦の簷をもった家の方へ近寄って見ると、青銅の風鐸を吊るした虫融板の棟木に「新月吐㆓半規㆒」の黄庭堅の詩句が彫り付けてある。

半規——の規は円を直す器なりだ。途端に、この風流な住居の中から、女の甲走った喚き声が韻いてきた。

「お前は年もゆかないくせに生意気だよ」

その時三ケ月形の窓の端から、ちらと真珠の首飾りが輝った。

「どっちが生意気なのさ……」

それに応ずるもう一人の若い女の声は、この半規窗の裏手の、牆根の方から響いてくるのだ。半規窗の方は、孔大人の第二夫人の彩夫人で、向こうの方は第三夫人の何夫人の声だ。

「誰のお蔭でそんな幅ったい口をきくようになったのさ。お前が四眼（妊娠）だろうと言って、そんなに威張るんじゃないよ。お前みたいな恩知らずは、いっそ難産で死んでおしまい。お前が死んじまったらあたしはどんなにせいせいするだろう。そしたら、お前のお墓の上へ古傘を置いてやるから」

(支那のある地方では、お産で死んだ女は天地の尊厳を犯すものとして不純な汚れを蔽(おお)い秘(かく)すために、その墓へ古傘を置く風習がある)

西崎は元来た方へ戻りかけると、石門を出てきた彩夫人とばったり顔を合わしてしまった。彼女は門の外へ出ようとした気配を咄嗟に変えて、西崎へ艶っぽく笑いかけ、ほとんど手を取らんばかりにして、座敷の中へ招じ入れるのであった。西崎はたった今の喚き声も忘れて、他愛もなく引き込まれていた。

「貴方はお家のお兄様のお友達なんでしょう。北京からいらっしゃいましたのね。まあお懐かしい……」

西崎は、自分が鄭司龍(ていしりゅう)という支那人に扮装していることも忘れて、すっかり煙(けむ)に捲かれて、龍井(ルンチン)を滾(い)れる彼女のダイヤの輝(ひか)る手をただ、うっとりと見惚(みと)れるばかりだ。

彼女は一言一言に艶っぽい笑みを含みながら、正室が病気で寝付かない先は、三人の妾へ着物でも装身具でも同じ品物を、平等に頒(わ)けてくれたが、この頃では、何夫人は、大人の寵愛を鼻にかけて、大人へ勝手に高価なものを強(ね)だることなどをもの柔らかな口吻で並べたて、さっきの口争(いさかい)を、いいわけがましくいうのだった。

(はてな、おれは何しにここへ飛び込んできたのかな?)

西崎がそう気が付いたのはよほど後のことだ。そして有耶無耶(うやむや)のうちに、また彼女に送り出されて半規窗の外へ出た。

頭上には夏の陽（ひ）が、かんかんと照りつけていた。西崎は槐樹（かいじゅ）の樹影へ入ってからふと振り返って見ると、黒い長衫（ちょうさん）を着た男の影が、あの半規窗の中へちらと姿（かげ）を消した。それは秘書の陶文佳（とうぶんか）ではないか。先刻彩がわざわざ門前まで出て来たのは、西崎を陶文佳と見違えたのだ。西崎はちえッと舌打ちをした。が、何思ったか、西崎は足音をしのばせて、半規窗の方へ再びこっそり引き返して行った。

四、凶兆の龘鳴（りゅうめい）

「あのメイ探偵はどこへ行ったんだ」

孔令愷（こうれいがい）が嘉卉庵（かきあん）へ来て見ると、空っぽだ。続いて妹の姚紟（とうきん）もやってきた。

「あの鄭（てい）さんて方探偵なの……」

妹の姚紟は、西崎の鄭が探偵だという点に興味を牽（ひ）かれているらしい。都会で学問をしているうちに、すっかり憂欝な性格を創りあげた兄に較べると、深窓に育った姚紟は、新鮮な果実のような潑剌さがあった。兄はこの妹に珍しく微笑の眼を向けて、明日来るはずの真物（ほんもの）の朱光（チウコワン）探偵の一件をすっかり打ち明けてしまった。

そこへ西崎があたふたと帰ってきた。

「まず僕の問いに答えてくださいよ、龘（りゅう）の鳴き声というのは一体なんですか?」

西崎はすっかり名探偵になり済ましている。しかも彼の態度は大真面目なのだ。姚紟は思わず微笑んで、

「あら、大変なことをお調べになったこと。でも詰まんない迷信なのよ、父は二人の兄を喪くしてから、すっかり悲観しちまって、易者の張天師に観てもらうと、父が昨年のお正月にお酒に酔って彩の室にある鸛（旱に祈る玉龍）の頭を煙管で打ったのが、凶変の原因だといわれて、父は御祈禱に夢中ですの、その鸛の声が禍の起こる前後に邸のどこからともなく聴こえてくるのは、身の毛の慄立つような厭な声だわ。あたし誰かが悪戯してるんじゃないかと思うわ。鄭さん、この話、どこで聴いてらして……」

「いやあ、こんなことを聴き出すのは朝飯前ですよ。すでにもう僕には犯人の目星もついているんですからね、まあ大船に乗ったつもりでいらっしゃい」

西崎は大得意の面持ちだった。実は鸛が鳴くという話は、たった今、彩夫人と陶文佳の会話から盗み聴きして来たので、彼は、事件の元凶はこの二人に違いないと、もうきめてかかっているのだ。

その夕方、孔兄妹と西崎と秘書長の彭元倍とが晩餐の卓に就いたが彭は見たところ年配は三十四五で、がっしりとした体格をしている。寡言な方でまだ独身者だ。

西崎は鸛の声について意見を叩くと、彭元倍は、深い瞳を目瞬かせて言った。

「私は大体、神秘主義というようなことは無視したいのです。しかし旦那様が、易者の張天師の言を信頼なさるのは、今の場合、縋るべき一条の藁なのですし、その意味で私は

張天師を尊敬しております……」

だが西崎はあくまでも麺の声に科学的な検討を求めた。それには張天師に面会するのが捷径だ。彼は食事を終えて休憩すると、嘉卉庵へ帰る先に、広い階段へ出て地階へ降りて行った。祈禱所は孔大人の室とは反対側の左の方だ。更に細い廊下へ入ると突き当たりの厚い白壁の扉があって、把手に真鍮の太い環が箝っている。

孔大人はほとんど祈禱三昧に日を送り、食事の他はこの中に閉じ籠もったままだ。西崎は根気よく待ち構えているうちに、コトリと内側から物音がして、厚い扉が五六寸開けられた。一方の壁へはり着いていた彼は、思わず呀ッと身を竦めた。類人猿のような陰影がちらと扉の外に首をのぞかせたと思うと、さっと引っ込んで、扉は音もなくまた閉まってしまった。西崎は吻と吐息をつき（あれが張天師なのか。俺の姿を見て急いでかくれたらしいが、変な奴だ）呆然として佇んでいると、細い通路へ人影が翳した。

「どなたです？」

人影はそう声をかけて、ずかずかと近寄ってきた。彼は彭元倍だった。が、西崎だと判っても彼は別に訝しむ風もなく言った。

「張天師なら、明日ゆっくりお逢いになるように取り計らってあげましょう……」

西崎はてれかくしの笑顔を彭に向けると、嘉卉庵へ引き揚げてきた。彼は寝床へ入ると、旅行の気労れとですぐ夢路へ入ったらしい。どれほど眠ったか、ふと寝耳に異様な音が伝わってきて、西崎は夢を破られた。それは、どこからともなく、遠く幽かではあるが、コロンコロンという金属性の余韻が陰に罩(こも)って響いているのだ。その不気味な顫音(せんおん)は空間に弧を描いて身近に迫ってくるようだ。

鼈の声？　西崎は寝台からがばと跳ね降りた。そして喆(きつ)の字繋ぎの透かし窓から覗いて見ると、隈なき月光をうけた潤葉樹の葉は宛然燐光のような青さに燦(きら)めき渡っていた。西崎は芝薫(しくん)の死を聯想して恂(ぞ)っと身慄(みぶる)いした。

×

夜が明けると、担架に載せられた何(か)夫人が帰ってきた。やはり陘原(けいげん)の谷あいの道で死んでいたのだそうだ。可憐な彼女は白蠟のような死体と化していた。妊娠中の彼女が陘原あたりまで、単独で出懸けて行ったのは何故(なぜ)か？　そのわけは彼女の召使が、みんなの前で述べたてた。何夫人は邸へ上がる以前に既に男があって、昨日の夕方彼女は陘原まで逢いに行ったが、その結果、魔の谿谷(けいこく)で殪(たお)れたのだ。が今度の屍体の発見者は呉老爺(ごじいや)ではなく、薬草を採りに行った張天師なのだ。

昨日、何夫人と激しい口争(いさかい)をした彩夫人は、大勢の女たちの中から冷たい眸(め)で見下ろしていたが、死体の上に古傘でも載せてやりたいほどの深い怨みが、その眸(ひとみ)の底に燻っていた。

異変を識(し)って令愷も姚紟も駈けつけた。令愷は興奮して大勢の頭上から呶鳴った。

「今に見ろ、悪魔どもを退治てやるから……」

彼は牧原探偵の来るのを待ちかねているのだ。令愷は、現在自分が帰ってきたその夜の出来事なので、眼に見えぬ敵に対する憤怒が心頭に燃え上がっているのだ。名探偵？たる自分の鼻端(はなつら)で舐めた真似をした。その怒りは西崎とても同じことだ。令愷はついに西崎の言を容(い)れ、祈禱と龘の声とに関聯して、張天師を一応詰問してみることに同意した。

その夜、嘉卉庵へ張天師が迎えられて来た。間近で見る張天師は半白の髪と、頬から腮(あご)へかけて胡麻塩の髯とを蓄えているが、若々しい血色をしている。ただ、頸が埋まるほど怒(いか)つく盛り上がった肩、黒眼鏡と、長い黄色い歯とが類人猿(チンパンジー)のようにグロに見えるが、彼の低声(バス)は歯切れがよくて明快だ。西崎は、昨夜のグロな印象がこびり付いていたが、逢って見れば案外平凡な張天師だった。

五、鳴行変(めいぎょうへん)

「龘(りゅう)の鳴き声は一体どこから起こるんだね」

令愷(れいがい)は性急(せっかち)にたたみかけた。が張天師(ちょうてんし)は落ち着いた低声で応えた。

「それは天意です。大人(たいじん)は酒興の上のお戯れで、旱(ひでり)に祈る龘の頭を煙管(キセル)で打(ぶ)たれたのが、孔家(こうけ)へ今日の禍根を齎(もたら)したわけですぞ。祭場には六甲壇を築き、山を運び海を倒す力のある六甲神(ろっこうじん)を祀っとるが、なんせい龘は天壺(てんこ)の神、雲菁(うんせい)や風伯(かぜのかみ)飛魔の助勢を得とるから、わしらの眼に見えず、耳には聴こえなくとも、孔家は禍神(まがつみ)の凝雲体に蔽(おお)われとりますで、しばしば雷雨に叩かれ、電火に裂かれ火急な迅さを以て処分されるわけで、それは天の大なる声であるから、凡夫にはどうすることもできん。そこでわしは天壺の開く時を待っとります。その時は華蓋のごとき不測な色彩の雲が顕れるが、それが葱蒨なれば瑞雲で、赤色の旱の神たる魃の禍を降伏さすことができます。わしはただ、元始天尊が祥瑞を顕される期を待っとりますのじゃ……」

徹頭徹尾神秘的な張天師の話を聴いては、令愷はそれ以上突っ込む気もしなかった。が彼は陶文佳の顔を見ると話題をそっちへ持って行った。

「君はついでに張天師に運勢を観てもらえ。君みたいな好男子は、素晴らしい艶福が約束されていそうだぞ……」

陶文佳は、ハッと顔色を変えた。

「どれわしが観てあげよう……」

張は懐中から天眼鏡を取り出すと、

「今、なんですから、後ほど観て頂きます」

陶は、へどもどしながら、敏捷な眼付きで一渡りみんなの顔を窺ってから、遁げるように立ち去った。

「僕の相を一つ観て頂きますかな……」

不意に背後に起こった声に、みんなはただ呀ッと声を呑んだ。まるで床から湧いたように黄絹の支那服を着た牧原探偵が、入口に突っ立っていた。

「やあ朱光君、よく来てくれた」

令愷は親友に会ったような親しさで呼びかけてそばの椅子を勧めた。牧原は約束通り時日を違えずにやってきたのだ。鄭探偵の西崎は、これで重荷が下りたというように吻と吐息をついた。牧原はいきなり張天師のそばへ顔を突き付けて言った。

「僕は今、ある難関に直面しているので運勢を観て頂きたいのです」

張天師は天眼鏡を牧原の顔の高さに翳したがすぐ下ろして、

「ほほウ、七陽三陰じゃな。額は広く瞳は明るく鋭い。その三陰じゃが、陰なきは名球に耀なきがごとし、眼下より鼻梁へかけて一抹の暗影が漲っているのはこれ野心あり大望あるの相じゃ。が、その暗影の末端に炎の迸るのは貴下の運命が、今まさに危機に瀕しとる証じゃ。貴下の行く手には死境が口を開いとる。危ない行動は避けられるがよい」

張天師は、そういい放つと、胡麻塩の腮鬚を顫わせながら、曲がった腰を伸ばして、とぼとぼと嘉卉庵を出て行った。そこへ召使が来て、孔大人が用事があるからと言って令愷を呼び出しにきた。牧原はその後で姚紟に向かって自己紹介をすました後、芝薫の死んだ現場を見せてくれと言った。

「あたしの寝室ですわ……」

姚紟はそう言って眩しそうにこの若い美貌の探偵を見上げ、先へ立って嘉卉庵を出た。牧原は母屋から姚紟の室へゆく渡廊の処で、西崎の耳へ何か囁いた。今現れたばかりの牧原が、どうして陶文佳と彩夫人とのことを識ってるのか、西崎は吃驚しながら、半規窓へゆく庭の方へ回った。

姚紟は、細い回水へ架した朱欄の小橋を渡って自分の室へ牧原を案内した。その室は姚の居間に応(ふさわ)しく、調度のすべてが華の名で表してあった。入口の華榱(かさい)（たるき）に横に細長い黒色の漆板に華封三祝(かふうさんしゅく)の文字が青貝で鏍刻(らこく)してある。それは荘子(そうし)にある華の封人(ほうじん)からきた、子多かれ、寿(じゅ)多かれ、富(ふ)多かれ、と謳(うた)ったものだ。古雅(こが)な時代色をおびた匋江(とうこう)錦(にしき)の机掛け、その上のスタンドの灯(ひ)も、ほんのりと薄紅色の華蓋(きぬがさ)を被せてあった。

六朝(りくちょう)時代の象牙の獅子の像や、白綾に銀糸で刺繍した金鳳花(きんぽうか)の柱かけ、繊細な骨組みの白障(はくしょう)の傍らの小卓に、芭蕉扇の置かれてあるのも佳(よ)く、半ば掲げた斑竹(はんちく)の簾(すだれ)から赤い柘榴(ざくろ)が覗き、低い簷(のき)からは、鏗華鐘(けんかしょう)の篆刻(てんこく)文字のある小さな青銅の風鐸の舌が、森の彼方(かなた)から通う風籟(ふうらい)に微かに揺れている。

次の寝室へ入ると一隅に寝台があって、白い敷布と、赤と緑で花紋を散らした毛布が、天井からくる照明に艶(なまめ)かしく映えている。

姚紟はいつも芝薫とこの寝台へ寝ていたが、芝薫が死んでから寝台を取り替えたのだ。

「芝薫が喪(な)くなった時、貴女はどこへ行かれたのですか。当時の有り様を委(くわ)しく話してください」

牧原は居室へ戻って寝台の見える辺りへ腰をかけて尋(き)いた。

「その晩、あたしの誕生日なので御馳走が出たりして、娯楽室で麻雀(マージャン)をして遊びましたの……」

六、水銀石英灯(せきえいとう)

「麻雀をしたのは誰々とですか？」

「彩(さい)と秘書の陶文佳(とうぶんか)と、それにあたしと彭元倍(ほうげんばい)の四人で……」

「中途で誰か室(へや)を出たでしょう……」

「一回目が終わる頃、十二時過ぎだと存じますわ、学僕の永が彭を呼び出し、その代わりに永が席に着いて麻雀を続けましたの。彭が戻ったのは三十分後だったでしょう。あたしが室へ帰ったのは、それからまもなくでしたわ。すると芝薫(しくん)が死んでたんですもの……あたし、あんなに吃驚(びっくり)したこと初めてよ。顔を仰向けにして唇から出た前歯や髪や、指の爪が燐でも塗ったように青く光ってたんですもの。気が付くと夢中で召使を呼びたてましたのよ。けれどもみんなが駈け付けた頃には、青い光がすっかり消えてるじゃないの。でも、誰にもそのこと言わなかったわ、兄さんの他に……」

「それは確かに賢明でしたよ……」

と牧原は姚紟(とうきん)の処置を讃(ほ)めて、改めて天井の照明を見上げた。

「ほほウ、これは水銀石英灯(せきえいとう)ですね。家中がこれなんですか……」

「奥のお室がみんな水銀灯よ。表の方は普通の電灯ですわ」

「お家には自家発電所があるんですね？」

「ええ邸の側面を流れてる汾河の水流を利用したんですわ。この易県で電灯が点いてるのはうちが一軒だけよ」

姚紟はそう言って子供っぽく微笑った。

「水銀灯は誰が設計しましたか……」

「彭元倍が昨年の春取り付けましたの……」

牧原の瞳は依然として天井へ吸い寄せられていた。それは多角的な稜角をもった石英硝子を牡丹の花の形に組み立てた灯器で、茎に当たる処に銀色の壺形の蔽いが掛かって、照明を下の方へ集中するようになっている。その光度は太陽の陽光のように柔らかな自然色を放っている。

牧原と姚紟とが嘉卉庵へ戻って見ると西崎はまだ戻っていない。

「やっ、失敗ったかな？」

と牧原は眉を寄せて呟き、それから令愷を呼びに姚紟を急きたて出してやったが、なかなか戻って来なかった。約三十分も経ってからあたふたと駈けてきた。

「兄さんどこにも見えないわ……」

「家中いそうなとこ残らず捜したんですか？」

牧原も、さすがに狼狽の色が見えた。姚紟は唇を蒼白にして涙ぐんでいた。

「兄さん生きてるでしょうか、もしか陘原のあたりで……」

「いや確かに家にいる……」

と、牧原はやっと自信を取り戻したように言った。

「ともかくも貴女は御自分のお室へ帰ってください……」

と、牧原は姚紟を彼女の居室へ送り届けてから、

「後ほど、僕が扉を叩くまで、一歩も出ちゃいけませんよ、危険ですから……」

姚紟は牧原が立ち去るのを心細く見送ったが、不安で堪らなかった。十一時、十二時と過ぎて、それは一時に近い頃である。と、不意に扉を叩く音がした。姚紟は、飛びついて扉を開けたが、呀ッと叫びをあげた。

牧原は、頭から全身ずぶ濡れの姿で、肩で息をしながら突っ立っているのだ。水滴の滴る衣服は半ば泥塗れだ。彼は姚紟の問いには応えずすぐ孔大人のいる処へ案内を乞うた。

姚紟は何か名状しがたい怖いものに衝つかった気がした。牧原は姚紟を急きたてて、獅子型の灯魌からさす薄暈けた照明をたよりに、夜更けの廊下を走った。

そして広い階段を一気に駈け降りて左の方へ、白壁の大扉の中へ駈け込むと、天書や雷篆を貼り回した中から、孔大人は吃驚して顔を擡げ娘のそばに突っ立ったずぶ濡れの青年を、鈍い瞳で矘めるのだった。

大人は重なる凶変のため、脂肪肥りのした頬がげっそりと削げて、眼は凹み、顎の胡麻塩の髯もみすぼらしくさえ見える。彼は孔家の災いを転じて幸福に代えるという張天師の言を信じて、六甲壇を設け、山を運び海を倒す力のある六甲神と、その下に龒を祀ってある。

牧原はほとんど喪心状態の孔大人を姚紟とともに扶(たす)けて、彩夫人の室へ伴(つ)れてきた。次の寝室へ入って見ると大人も姚紟も呀ッと立ち竦(すく)んでしまった。寝台には彩夫人の姿はなく、薄い羽根布団を羽(き)た大理石の孔子の胸像が横たえられてあった。しかも顔も胸も、布団から現れた部分は一面に、燐光のような青色を放っているではないか。牧原は、そばから説明した。

「この燐光様の光は、水銀石英灯の性能を一層強大化して直射した物理的現象に過ぎないのです。するとどういう種類のものが光を発するかといえば、自然の産物、例えば人間の歯や髪や爪は光るけれども、義歯は光らないのです。それから、象牙や天然のダイヤ、骨などは光るが、偽(に)せた物は発光しない。そこで、この水銀石英灯は病を療(なお)したり、いろいろな犯罪化学の捜査に使われ、物質の真偽を検分(みわ)けるために使用されているのです。それから、この水銀石英灯の原理を一口にいえば、真空の石英製の管内に水銀を充たし、それに電流を通じて発光させるので、水銀は紫外線を発生し、石英は能(よ)く、紫外線を透過さすすこぶる簡単な装置で、単にそれだけなら、健康上至極結構なわけですが……」

と牧原は照明を指し、

「この水銀灯を貴方へお勧めして取り付けた人物のそもそもの目的はというと、この透過力のある石英管を通じて、一種の異状光線を放射することにあったのです」

孔大人も令愷兄妹(きょうだい)も一言も発せずただ傾聴するばかりだ。

七、鴟梟の家

「さて今まで、たくさんの人が陘原で死んでいたというのは嘘で、実はみんなこの彩夫人の室で殺されてから、陘原へはこばれていたんです。実は彩夫人と、陶文佳とはかねてから懇ろにしていたわけで、それをある人物に感付かれ、この室を犯行の現場に余儀なく提供していたわけです。元来、陶文佳は女蕩しで、彩夫人を唆した一方に、室沓を拵えに後房へ出入りしていた婀蘭とも懇ろにしていましたし、陶は婀蘭と逢い曳きする際には、当家の子息に肖せて、白地の洋服を着ていたのです。

そして薄暮時の陘原を婀蘭と歩いていたのを、呉老爺は当家の長兄と見誤ったのですよ。次兄の場合もそれで、そこを犯人が巧みに利用して、毒瓦斯説を効果づけたわけです。

何夫人の死は彼女が妊娠していたため、孔家の血統を断つためですよ。それから芝薫女史の逢い曳き説も根もない嘘で、呉老爺の妄想性を利用した張天師の催眠術的暗示に他ならぬのです。それから何夫人の場合も彼女の召使が他から使唆されたまでです」

「総てはわしの不徳からで、面目もないわけです。しかし、令愷は無事でしょうか……」

そこへまっ蒼な顔をした令愷が飛び込んできた。

「さっき、父が僕を呼んだと言ったのは嘘でした。僕が祈禱所へ近寄った途端、背後から組み付かれて、麻酔剤を嗅がされ、敵の顔を認めぬ先に気を喪って、庭先の書庫へ抛り込まれて、この室へ移されたのを、朱(チウ)君が更に書庫へ伴(つ)れ戻してくれたのです。お蔭で僕は救われました」

「僕はその後へ大理石の孔子の像を横たえておいたのだ。物理現象を皆さんにお目にかけるためにね」

牧原はそう付け加えた。

「五寨村(ごさいそん)の李少年も、斉(せい)も汪(ワン)も当家へ働きにきてその術(て)で殺(や)られ、死体となってから陘原へ持って行かれたので、彼らの死は毒瓦斯説を一層効果づけるための犠牲だったのです。何夫人もそれですよ。芝薫も同様、ここで死んでから姚紟さんの寝台へ移されたのです。が犯人はその時陘原へ持ってゆく隙がなかったのです。芝薫が殺された動機というと、彼女は、後房に勢力を張った彩と陶文佳との仲を嗅ぎ出して、そこから更に挙動不審な主謀者へ及んだので、急に殺されてしまったのです。ここまでいえば犯人は誰かもうお判りでしょう」

牧原はそう言って令愷に二人の下男を呼び寄せてもらい、庭の書庫へ抛り込んでおいたものをこの室へ搬ぶようにと命じた。まもなくそこへ悪魔の翼のように黒いマントの袖を張った硬直死体が搬ばれてきた。

「僕はこいつの室へ入って家捜しをしていた処をこいつに発見され、途端に床の陥穽(おとしあな)から突き墜(おと)され、あの発電所の滝口へ真っ逆様(さかさま)に跳ね飛ばされたのです。全身がずぶ濡れになったのはその故(せい)ですよ。しかしこいつはあの汾河(ふんが)の激流へ抛り込んだ敵が蘇生(いきかえ)ってくることを計算のうちへ入れてなかったのです。しかしこいつは僕が探偵であることに気がつき、驚愕のあまり、発電所の中へ造った悪魔の化学室を開けようとして焦り、その弾みでコードが脚に絡みつき、殺人光線を送る光電管の接続線が外れ停止せんとする光線の、その刹那の余光に撃たれて殪れたわけで、強力な怪力線の前に、防電マントは何らの効もないのでした」

と牧原は脚下の死骸のそばへ蹲んで、光線除けの眼鏡の付いた頭巾を除ると、怪魔の全貌がそこへ曝け出された。蔓草のように捲き上がった白髪と、胡麻塩の腮髯の、それは黒眼鏡を除いた張天師の顔だ。電撃によって神経中枢を破壊され、鉛色の鞏膜に点ぜられた瞳孔は極度に縮少して、全然変貌しているけれども、彼の面貌そのものは、孔家の人々が日常見慣れた顔であった。

鬘と付け髯とが除られた。牧原は、なおマントを引き剝ぎ、胸部を寛げて、両肩を盛り上げた塡物の布片を除り去ると、そこに現れたのは孔家の忠臣たる秘書長の彭元倍ではないか。孔大人も令愷も姚紟も、ただ呆気に取られ、呼吸も窒るばかりに凝視した。

「孔家横領の陰謀者はこいつですよ。こいつは一方に張天師という易者に化けて、龖の予言として、大人を発狂か悶死かの究極へ追い詰め、また病弱な夫人へは、薬草と称して水莨菪（うまのあしがた、或いはおにしるぐさ）という麻酔性の毒草を煎じて服用させ、徐々に死へ導き相続者たち男児の生命をことごとく断って、姚紟さんを欺いて結婚し、孔家を完全に横領する肚だったのです。僕は芝薫女史の持ち物を色々調べているうちに彼女の日記帳に『美鳳伏竄シテ、鴟梟翶翺』と謎のような文句が記されているのを、ひょいと目にした時、ははあ、と、事件の全貌が朧げながら解けたような気がしたのです。鴟も梟もともに悪鳥で、支那では古来奸悪の人物に喩えられているほどで、これでみると、孔家は今まさに鴟梟の翼を張るがごとき暗黒の状態に置かれていることを暗示しているようだと思ったのです。思えば芝薫女史の功績は偉大です。死して後まで、事件解決の二つの端緒を我々に与えてくれた訳ですから……。次に鸝の鳴き声の正体は?」

と牧原は黒マントのポケットを捜り、約五寸ほどの七孔のある竹管を取り上げた。

「これは篪という昔の楽器で、楚辞の九歌にある『吹篪聞鸝鳴』あれを利用したのです」

孔大人はただ傾聴するばかりだ。

「しかし彼が千慮の一失ともいうべきは、水銀石英灯の性能を停めずに怪力線を放射したことで、この怪力線を停めた直後、次の操作へ移る間、水銀灯もその光度が拡大されたまま放置されてあったため、照射された物体が燐様の光を放って、あの物理的現象を残したわけです。その青い光が消えるのは約三十分後です。それを姚紟さんに発見されたのは、そこがすなわち天網恢々ですよ。姚紟さんに青い光のことをきかなかったら、私も水銀灯について、何も疑問を起こさなかったかも知れません」

と、牧原は吐息を洩らして語を継いだ。

「変名した彭元倍の正体はスパイ名簿で判ったのです。彭は七年以前に抗日策戦の準備として、旧中央政府から英国へ派遣され、レスター工業大学の電気科に学んだことが明瞭になったのです。同校の教授、O・R・クラウドの発見したクラウド光線こそはすなわちこの殺人光線で、一名死のカーテンとも称ばれ、世人の心胆を寒からしめたほどです。ただ彼の目的が支那へ帰ってから変更され、危険なスパイ行為は止めて、この武器を利用して、安全な孔家の横領を企てたわけで、行方を晦ました彼は、一方で旧中央政府のお尋ね者なのですよ。この死のカーテンによって神経中枢が破壊され、ヘモグロビンの障礙による窒息死の徴候は、ちょうど、毒瓦斯の中毒と一致するわけですから……」

次に牧原は彩夫人と陶の問題について言った。

「ふたりは陶の室へ閉じ籠めてありますが、彼らは彭元倍に脅かされて、余儀なく室を凶行の現場に提供したまでですし、多少の幇助的行為はあるとしても、彼らには寛大な処置を希いたいのです」

孔大人は悪夢から醒めた心地で、牧原の労を犒い、適宜の処置を取ることを誓った。牧原は、一礼をすると兄妹をつれて、今度は西崎の室にあてられた嘉卉庵へ歩を運んだ。その時、西崎は嘉卉庵の寝台でやっと麻酔から醒めたところだ。

「僕は彩夫人に半規窗へ引き込まれて龍井へ塩漬けの夏柑の花を入れたのを服まされたが、少し苦っぽい味がしたと思ったら寝込んじゃった。とても変な夢を見た」

西崎は懶るそうな欠伸をしながら寝台を降りてきた。

「黒マントの怪物に魘されたんだろう」

令愷は苦笑しながらそういうと、

「いや、絢爛な罌粟畠で、馬の足形を捜し回った夢だったよ」

今度は牧原が苦笑で酬いた。

「金剛経には蔓約滬影のごとしとあったね。それも一つの有為の法へ加算して置こうよ。この事件の中に水莨菪（うまのあしがた）もあったっけ。君が絢爛な罌粟畠の中で馬の足型を捜し回っているうちに、一切が解決したからね。しかしそれはそうと、君独得の捜査法も、この事件に大いに寄与するところがあった。陶文佳と彩夫人とが主謀者だという君の推理の的は外れたが、祈禱場の蔵と大人の居室との間に、匪賊の襲来に備えた秘密の通路があるのを、発見するヒントを与えてくれたのは君だったから――。彭元倍と張天師との一人二役はそこで演分けていたのだ……」

聖汗山(ウルゲ)の悲歌

序曲(プロローグ)

「総てを清算して大陸に渡ります」

私の甥の香坂淳一が、その一言を置き土産(みやげ)にして東京を発ってから、早いもので、はや二年の月日が経っている。彼が内地を去った動機は、養家(ようか)先の香坂家に起こったいろいろの煩わしい経緯から、一時逃避するためだったが、彼はその計画を、幼い時から姉弟(きょうだい)同様にしてきた私にだけ、こっそり打ち明けて同意を求めたのだった。彼の向こう見ずの冒険心も、彼自身の人生に通ずる、止むに止まれぬ一つの宿命であるかに思われて来たので、私は、たった一人の肉親としての賛成を、彼に与えてしまったのである。謂わば私の一存で彼を大陸へ遁(に)がしてやったようなものだった。

「……姉さん、僕はやはり同郷の山県少佐をお訪ねしてよかったと思います。少佐は実に豪快でしかも親切な方です。僕は少佐の部隊で雑務をさせて頂くことにしました。目下は蒙彊(もうきょう)地区の徳王府へ来て善隣協会の事業班で働いているが、学校時代から得意だった満洲語、支那語、蒙古語も、どうやら板について来たし、遠からず、共匪(きょうひ)の支那敗残兵の討伐にも参加するはずです。

それから姉さんに諄(くど)くも言い付かった小説の材料になるような話。だが、いくら大陸でもそんなのはザラに転がっていないようだ。と言ったからって落胆しないで待って下さい。またお便りします」

　この手紙を最後として、彼はパッタリ消息を断ってしまった。まる一年あまり、絵端書一枚送ってよこさぬのである。さすがの私も少し不安になって来て、○○部隊の山県少佐あて、問い合わせの手紙を出そうかな、と思っていた矢先、だしぬけに彼からの厚い封書が投げ込まれた。

「姉さん、御無沙汰のお詫びは後回しにします。あれから急転直下、危地に曝され通しの僕は、何のことはない、一方で知らず識(し)らず姉さんの原稿の材料捜しの役目も勤めていた訳だ。だから、御無沙汰のおわびの印に、僕が直面した数々の事件のうちで、軍機に関する方面のは時効にかかるまで後回しにすることにして、最近僕が個人として衝(ぶ)つかった不思議な物語をひとつ報告しましょう」

転龍蔵(チャンロンツアン)の丘

　香坂淳一は、○○部隊の駐屯する包頭(パオトウ)を発ち、鄂爾多斯蒙古(オルドスモーコ)を迂回して蘭山(らんざん)山脈を越え、それから寧夏(ねいか)へ入って、青海省(せいかいしょう)の西寧(シンニイ)に出るまで、まる半月を費やした。疲れた足をひきずってやっと西寧の町へ入った時は、午後四時頃。土壌造りの低い家並みが続いているこの町の上にうっすらとした夕靄(もや)が一面に垂れ込み、町の広場も表通りも裏通りもどっちへ曲がっても、おびただしい人の群れと駱駝と馬と犛牛(ヤク)と騾馬の群れとでごった返していた。彼らは、ことごとく蒙古喇嘛(ソグボラマ)の大本山、聖汗山(ウルゲ)へと発足する信徒たちであった。この西寧は、数百年来、北京と西蔵(チベット)とを結ぶ通路の要衝に当たっているが、今度新しく復活された聖汗山への出発点としても、遠くは察哈爾(サハル)、綏遠(すいえん)、寧夏、西康(せいこう)の各省各旗からのここが立場に当たって居り、今度の聖汗山の大祭(たいさい)に当たっては、連日連夜各地から繰り出して来る信徒の群れで、この古い駅場(ターサム)の街西寧始まって以来の大賑わいを呈しているのだ。

香坂は大褂子(ターワーズ)を着て馬の革の靴(シユエ)を穿(は)き、それに西蔵の貴婦人が用いるトーイチという褐色の顔料で扮装していたし、すでに半月の旅路の汗と埃とですっかり色揚げされ、誰が見ても、朴訥(ぼくとつ)な蒙古の青年だった。一体、香坂淳一は何のために、こんな辺境へやって来たのだろうか。

それはちょうどノモンハン事件が納まり、日蘇協定が成立した直後であったが、彼はある使命を果たして、天山北路の辺疆(へんきょう)からの帰途、××から百霊廟へ辿りついて、そこから測地班のトラックで包頭(パオトウ)へ帰りつつあった。そのトラックには、兵士が十人ばかりと、それから軍部とはどんな関係があるか知らないが、伊克昭盟(イクチャオ)で水晶彫り師をしているという蒙古人の龍克子(ロンチャーズ)という青年と、香坂淳一とが乗っていた。

初夏の薄陽(うすび)に煙った内蒙の大草原から陰山(いんざん)越えの退屈凌ぎに、話好きの藤井伍長が、香坂を捉えて頻りに話しかけて来た。愛馬の話から香坂もつい釣り込まれて、下北地方（青森と岩手の境）の田名部(たなんぶ)馬の由来を話したが、それは、彼の養家(ようか)先の香坂家が下北地方でも屈指の牧場主で、馬にかけては彼も少年の頃から一ぱしの乗り手であったし、自然と話が弾んできたのである。

　この田名部馬は付近の湯の町易国間(えこくま)の発展と深い関係があった。と言うのは、南北朝の享徳年間、時の豪族蠣崎蔵人(かきざきくらんど)が、南朝に加担して軍馬を蒙古から買い入れ、それ以来韃靼(だったん)との貿易が開けて、異国の船がしばしばこの港に来航した。それ以来この地を異国間(いこくま)、或いは易国馬とも称したとの話だが、この田名部馬は、身長は低いけれども、寒気と粗食によく耐え、一種の特徴ある馬骼は、香坂がこの蒙疆(もうきょう)地方の馬をはじめて見た時、はたと思い当たったわけで、彼がその話を藤井伍長に話したら、当の藤井伍長よりは、そばで熱心に耳を傾けていた龍克子の方が乗り出して来た。彼はがっちりした体つきで、蒙古人特有の人懐っこい眼差(まなざ)しをしている。

　トラックが包頭へ入って、東城門外へさしかかると、トラックが故障を起こして動かなくなり、みんな降ろされてしまった。香坂は近くの転龍蔵(チヤアンロンツアン)の丘へぶらぶら登って行った。後から龍克子が、何か話したげな様子でついて行った。

　丘の下には、褐色に濁った黄河が悠々と流れ、西から北へ、脈々たる拡がりを持った高原は、遠く中部亜細亜(アジア)の彼方(かなた)へ、遥かの天際を掠(かす)めて、金色に煙った大気の中へ溶け込んでいる。

　龍(ロン)と彼とは丘の上に腰を下ろしてしばらく煙草を燻(くゆ)らしていたが、龍が不意に熱のこもった口調で彼に話しかけて来た。

「ヤポナは馬乗りが上手なんだろう。だったら、競馬の騎手になってみないか、優勝者には五千留(ルーブル)の懸賞金が出るんだ」

「ルーブル?……と言うと」

香坂は思わず龍を見据えて聞き返した。

「無論懸賞金の出所はソ聯側なんだが……」

龍もこっちを窺うような眼差しで凝乎(じっ)と瞶(みつ)めた。

「この時世にそんな馬鹿げた競馬がどこにあるんだ」

ソ聯と聞いて肚立たしくなった香坂は、思わずそうたたみかけたが、龍は人懐こい瞳を輝かして哄笑した。

「ハッハッハッ……ヤポナはまだ知らないんだな。聖汗山(ウルゲ)、つまり蒙古喇嘛の大本山が復活したんだ、青海省の西寧から十日はかかる。それで、この七月二十日から三日間に亘(わた)る喇嘛大祭(ラマたいさい)に、活仏台覧(ゲゲンたいらん)の大競馬が催されるんだ」

この話は香坂には初耳だったし、また一向呑み込めぬ話だった。元来反宗が建前のソ聯は、革命直後、喇嘛教徒の血を流し、世界五大宗教都市の一つであった外蒙の庫倫(クーロン)を奪取して喇嘛の大本山を叩き潰したではないか。そのソ聯が、蒙古喇嘛の復活祭に、余興競馬の後援をするとは訝(おか)しい。

「ところが、ゲ・ペ・ウが尻押しで聖汗山が復活されたことは明らかなんだ。彼らは、各省各旗から続々と繰り出してゆく満蒙人の聖汗山行きをかえって歓迎しているんだ。その意味、ヤポナに分かるかね。つまりゲ・ペ・ウは、表面、蒙古喇嘛本山の聖汗山の復活に尻押しをして、競馬の懸賞などで人気を集め、満蒙人懐柔の政策に利用する一方、各所に散った反ソ的分子や、外蒙を脱走したブリヤード蒙古(モンゴ)人を集めて引っくくろうという腹なんだ……」

龍(ロン)は烈しい口調でそう言いかけたが、すぐ口吻を柔らげ、香坂がもし競馬へ出るなら、旅費の一部を提供しようと言って、まだ香坂が何とも答えぬのに、十円の蒙疆紙幣十枚をポケットから摑み出して、遮二無二香坂の掌(て)に押しつけてしまった。

実を言うと、香坂は目前の好餌(こうじ)にうっかり釣り込まれていた。だが待てよ。話があんまり旨すぎる。彼は心の余裕を作るために、煙草を取り出すと、龍は如才なくすぐ燐寸(マッチ)を擦ってくれた。一口喫(す)って煙をふーッと吐き出した途端、龍の緊張した眼にぶつかって、香坂はあわててその紙幣を龍の膝へ叩き返した。

(ああ俺はなんと言う間抜けなんだろう。見ず知らずの人間に百円の旅費まで出して、競馬に出そうとする理由が無いじゃないか)

「アハハ、ヤポナは誤解したな」

龍は彼の腹を見抜いているように朗らかに笑うと、懐中から木の箱を取り出し、中から黒水晶で彫った奇妙な仏像のようなものを取り出した。

「これは、坐台宝(チーリンポチエ)という活仏(ゲゲン)の偶像だ。実は聖汗山の大祭に仏具の出張店を出すことになっている孛幹邪（ホウハンイエ）という者に、この仏像の見本を手渡し、それからこの手紙を渡して欲しいのだ」そう言って別に手紙を一通龍は取り出した。「実は確かな人を見つけてこの二品を預かってもらいたいと思って探していたのだが、なかなか見つからなくて……ヤポナがもし競馬をやりに行くなら是非頼みたいのだ。この金は、その手数料だと思ってくれればいい」

話の筋道はどうやら呑み込めたが、まだ腑に落ちないものがある。

「仏像と手紙を手渡すというのはどういう意味だね」

「ハハハ……ヤポナは疑り深いな。これは商売だ。孛幹邪というのは僕の遠縁の仏具屋で、彼の手を通じて聖汗山へこの坐台宝の模像を納入できるように、運動してもらいたいのだ。手紙にはそのほか色々の用事が書いてあるが、君はただ孛幹邪にこの二品を渡してくれるだけでいいんだ。ヤポナ、どうだね。五千留（ルーブル）儲けに競馬に行ってみないかね。儲からなかったとしても、ゲ・ペ・ウの蒙古政策の一端を見てくるだけでも……」

実は香坂もさっきからそれを考えていたのである。が、素寒貧（すかんぴん）の香坂にとって、五千留の懸賞競馬というのは、なんと言っても大きな魅力であった。

「では一つ訊くがね。君は旅費まで出して人に頼むようなことをせずに、何故自分で行かないんだ」

一瞬、龍は打ち沈んだ眼色をちらりと地面に落としたが、すぐ穏やかな口調で、「ヤポナ、僕も自分で行きたいんだが、今、親爺が重病で、どうしても手が離せないんだ」

「よし分かった。何とかしてその競馬へ出てみよう。君の品物は、確かに預かった」
「ヤポナ、行ってくれるか、有り難う」
龍はほっとした顔つきで、紙幣を再び香坂の掌に握らせた。

沙漠の旅

西寧の支那宿で南京虫の襲撃に遭い寝苦しい一夜を明かした香坂は、翌る朝早く町外れの駅場へ出かけて行った。聖汗山へ行く者はここでゲ・ペ・ウの検査官に護照（身分証明の札）の検査を受けるのだ。検査官のいる処は一段高くなっていて、柵の向こう側には大勢の官憲がいて関門を通過した者の荷物を積んだ駱駝や騾馬、犛牛、馬車などの整理に当たっている。

香坂は龍克子の護照を借り受けて来たので一言の質問も受けずに済んだが、検査官の背後に控えた大勢の役人の中から凝乎とこっちを瞶めている鋭い瞳に衝つかると、思わずはっとした。

（ザハルウィッチだ。ああ何だって此奴がここへ出洒張って来たのだろう。黒鷲のような頭、栗色の瞳……たしかにあいつだ）

香坂は咄嗟に蒙古の素朴な若者たちがよくやる表情を真似て、歯を剝き出してにやっと笑って見せた。

ザハルウィッチの瞳はすぐ他へ反れていた。香坂はホッとしたが、それにしても、ザハルウィッチがここに現れたのは、意外だった。香坂はこのスラヴとツングースの混血児みたいなザハルウィッチが、一ケ年前に、張家口（ちょうかこう）で、白系露人によって組織された「露人の家（ロドキドム）」で防共委員をしていたことを知っている。彼はレニングラードで士官学校に在学中から、前途を嘱望され、歩兵少尉として外蒙の第二軍団の指導部に回されたが、駐屯中に脱隊して興安北省（こうあんほくしょう）に遁（のが）れ、張家口へ来て白系露人軍に投じたはずの男である。が、今日前に見るザハルウィッチは、厳然たる赤軍の番犬ではないか。香坂は、張家口の「露人の家」へある用件で訪れた時、ザハルウィッチと言葉を交わしたこともある。その時の印象では、軍人上がりとも見えぬ柔和な紳士であった。その男が、赤軍のスパイだったとは！　いや彼奴（あいつ）から見れば此方（こっち）が日本のスパイということになる。この場合は遁れたとしても、これから、ソ聯の支配下にある聖汗山（ウルゲ）へ、蒙古人に成りすまして乗り込むには、すくなからぬ危険が伴うわけだ。

いよいよ聖汗山への出発だ。香坂は、数百人の一団に加わって、駱駝を雇うことにした。但し駱駝は四人乗りだった。真ん中の凹（へこ）みへ手回りの荷物を載せ、両側へ柳の枝で編んだ籠を一つずつぶら下げて、それに二人ずつ乗るのだ。籠の中の椅子は居眠りをしても落ちないようにできている。

香坂は先へ乗り込んで客の割り当てを待っていると、隣の籠へは烏蘭察布（ウランチャプ）から来たという中年の土民夫婦が乗り、香坂の籠へは二十歳（はたち）ばかりの美しい娘が乗り込んできた。

娘は慌てて乗り込んでから、対手（あいて）が意外に若い男性なのに気がついたらしく、ふっくらと丸みをおびた小麦色の頬をほのかに羞含（はにか）ませて俯向いてしまった。香坂は一瞬、ザハルウイッチに遭った不安も忘れて、これから先の十日間、この蒙古娘と合い乗りの旅も満更悪くはないと思った。

娘の名前は芬莫（ファンレー）と言った。それは蒙古の青年たちが好んで謡う鄂莫芬莫（オンレーファンレー）の二人の美人を讃えた民謡から採った名であろうか。この娘の素晴らしい自然の美しさが、香坂には嚙みしめるように解ってきた。この芬莫は土民夫婦の伴（つ）れではないらしい。

若い娘の一人旅？　それには何か訳がありそうだが、服装も質素で青麻（チンマ）で織った袷襖（チャオ）を着ている、だが普通の土民の娘にしてはどこか気品がある。香坂は、この娘の素性（すじょう）に、いちはやく興味を持ちはじめた。——それから、わずか二日の旅を重ねただけで、香坂も娘も、どちらからともなく、かなり親しい口を利くようになっていた。

他（はた）の眼からは若い恋人同志のように見えるのか、隣の籠の女房は露骨なものいいでよく戯（から）かったりしたが、芬莫は別に否定する風もなく娘らしい微笑で酬いていた。

道筋は次第に荒涼たる沙漠地に入り込んで行く。しかし沽无濘沼地（ツァイダムしょうち）を北方に控えている故か、所々に沼地や小川が見られ、草地が点々として散在している。この無人の境を、聖（せい）汗山詣での信徒の行列が、駱駝の銅鈴（チョルト）の音（ね）も冴（さ）やかに騾馬、犛牛（ヤク）、馬などの群れを従え、蜿蜒（えんえん）として平原の起伏を縫って行くのだ。

それは六日目の夕方——。香坂は天幕の外へ出て、タバコを燻（くゆ）らしながら、さっきどこかへ姿を消した芬莫が帰ってくるのを待ちわびていた。

香坂の胸のどこかには、芬莫に対してうずくようにしみ出る、ほのかな思慕の情が芽生えている。

南山(なんざん)山系を渡る微風も絶えて、沙漠の際涯(はて)に舂(うすづ)いた夕映えも黄をおびてきて、脚下にはいつのまにか暗紫色の陰影が匐(は)い寄っていた。が芬莫はまだ帰って来ない。

空には二ツ三ツ星影が瞬(また)き初(そ)め、少しさっきまで彼方(かなた)の草地に入り乱れていた、人も駱駝もすっかり影を消して、地上には天幕だけが点々として石塊(いしころ)のように取り残されている。

香坂はふと喫(す)いさしのタバコを投げ棄てると、砂地といわず草地といわず、無茶苦茶に歩き回っていた。彼は何故(なぜ)そうするのか自分でも判らなかった。

「あら、龍(ロン)さんじゃないの、どこへ往くの」

不意に背後からそう呼びかけ、砂丘の窪地を芬莫が駈け寄ってきた。

「なーんだ、こんな処にいたのか。どこをうろつき回ってたんだい。きっといい人にでも逢って来たんだろう」

香坂は胸の裡(うち)でむしゃくしゃしていたものをさらけ出して叩きつけた。

「あら、ひどいわ……」

芬莫は軽く受け流すつもりらしかったが、香坂の硬(こわ)ばった顔を見ると彼の手をぎゅっと握って、「いやよ、そんな怖い顔しちゃ、あたし頭が痛かったので散歩してたのよ。もっと一緒に歩きましょうよ。もうすぐ月が出るわ」そして、彼の手を握ったまま、先へ立って彼女は歩き出した。

冴やかな星影の夜空の光の中に、ほの白く馬礼莫(マーレンゴー)の花が咲いている。二人は、乾燥した草地や、砂地をあてもなく、ゆったりと歩き回った。

「あたし、少し疲れたわ。ね、ここで休みましょうよ」

芬莫に手を引かれて、香坂は砂地の窪地へ降りて行った。二人は並んで腰を下ろした。砂地には、まだ昼の地熱がこもっていて、その温かさが腰の辺りにほのかに伝わって来る。見上げると、天空には薄霧をおびた銀河が長い影を曳いて闇の涯(はて)へ流れている。二人はしばらくだまったまま、寄り添って、空を眺めていたがふと、遠くの天幕のあたりから、細々とした女の唄声が流れわたってきたので、芬莫も香坂も、我に返ったように、その方へ聴き耳を立てた。子供でも寝せているのだろう。聴こえてくるのは蒙古の子守唄だった。

〽坊やのお守りははいはいお馬
　お牛ものろのろ随(つ)いてくる
羊も山羊も殖えました
お礼詣(まい)りはどこへいって
あの砂丘(おか)越えて山越えて
コロコロタイの廟(みや)さまへ……

寂(せき)とした夜陰の空気を顫(ふる)わして、まだうら若い女房らしい透き徹った声で、その子守唄が途切れ途切れに幾度も幾度も繰り返されて流れてきた。ふたりはしんみりと聴き入っていた。

家畜と廟と——幼い夢路を守る子守唄——その二つは漂泊(さすらい)の蒙古の土民にとって、唯一の資産たる家畜を擁護する精神(こころ)と深い信仰とが含まれている。その唄のもつ意味もメロディーも単調で稚(おさな)いけれども、測々(そくそく)として胸を衝(う)つ哀切悲句は人間本然の切ない郷愁の声であった。(いやここにも万里の異郷にうらぶれた流浪人(さすらいびと)がいる)と、香坂は呟いた。

と、香坂の手をもっていた芬莫の手に、ぎゅっと異様な力がこもって、香坂が、ハッと振り向くと、

「あたし、なんだか寂しいのよ……」

芬莫が、一言、その言葉と一しょに、自分の体を、香坂に向かって投げかけてきた。

「じゃ僕が子守唄を謡ってあげようか……」

「まあ嬉しい、じゃ、あたし嬰児(あか)ちゃんね」

芬莫は嬉しそうに彼の胸へ頭を押しつけてしまった。香坂はその背を軽く叩いて言った。

「眼を閉(つむ)って……」

芬莫はおとなしく眼を閉った。

「いいかね、君の識(し)らない国の子守唄なんだよ。……坊やはいい子だねんねしな。坊やのお守りはどこへ行った……」

香坂の唇を衝(つ)いて出たのは日本の子守唄だった。芬莫は眼を開けて凝乎(じっ)と彼の面(かお)を瞶(みつ)めた。

「……でんでん太鼓に笙(しょう)の笛……」

香坂は繰り返し繰り返し謡った。と、芬莫は彼の胸へ顔を埋めたまま小刻みに肩を顫わしている。

「おかしいだろう？　ね、おかしい？……」

香坂は無理に顔を覗くと、芬莫は両手を顔へあてて、くるりと背を向けてしまった。

「え、泣いてるの？　どうしたんだ芬莫……」

忍び笑いとばかり思ったのが、芬莫は泣いているのだ。

「芬莫、何故泣くんだ？　こっちをお向き……」

香坂は芬莫の肩を擁(だ)いた途端、わあっという嗚咽と一緒に倒れてきて、香坂は彼女を横(よこ)擁(だ)きに抱えたまま砂地へ崩れてしまった。

「龍(ロン)さん、その子守唄もう一遍謡ってよ、その唄を識ってる龍さんはヤポナじゃないの」

「ヤポナ？　いや君はその子守唄をどうして識ってるんだ……」

今度は香坂が狼狽(うろた)えて尋(き)きかえした。

「だって、あたしのお母(かア)さんが謡ってくれたその唄を、龍さんが……」

「じゃ、君のお母さんは日本の婦人(ひと)だったのか……」

香坂も突然いいしれぬものに衝たれて、烈しく歔欷(なきじゃ)くる彼女の顔を覗き込んだ。

「龍さん、もう一遍謡って……」

香坂は両手に抱えた芬莫の涙に濡れた頬へ夢中で自分の顔を押しあてていた。そして彼女の嗚咽の声はそのまま彼の唇へ、溺れるように消えて行った。

その夜を境にして、芬莫は香坂に対する態度を一変した。それは兄に対する親しさだった。あの時、涙と悲哀と興奮のうちに夢中で触れた唇のほろ苦い甘さは、香坂の胸に疼(うず)くように残っていた。それには芬莫に対する自責の念も多分に混じっていた。

そして、あの場合のような、いや、より以上のさし迫った激情の淵へ臨むことは、この後ふたりの間に永久にやってくることがないのではなかろうか？ そうした絶望的なものが香坂をひどく感傷的にしたがそれはそれとして、どこかに得体の知れぬ秘密の影を宿していた芬莫ではあったが、彼女が、まさかこれほどの数奇な運命を、その身の上に背負(しょ)っている女だとは、香坂は想像もしていなかったので、彼女の身の上を聴かされて、すっかり驚いてしまったのである。

それは一九二〇年、露西亜(ロシア)革命の炎が、庫倫(クーロン)にまで波及して、ついに聖汗山の殿堂もボルシエヴィズムの嵐に吹き捲くられ、当時の活仏(ゲゲン)、哲布尊丹巴(ジェブツォンダンパ)は暗殺され、高僧達はそれぞれ北支、満洲方面へ遁れた。その中で、高僧の一人、阿拉罕失喇(アラカシオ)は、張家口指して落ち延びたが、彼はその時秘密の妻子を引き伴れていた。

巴洛波(ハラハ)で革命軍の追及の手が迫り、妻は三つになる女の児を抱いたまま流れ弾に当たって斃れ、阿拉罕失喇はわずかに身を以て遁れることができた。一瞬にして親子三人生死流転の悲運に遭遇した訳だ。母の屍に抱かれていた幼児はさる蒙古人に拾われて育てられることになった。それが今の芬莫である。阿拉罕失喇のその後については、知る者とても無いが、この度の復活聖汗山の法王第一世として出現した活仏こそ、当時の阿拉罕失喇であると言うのだ。今、彼女は、父であるその活仏を聖汗山に密かに訪ねて行く途中であった。それが、その夜、香坂が芬莫から聴いた彼女の宿命的な身の上話の概略（あらまし）であった。それにしても娘の身で大陸を股にかけての一人旅はあんまり大胆過ぎる。それに芬莫は三年前に家出したとのみで、養家（ようか）先の事情については、ふっつりと口を噤（つぐ）んで語ろうとはしなかった。

聖汗山（ウルゲ）

それから先は香坂にとってもまた、芬莫（ファンレー）にしても、特別な親しさが増しただけに妙に気づまりな寂しい旅とはなった。国情も境遇も異なるにしても、幼い時に母を喪（うしな）った悲しみを識（し）っているだけに香坂は芬莫の気持ちがよく解るのだった。そうしたことから香坂は出来得る限り彼女の力にもなり慰めてやりたかった。が、芬莫は、香坂がそれを持ち出す度に、

「いいのよ打っ捨（ちゃ）っといて、自分のことは自分で苦しむのが本当なんだから……」

と、すげなく拒絶した。それには香坂も二の句が継げず押し黙ってしまったが、対手（あいて）が気強く出れば出るほど、香坂はじっとしてはいられなかった。

巴顔喀喇山を彼方に見て目も杳かな高原へ差しかかると、今までの沙漠とちがって真夏だというのに、まさに春風駘蕩の気が溢れていた。青々とした草地を吹き渡る微風も柔らかく、紅白紫黄色採りとりどりの名もしれぬ草花が、薄命な乙女の吐息のように細々とささやかな花をつけ、その間に水温んだ達木河の小流が、幾条にも岐れて緩やかに流れ、その中を幾千万ともしれぬ水禽が河面を蔽うて浮かび戯れている。花から花へ飛び交う胡蝶、花間にはのどかな小禽の囀りさえも聞こえ、さては空高く舞う満鶴（鍋鶴）の群れ。往年西蔵の一部だったこの青海の楽園を誰が荒涼不毛の地だというだろう。それは西蔵よりは崑崙の谿谷にあるといわれる桃源郷の秘郷に近いのではなかろうか——。

　みんなは駱駝を停めてこの夢のようなオアシスで憩むことにした。一望ただ馥郁たる花野だ。その強烈な香気で芬莫の憂苦もどこかへけし飛んだのか、彼女は香坂が西寧ではじめて逢った頃の快活な娘に帰った。それと一緒に香坂も胸を塞いでいた重苦しいものが急に除り去られたように浮々し出した。

　けれども自然の楽園には果てしがあった。紅い夕陽が巴顔喀喇山の彼方へ傾く頃には蒼茫たる花野は、麻薬の妖夢のように遠い黄昏の色にかき暮れてしまった。

　その夜、夕食の後で、芬莫はまた天幕から影を消した。（彼女は、また丘の辺に、泣きに行っているのだろうか、いや、それにしても、時々彼女が姿を消すのは、どうもおかしい……）香坂はいいようのない焦燥に駆られて彼女の帰るのを待ち構えていた。芬莫は案外早く帰ってきた。彼女は何故かそわそわと落ち着かず、香坂の顔を見る眼にも、何かおびえたような色が見えた。

「芬莫、今夜、またしんみり君と話がしたいんだ。君の恋人の話でも何でも聴くよ。君はまだ、僕に何か隠していることがあるだろう?」

つとめて優しく言いかけたつもりだったが、香坂の声は妙にひきつっていた。

これを聴くと、芬莫は悲しそうな顔をして、香坂の側(そば)へ寄ってきて、

「あらまたそんな……瞶(おこ)らないでね、龍(ロン)さんに対するあたしの心、きっと、きっと、判る時がくると思うわ、だから……」

その時、合い乗りの土民の女房がひょっこり、天幕から顔を出したので、彼女は急に口をつぐんでしまった。

「いつも仲がいいこと。若い男女(ひと)って、本当にいいもんだねえ」

黒い歯をむき出して、女房が笑いながらからかい始めた。香坂は、むっとして、歩き始めた。(自分に対する芬莫の真意が今ここで判ったとて、それが一体どうなるというんだ、それもたった一度ふたりの唇が触れたというだけのこと……所詮沙漠の旅に咲いた恋草の花か……)香坂はもどかしいくらい、自分が馬鹿げて見えるのだが、しかし、こみ上げてくる、やるせない思いをどうすることもできないのである。

聖汗山が近くなると、駱駝の銅鈴(チョルト)の音(ね)も冴え渡り、唵嘛呢叭迷吽(オムマパドメクム)の六字の名号を連誦しながら、五体投地稽首(チャッエル)(体を地につけ、一礼ごとに自分の身長だけ進む)を始める砂塗(すなまみ)れの苦行者も現れて来た。

西寧を発ってから十日目の朝、棚雲の罩(こも)った沙漠の彼方に、ちょうど摺鉢(すりばち)を伏せた形の聖汗山(ウルゲ)が現れた。その頂上には、支那風の黄色の瑠璃瓦をもった丹亜(たんあ)の楼閣殿宇や、燦然たる金蓋(ごんがい)の堂塔伽藍が、お伽噺の夢の国の風景のように浮き上がってきた。

この聖汗山を中心として、新疆(しんきょう)からの崑崙越え、西蔵道の丹噶爾(タンカル)と巴顔噶喇山越え、奥四川(シセン)、西康(シンコウ)、それから香坂らの通って来た西寧からの道と、各方面からの道は、聖汗山の近くで自ずと四つの道に区画され、先着の天幕や包(パオ)、駱駝、幌馬車、犛牛(ヤク)、騾馬、馬などが、目も杳(はる)かな丘の下の草地を、河原の石塊(いしころ)のように埋めつくしているのだ。まだ後から後からと、蜿蜒(えんえん)と果てしなく続く信徒の群れはこの広大な聖地を一寸の土も見えぬほどに蔽いつくすのではないかと思われた。

馭者が天幕を張る間も香坂はじっとしてはいられなかった。それにしても芬莫は父のいるこの聖汗山へきて、真っ先に飛び出すかと思うとそうではなかった。嬉しさというよりはむしろ恐怖に近い眼差(まなざ)しで、天幕の隙間から聖汗山の殿堂を見上げていた。心の動揺を制しきれぬのだ。これも落ち着かぬ気持ちで突っ立っている香坂を見ると、芬莫はやっと笑顔をつくって言った。

「龍さん、貴方、早く競馬へ出る手続きをしなくちゃ駄目じゃないの……」

香坂も一つはそれで焦っているのだが、一方で芬莫の力になってやりたかった。それをいい出す先に芬莫は先手を打っていた。（自分のことは自分でする）それだった。

「あたし、とても疲れたの、だからしばらく憩(やす)ましてね……」

香坂の瞳がそっちへ注がれると、芬莫は片一方の靴を脱いだ方の素足を横座りに隠してしまった。

「じゃ僕の用事を先に済まして来よう……」

香坂が天幕を離れると芬莫が慌てて呼び返した。

「帰りに道を間違えたりしちゃいや、きっとここへ戻ってくるのよ、あたしのいるこの天幕へ……」

芬莫(ファンレー)の秘密

香坂は、潮騒のような信徒の群れを掻き分けているうちに聖汗山(ウルゲ)の頂上(てっぺん)へ押し上げられていた。本殿の建築は、純西蔵(チベット)建築に支那風を加味した懸崖(けんがい)造りの大聖主殿を中心として、西隅には政務を司る白堊(はくあ)の王城、法王宮(ヴァティカン)が巍然(きぜん)として聳え、東方には支那風を高壁を繞(めぐ)らした紫紅色(しこうしょく)に映えた猴頭廟(くとうびょう)、馬頭廟(まとうびょう)、喇嘛庫(ラマク)、莫廟(しびょう)等、幾多の廟宇殿堂が参差聯環(しんされんかん)して、その間に電光形の通路が四通八達している。南面には霊廟、仏殿、拝殿、宝塔、伽藍、僧院、客院、副堂等が櫛比(しっぴ)して、建物の間には、大小の階段や覆段が上下四方に通じ、三楼造りの柱列には、空想化された草花禽獣、さては仏画の類(たぐい)が極彩色に描かれ、拝殿の扉には、荘重な金属の剪嵌細工(せんかんざいく)が施され、大広間の柱や梁の神獣の彫刻などは、絢爛(けんらん)眼も眩むばかりである。

どっちへ行っても、円頂紅衣の喇嘛僧と、信徒の大群で埋まっている。香煙は濛々として金碧の内壁を繞り、読経の濁声と梵貝、鈷鐘、鐸木の騒音は耳を聾するばかりだ。

本堂を繞る摩呢聖廊と外環には、幾万とも知れぬ信徒が脚を組み合わせて重なり合い、三景石の甃石の上には、土下座の群衆が所狭しと詰めかけている。巡礼たちは米粉や乳酪を盛った供物鉢を捧げて犇き合い一方には埃に塗れた五体投地稽首の苦行者の群れが尺取り虫のように這い回っている。

香坂は迷路のような建物の間を迂回して、法王宮の受付へ行って、騎手名簿に署名した。これでいよいよ明日の競馬に出られる訳だ。いやその前に仏具商の孛幹邪に会って、龍克子から頼まれた二つの品物を手渡さねばならぬ。

参道下の青草の生えた広場の一画には、大掛かりな西蔵仏劇や支那奇術などの見世物小屋がぎっしりと並び、その裏側は山西や直隷省から来た支那商人に占められ、天幕張りの軒を並べた店頭には食料品をはじめ駝毛、羊毛等の毛皮類、装飾品や雑貨、綿織物、銅製や真鍮の宗教具が山と積まれ、見世物の銅鑼や太鼓の騒音に混じって、客を呼ぶ商人の喚き声は耳を聾するばかりだ。

参道も露店の通りも商店街も舞い立つ黄塵の坩堝と化し、どこまで行ってもどっちへ外れても、汗と喘ぎと脂垢の異臭に充ちた人群れが犇き合い、後から後から押し流されてくる人波に埋めつくされている。

香坂は人群れに揉まれながら仏具商孛幹邪の店を捜し回ったが、目抜きの商店街は機敏な支那商人に占められているので容易に見当たらなかった。そのうちに蒙古人の飯店(はんてん)の並んだ一つの部落へ出た。その辺には一種の肉の香が漂い、店頭ですぐ羊が屠(ほふ)られ、見ているうちに油鍋で肉饅頭が出来上がるのだ。薄暗い店の奥を覗くと、陽灼(ひや)けのした顔が集まって白酒(パイチユウ)を呷(あお)っていた。香坂はその店で尋(き)くと主人が叮嚀に孛幹邪の家号を教えてくれた。そこから一丁ほど先へ行くと仏具店が軒を並べた天幕部落があって、青塗りの板へ永和堂(エーホータン)と金文字で表した看板がすぐ眼についた。店は狭いけれども比較的小綺麗で瑪瑙(めのう)や翡翠(ひすい)、黒水晶などで彫った大喇嘛の座像や聖汗山の浮き彫りなどが並べてあった。

主人の孛幹邪は四十年配の男で商人だけに愛想がよく、香坂の来意を聴くと早速奥へ招じて妻子にも引き合わせ、肉饅頭やお茶などを奨めた。香坂は龍克子に頼まれた要件を告げて大掛子(ターワーズ)の裏の衣嚢(かくし)から、坐台宝(チーリンポチエ)の入った木箱の包みと手紙とを取り出して孛幹邪に渡した。

「ははあ、琿春(クンチユン)が聖汗山へ来るかも知れんと言うのだな……」

手紙を読み終わった孛幹邪は独り言のように呟きながら、笑顔を香坂の方へ向けた。

「どうもはや……龍(ロン)の奴は私の甥ですが、あれも可哀そうに、乳兄妹(ちきょうだい)の琿春に逃げられてからと言うもの、必死に探し回っているのだがどうも行方(ゆくえ)が分からんらしい。末は夫婦と思い込んでいただけに、琿春に逃げられては、あれも落胆(がつかり)ですわい。時に、あなたは、なんというお方で龍とはどういうお知り合いで？」

そう問われ、香坂は返辞に困った。龍の護照を借りて龍克子という名前で旅行をしているので、龍克子を知っている人間には、まだ名乗る名前を持っていないのだ。

長居をするとボロが出るので、彼は言い加減にその場を誤魔化すと孛幹邪の店を出た。まごつきながら彼は、自分の天幕の近くまで、どうやら、戻ることができたが、彼はその時、ドキリとして、立ちすくんでしまった。天幕の前で、芬莫（ファンレー）が見知らぬ二人の青年と何か頻りに話しているところだ。突き詰めた青年たちの瞳の色と言い、何か訳がありそうだ。香坂は旅行の途々（みちみち）で、時々夕方などに姿を消す芬莫の相手の正体を目のあたり突き止めた気がした。

香坂はすぐ引き返そうとすると、ふとこっちを振り返った芬莫の視線とばったり合ってしまった。芬莫が狼狽してそばの青年へ何か私語（ささや）くと彼らはすぐ、天幕や馬車の間を抜けて足早に立ち去ってしまった。

その夜――馭者はまだ帰って来ず、天幕の中では隅っこの方で烏蘭察布（ウランチャブ）の土民夫婦が昼の疲れでぐっすり寝込んでいた。香坂は芬莫が点してくれた獣脂の灯で手回りの品を整理していると、芬莫は香坂の護照を見てひどく吃驚（びっくり）した様子。

「どうしたんだ」香坂は慌てて護照を隠すとそう言った。

「龍さん、あなたの名前……あたし龍さんとだけしきゃ知らなかったけど、龍克子……いいえ、分かったわ。あなた龍克子の護照を借りていらしたのね。でしょう。龍克子とあなた、一体どう言う御関係？」

「そんなら、龍克子と君とはどう言う関係か。それから聞こうよ」

香坂はあべこべにそうたたみかけた。

「そう?」

芬莫は長い間何か考えている風だったが、

「あたしが初め龍克子の名前を言わなかったから悪かったのね。あたしが三つの時、拾われた蒙古人と言うのが、龍克子の父親だったの。だから、あたしと龍克子とは、義理の兄妹と言う訳よ。乳兄妹ね……あたしが三年前逃げ出したと言うのは、その龍克子の家だったの……」

香坂は芬莫の話に耳を傾けているうちにすぐ思い当たることがあった。

「そうか——。君は芬莫と言うのは仮の名だね。龍の家では琿春と呼ばれていたのだろう」

彼女は一瞬硬ばった表情を示したが無言だった。

「まだ色んなことを知っているよ。龍克子は、逃げ去った君を夢中になって探しているんだ。君が聖汗山の大祭に、きっと父を訪ねてここに来ることを知っていて、君も知っているだろう……龍の叔父の孛幹邪と言う人、その孛幹邪はここで仏具店を開いていたので、彼に、君がきっと来るはずだから捉えてくれという手紙を、実は僕がそれを識らずに龍から托されたんだ。芬莫、いや琿春！ 龍は君のことをずっといまだに思いつづけているのだ。君は、龍克子を捨てて逃げ出して……龍のことは何とも思っていないのかい」

香坂は一気にそう言って退けた。そして何か自分自身の言葉に耐えがたいものを感じたのであろう。そのままぷいと天幕を飛び出してしまった。後ろから芬莫の啜り泣きが低く洩れてきた。

鄷迤典莫(ホイデレ)の馬場

翌朝、香坂が眼を醒まして見ると天幕の中から芬莫(ファンレー)の姿が消え失せていた。昨夜から彼の頭上へ重くのしかかっていた龍克子(ロンチャーズ)と芬莫とのことが、新たに疼(うず)き出してきた。運命はあまりにも悪戯過ぎる。芬莫は果たして龍(ロン)の処へ帰る意志があるかどうか？　彼女の意志を確かめてやろう。いや彼女は恐らく龍の処へ帰りはしまい。芬莫の行方(ゆくえ)を知るには活仏(ゲゲン)の身辺を見張ることだ。香坂は天幕を飛び出すと奔流のように参道の方へ流れている人波を突っ切っていた。

今日は大祭の二日目に当たる。草地も参道も宏大な聖汗山(ウルゲ)の全山は雲霞(うんか)のような信徒に埋めつくされ、唵嘛呢叭迷呼(オムマパドメクム)の唱号念誦(しょうごうねんず)に沸き立っている。その中を悠々濶歩しているのはゲ・ペ・ウの密偵だ。彼らの敏速な視聴はこの狂騰の渦中から一体何を嗅ぎ出そうとするのか、香坂は何故(なぜ)か身辺に逼(せま)る不安を感じて群集に押されるままに猴頭廟(くとうびょう)へ紛れこんだが、彼は自身のことよりは、心は芬莫の方へ走っていた。彼は幾百万の中からでも芬莫を捜し出そうとした。彼は信徒と赤衣の喇嘛(ラマ)僧とで埋まった祭壇の横側を泳ぐようにして、僧房と副堂との狭い通路へ出て、そこの張り出し窓のある廊下を通り、迷路のような覆段を幾つか上下して歩き回っているうちに、内殿のそばへ出た。

日頃密閉した秘密境も今日は開帳され、金色燦爛たる内壁に映えた灯（ともしび）と立ち昇る香煙の影から、幾体ともしれぬ歓喜仏（ポテロボロボンノー）の怪異像が明滅する。どの偶像も温和典麗な仏相ではなく、人面蛇身、牛頭人身、羊頭虎尾等の西蔵（チベット）式怪異像のみだが、それを渇仰する女人たちの瞳はまたと逢い遭い難い欣求（ごんぐ）の輝きに充ちている。が香坂の眼にはそれらの光景が淫逸（いんいつ）と迷信の蔵器にしか映らなかった。

彼はそこに芬莫の姿がないのを確かめると僧院の裏側へ回って、右往左往する喇嘛僧の中を掻き分け大聖殿（チャムチエン）の内廊へ出た。彼方（かなた）の祭壇では今、精霊供養の儀式が始まるところだ。香坂は芬莫の幻影を趁（お）うて外環（リンコル）の方まで溢れた信徒へ空虚（うつ）ろな瞳（め）をはせた時、彼の右腕が誰かの手にぐっと捉（つか）まれていた。

「龍克子君……」

香坂は息が停まった。ザハルウィッチだ。此奴（こいつ）はいつの間に西寧（シンニイ）からやって来たのか、万事休すだ。香坂は瞬間脚下から聖汗山の全景がめり込んでゆくように感じた。

「君は競馬の騎手なんだろう。早く馬場へ行くんだね、光栄の活仏台覧（ゲゲンたいらん）のこの競馬に遅れたら意味ないじゃないか」

ザハルウィッチは香坂の腕を抑えていた手を放すと、がっしりした腮（あご）で外の方をしゃくった。信徒を押し分けて外環を出る間にザハルウィッチは数回背後を振り返って見た。

（此奴は俺を監視している）香坂はザハルウィッチの行く通りに、その後へ踵（つ）いて外へ出た。

馬頭廟（まとうびょう）の前の広場では、牛頭馬頭（ごずめず）や餓鬼の面（マスク）を被った喇嘛僧の降魔（こうま）踊りで沸き立っていた。その隣の金色の多宝塔（チオイテン）を目指して蜿蜒（えんえん）長蛇の列をつくった巡礼の一団がある。彼らは活仏の手に触れた笻（つえ）で頭を撫でられに行くのだ。敬虔な欣（よろこ）びに顫（ふる）える行列は果てしもなく続いている。到る処の廟宇堂塔伽藍は信徒の歓声に充たされ、聖汗山の全山を蔽（おお）う澎湃（ほうはい）たる人波は称名念誦（しょうみょうねんず）の沸騰する熱狂の坩堝（るつぼ）と化している。

それと同時にゲ・ペ・ウの官憲と密偵の数が増しているのを香坂は見遁（みのが）さなかった。彼は沸騰する人波を突っ切ってゆくザハルウィッチの後ろに踵いてとうとう鄸迤典莫（ホイデレ）の馬場へ来た。そこから馬場の全景が一眸（ぼう）の裡（うち）に見渡された。広場の遥かな彼方の赤と黄の幔幕（まんまく）を張った活仏の座所の直下（ました）から、青と褐色の西蔵絨毯（チャンズ）を繰り延べたように、広潤な草野と砂地が涯しもなく展（ひら）け、遠く郭洛（トーラ）の山裾へ藍色の大気の中へ溶けこんでいる。

香坂はどこまでも踵いてくるザハルウィッチに不安を感じながら彼に教えられて王座の裏側を通って仕度部屋へ行き、そこで緑の騎手服に着替えた。騎手溜まりには猛訓練で鍛えあげた蒙古青年が大勢集まっていた。調馬師は香坂の前へ四肢の先が白い栗毛の馬を曳いてきた。裸馬に荒縄の手綱を見ると香坂はぐっと息窒（いきづま）るような気がした。が彼にとっては懐かしい田名部（たなぶ）馬だった。

騎手たちは五千留（ルーブル）の懸賞金や活仏が副賞としてくれる駱駝の話で張りきっていた。（よしっ、この自然淘汰の優勝児どもを向こうへ回して勝ってやろう。最後の迫力（ラスト・ヘビー）で）匿名の日本選手が勝った！　香坂はその空想だけで胸の透くのを覚えた。あてがわれた馬の手入れをしていると、馬場の入口の方から喇叭（ラッパ）や太鼓、簫（しょう）、篳篥（ひちりき）などの一種和やかな音色が流れてきた。それは輿に乗った活仏の行列が粛々と歩調を揃えて練ってくるのだ。活仏――芬莫はきっとその付近にいる。途端に香坂は馬の背を降り、柳の鞭を握ったまま駈け出していた。

「君、どこへ行くんだ……」

柵のそばに早くもザハルウィッチが、突っ立っていた。彼は場内の通路へ背を向けて立ち塞がった。

「僕は一目でいいから活仏の行列が見たいのです……」

香坂はザハルウィッチを見据えて、肩で太い息をした。がザハルウィッチは巨(おお)きな手を振って制(と)めた。

「君は一体ここへ何しに来たんだ。競馬の騎手じゃないか、しかも光栄の活仏台覧の競馬だ。活仏が入場したら、すぐ勢揃いしなきゃなるまい……」

香坂が悄然と引き返す背後から、突如角笛の音が響き渡った。いよいよ勢揃いだ。五千留の懸賞金――香坂の瞳は一瞬燃え上がった。と、彼は柳の鞭を取り直して裸馬の背へひらりと跨がった。そして濛々たる沙塵を捲き上げた群馬の中へ馬首を進めると、ザハルウイッチも一緒に大股に歩みながらついてきた。

「出発点(スタート)から決勝点(ゴール)まで十哩(マイル)往復、途中の脱走者は銃殺だ、よく心得て置きたまえ……」

ザハルウィッチは厳しい口吻でそう言い渡した。脱走、銃殺、いよいよ間諜(かんちょう)扱いだ。遥か外野の彼方にはソ聯旗を靡(なび)かせた警備の自動車が既に待機の態だ、その背後には精鋭を誇る物々しい軍備施設があり駐屯軍が控えている。第二の角笛が響き渡った。今度は出場の知らせだ。折から揚がった歓声に迎えられて、群馬は歩武堂々と繰り出して行く。

蒙古各旗の精鋭五十騎がスタートする鄷迤典莫（ホイデレ）の馬場――王座は黄色の幕に蔽われ、眼の辺りに四角の孔があるだけで活仏の姿は見えぬが一段下がった左右には正協理、副協理、参領、佐領等の喇嘛の近衛（このえ）の面々が居流れ、黄と赤の幔幕を背に燦然たる祭壇のように輝いている。その左方の天幕には、蒙古の辺疆地（へんきょう）にある各旗王と、その下には旗長と、その眷族（けんぞく）、従者たちに占められ、そこを中心として全蒙から集まった民衆と黄と赤の喇嘛僧とで埋まり、遠く郭洛の山裾まで狂喜に揺らぐ人波に覆いつくされている。蒙古喇嘛（ソグボラマ）の復活祭は今まさにその高潮に達したといっていい。熱狂の群集は黄塵の漲る天空を圧して沸き立っている。

この中から芬莫を捜す、いや芬莫は香坂の高鳴る胸裡に生きていた、五千留の懸賞金と芬莫の笑顔！（自分が勝てば芬莫はきっと自分の胸へ飛び込んでくる。整然たる駿足の蹄を揃えて――刹那に崩れ、無数の点となって狂奔するその一瞬を目前に、香坂の魂は既に血沸き肉躍る凄絶な光景の中へ融け込んでいた。

終曲（エピローグ）

その時、王座に垂れた黄色い幔幕（まんまく）の下の空間（あきま）に、緋の法衣がゆらりと横たわるのが見えた。と、その周囲はたちまち喇嘛(ラマ)の近衛(このえ)と旗王旗長らに取り捲かれてしまった。

右往左往する喇嘛僧たちの口から、思い儲けぬ突然の活仏(ゲゲン)入滅の報が伝わると、たちまちそれが、口から口へ、群衆に電波のごとく飛び伝えられ、歓楽の馬場に騒然たる叫喚と怒号が捲き起こったのである。少時間の後には、活仏が死んだ、いや殺されたのだ、毒殺されたのだ、と言う噂が聖汗山(ウルゲ)全体にひろがってしまった。

この名状すべからざる渦乱を衝いて一方に赤軍防衛隊の出動を見た。いかに活仏急死の椿事勃発とは言え、あまりにも物々しすぎると思われたが赤軍防衛隊の出動と、活仏の急死とは、関係がなかった。それは駐屯軍司令部の襲撃を計画中の首謀者三名が逮捕されたのだ。それらの変事は阿鼻叫喚(あびきようかん)の渦中から這々(ほうほう)の態で天幕へ遁げてきた香坂の耳へも入った。反ソ聯盟の幹部木庫爾(ムコル)、達喇哈(クラハ)、呼蘭河(コランボ)三名の叛逆者の名がそここの物蔭で、不吉な怖(おそ)ろしいもののように低く私語(ささや)き交わされ、聴く者、語る者の口と眼とがそれ自身の陰影に怯えるように押し黙ってしまった。重なる出来事の混乱と恐怖に戦(おのの)いた信徒は、先を争って聖汗山を後にした。戦禍の巷(ちまた)に遁(のが)れる避難民のように。

芬莫(ファンレー)はどうした——。香坂はその騒乱の中で天幕を離れず芬莫の帰るのを待ち侘びていた。香坂は段々不安が募って来た。

芬莫は、あの馬場で活仏の入場する態(さま)を見、そして活仏の倒れたのを目のあたりに見たに違いない。と言って、彼女が悲嘆絶望のあまり自殺したとも思えぬし——。しかし翌日になっても彼女は帰らなかった。鳥蘭察布(ウランチャプ)の土民夫婦は、恐怖に怯えて昨夜のうちに発ってしまったが、香坂は馭者を説きつけて出発を一日延ばしてしまい、彼は危険を冒して逃げ後れた信徒の間を捜し回り、その日の夕方疲れ果てて戻ってきた。天幕へ近寄ると大柄なロシヤ人がのっそりと突っ立っている後ろ姿が香坂の眼についた。あたりには既に夕闇が匐い寄っていた。香坂は危険を感じてその辺を見回すと、信徒が棄てて行った食料品の南京袋の空や、アンペラなどを投げ込んだ窪地がある。香坂は咄嗟にその中へ身を潜めていると、天幕の中から馭者の野良声が聴こえてきた。

「旦那そりゃ何時逃げたんだね……」

「二時間ほど以前だ。昨日捉えた奴らが三人が三人ともみんな逃げてしまった。そいつらの中の二人が一昨日、ここにいる女を尋ねて来たそうじゃないか、その女はまだ帰らないんだな……」

それを聴いた香坂は全身が急に硬ばった。一昨日香坂が帰った時芬莫と話をしていた二人の青年というのは、昨日捉まった三人の反ソ聯盟の仲間だったのだ？　すると彼らと気脈を通じていた芬莫は？　それはいうまでもなく旅行中にしばしば姿を消した芬莫の行動で解るはず——芬莫それ自身が反ソ聯盟の一員なことはもはや香坂には疑う余地もなかった。継母との折り合いがつかず三年前に家出して、彼女が辿ってきた道はそれだ。

「その女が帰ったら、すぐ届けるんだぞ」

大きな図体をした密偵は、馭者に向かってそういうと後を振り返りもせず夕闇の中を帰って行ったが、香坂は窪地の底でアンペラや塵芥の中に埋まったままだった。やがて芬莫の上に降りかかるであろう悲しい運命を考え続けているのだ。

芬莫が龍克子（ロンチャーズ）の恋を退け秘密結社へ走った動機は、母を殺し、父を迫害した赤魔への復讐心の現れではなかったか……。

ああ、その芬莫は一体どこへ行ってしまったのか。

× × ×

淳一の手紙を基礎にして、ようやくここまで私は綴って来たのだが、読者諸君は、芬莫の運命に関して、その後の消息を待って居られるだろうと想像されるので、以下、煩瑣な説明を省いて、淳一の手紙そのものをお目にかけてお終いにした方が、手っ取り早くてよかろうと思うのである。

「……姉さん、遥々（はるばる）出かけて行った聖汗山の競馬がおじゃんになったので、僕は元の風来坊で舞い戻ったわけだが、五千留（ルーブル）の夢が、まさしく夢だけで消えてしまったことに対して、僕は別に口惜（くや）しくも悲しくもない。ただ、たった一つ、心に残ったのは、忽然（こつねん）と姿を消してしまった芬莫のことだ。僕は、やはり彼女は、父の急死に遭って、悲しみのあまり自殺したのであろうと断定を下した。

そして、それから半年後――。僕は張家口の「露人の家（ロドキドム）」で、夢のような、本当に夢としか思えぬ不思議な三人の人々と出遭ったのだ。姉さん、誰だと思う？　ああそれは、ザハルウィッチと、芬莫と、木庫爾（ムコル）の三人だった。

まず順を追って話そう。

赤軍のスパイだと思ったザハルウィッチは、やっぱり、「露人の家」の防共委員というのが実際で、だから、赤軍のスパイと見せかけたのは実は赤軍に潜行した、「露人の家」のスパイだったという訳。双方に深く関係して、双方のスパイを勤めているように見せかけた複雑な彼の行動が、奇怪に見えたのも無理はあるまい。彼が僕の行動を監視し阻止するように見えたのは、その実、芬莫に関聯して僕の身辺が危ういと見たので、それとなしに庇護してくれたのだ。聖汗山で、木庫爾以下二人を逃がしてやったのはザハルウィッチだった。彼は、防共運動の手先として聯絡をとっている孛幹邪（ホーハンイエ）を利用して、彼の店の仏具の入れ物に三人を隠して、逃がしてしまったのだ。ザハルウィッチは無論、芬莫へ危険の及ぶこともよく知っていて、芬莫を聖汗山で興行していた支那の奇術団に、多額の金をやってうまくかくまってもらうことに話をつけ、芬莫を連れて行ってしまったのだ。芬莫は帰って来なかったはずだ。芬莫の父活仏の阿拉罕失喇（アラカシオ）が暗殺されたのは事実だった。暗殺したのは、ゲ・ペ・ウの手であった。彼があまりに博識聡明すぎて、聖汗山の法王第一世として、ゲ・ペ・ウの政策上支障を来すという理由で、沽无濘（ツアイダム）の沼地に生える鄂羅呢爾（グラニル）という毒草の液汁を、あの競馬場に臨む間際に、お茶に入れて呑ましたのだ。

遥々会いに行った父親の顔を、輿を降りた際わずかにかいま見ただけで、親子の名乗りもできぬうちに永久に彼女は父親を奪い去られてしまったのだ。彼女は不幸にして父親を永遠に失ったが、その代わり姉さん、忽然として、彼女はたった一人の肉親の兄を得ることができたのだ。驚くなかれ、それはザハルウィッチだ。彼は芬莫の胤（たね）違いの兄だったことが分かったのだ。僕はかねて彼をスラヴとツングースの混血児と見ていたのだが、そう言えば、彼の風貌の中には、日本人の血の影がある。思えば、芬莫とザハルウィッチの母親という女（ひと）は、実に数奇な生活を満蒙の異郷で送った女であった。

姉さんここまで一気に書き綴った僕は、最後に芬莫との恋の経緯（いきさつ）を告白しなければなるまい。芬莫が本当に愛していたのは、この僕自身だったのだ。

しかし僕はどうしても彼女の愛を受け容れる気にはなれなかった。芬莫を愛していないからではない。むしろ愛すればこそだ。僕は、可哀そうな龍克子のことを忘れてしまう訳にはいかなかったのだ。芬莫だとて、龍克子を嫌って家出をしてしまった訳ではなかった。芬莫の行くべき途（みち）は、宿命によって繋がれていた、恩と義理のある龍克子との生活よりほかには無いはずだ。

そうして彼女のこの帰趨を知って、彼女を淋しく諦めねばならぬ人間がも一人いた。ほかでもない。反ソ聯盟の首脳者として、数年間芬莫を導き、しかも彼女と生死の境を彷徨して来た木庫爾だ。

今、芬莫ではない、本名の琿春（クンチユン）に帰って、彼女は、龍克子の良き内助者として、沙漠から掘り出して来た黒水晶を、獣脂の灯（ともしび）の下で、せっせと磨きをかけていることであろう。」

彗(すい)星(せい)

主要登場人物の紹介

洪潔明（ホンチエミン）　蔣系空軍少壮士官。日本人を母とした洪は抗日戦を忌避し雑軍の一兵士に零落したが、時機を得て大東亜の敵米英を倒さんとして終始危機に立つ。

班超子（パンチヤオヅ）　洪潔明の旧友。六年目に邂逅した彼らは抗日戦忌避の廉（かど）で何れかの密告により一方が銃殺される立場にあった。

紅椿（ホンチユン）　アラン大尉の秘書通訳。兄を日系間諜（かんちょう）として米側に暗殺される。洪潔明は彼女の援助で危機を救われたが蔣系の彼女に油断しなかった。

アラン大尉　在支アメリカ空軍の教官にして主計たる彼は戦争王カトラーとの間に密接な利害関係をもつ。彼は秘書の紅椿を間諜と識りつつ彼女を愛していた。

カトラー　猶太（ユダヤ）を背景とせる武器製造秘密トラストの副支配人。政治に暗躍し随所に猶太臭を発揮する。戦争王故ザハロフの綽名でよばる。

敗戦譜

宜昌峡にそそぐ黄柏河をさかのぼること七十二キロ、奔湍巌をかむ絶壁の難所が、湖北、四川の両省をさかいする太名渓のあたりから、峻嶮、天桂山の風勝はいよいよ佳境にいり、碧流をはさむ山また山の山岳地帯は、とおく四川の尾根をなす巴山山脈へつらなっている。天桂山は、わけても山襞がおおく、その皺のひとつ、南渓の峯にかくされたのが侃軍の兵営なのだ。

それは、昨年の三月、英蔣合作のビルマ抗日作戦で勇猛果敢な日本軍のため、ほとんど殲滅の惨敗を喫した蔣系第十四軍に、その後ビルマ奪回戦に敗れた第十七軍および第十九軍の生き残りをあわせ、これを四川第六戦区に編入して侃昭衛の指揮下に一軍団を組織し、南渓へ移駐したものであった。

元来、山西モンロー主義にたて籠もった殷石山系の北方軍閥出の侃は蔣政権に参じても冷遇されがちであったし、わけてもビルマ奪回戦の惨敗は侃に致命的な打撃をあたえた。その結果、侃はこうした山地へ左遷の憂き目をみるにいたったが、一方に日本軍の脅威をひかえた侃昭衛は身方の頽勢にも楽観をゆるさぬものがあった。それは遠く宜昌の嶮をこえて頻々とつたわる敗戦の報だ。

その作戦地は宜昌より三斗坪にかけて二十五キロにわたる地域であって、ここが長江江防部隊の最大拠点であり、その地区一帯に蟠踞（ばんきょ）する第十五部隊の巣窟でもある。が、たちまち日本空軍の爆撃にあい、抗日企図はまたもや粉砕の憂き目をみてほとんど潰滅に瀕したのであるが、その一部はからくも黄柏河の嶮を溯行して、船舶の修理と水流確保に躍起となっている。げんにその敗残兵の幾人かが宜昌峡の難所をこえて、命からがらこの南渓の俔軍へ投じつつある。

だが、幾度身方の敗報に接しても驚くような俔ではない。この山間の嶮にかくれた軍営がやがて日本空軍の脅威下にさらされるまでには、まだ間があったし、うるさい蔣政権の手も容易にこの辺までは伸びてはこず、それよりも俔の悩みともいうべきは、かれの身辺に、日本空軍の痛爆に遭い、中南に航空基地をうしなった在支アメリカ空軍第七部隊が、俔軍の地域たる鳳凰砦（ほうおうさい）の盆地に拠り、ここを対日航空拠点とすべく、強引に居据ってしまったことである。

その鳳凰砦は南渓を距（さ）ること五キロの地点にあった。盆地をめぐる石灰岩の隘路（あいろ）はたちまち鋪装された環状線の軍用道路となり、飛行場が出現し、倉庫がたてられ、幾通りにも兵舎がならび、夜を日についで、この山間の秘境は近代的兵器の装備が着々とすすめられ、一段と機材の補給と兵員の増強に乗り出してきた。そのためいっそう惨めな境地へ陥ったのは南渓の俔軍である。

こうして鳳凰砦が対日航空基地となったいま、日本側に嗅ぎ出されるのを極度に怖れた結果、アメリカ諜報機関（ちょうほうきかん）は狂的に防諜政策を布（し）き、かれらの眼は俔軍へ向かってしきりに烱（ひか）りだしたのであった。

ザハロフ二世

「気をつけい（リーワン）！」

練兵場の方から排長（パーチャン）の間（ま）のぬけた号令が響いてくる。

「右へならえ（シャンフーカンシー）……」

「直れッ（シャンフエカン）……」

二列横隊の不規律な列のなかで左の方を向いてる頭もある。

「番数（バウスウ）……」

ひとしきり番号をどなる兵の濁声（だみごえ）と排長の叱咤が喧しく入りまじる。

「右向け右ッ（シャンコウツエ）、前へ進めッ（カイフツオ）……」

手をふり脚を動かし彼方へすすむ兵たちの靴は破れ、ぼろぼろの服が垢で光っている。

かつて蔣介石が高唱した抗日統一戦線はどこへ行った？　一部の兵を除いては訓練もなく、また統一された武器も帯びず、各所の抗日作戦に敗走しつづけ、いちじるしく質的低下を来して弱体化した彼らは、いまさら抗日の迷夢から醒めても追っつかず、逃走するにしても日に二回の粟粥では、天桂山（てんけいざん）は峻（けわ）しすぎた。いまはただ、蔣政権の命脈を繋ぐためのロボット化された兵たちなのだ。

人影の去ったあとに、小禽（ことり）の囀りが、ひとしお佗しげである。天桂山の頂きをこめた雲霧はいつしか吹き払われ、青黛（せいたい）をおびた峨々たる山膚（やまはだ）が鈍い陽光（ひかり）のなかにあった。七月とはいえ、まだ底冷たい山気が霧のようにさまようている。

「止まれッ（リーツォ）……。休め（シヤウスイ）——」

向こうの木陰から排長の号令が懶（ものう）く谺（こだま）する。武器をもたぬ歩兵の日課の一齣（こま）だ。その光景をこちらの侃（カン）長官の室からじっと観ている一人の毛唐がある。年輩は五十がらみ、折り目の正しいリンネルの上衣（コート）をぴったりと瘠軀（そうく）へ着け、白髪（しらが）混じりの亜麻色の薄毛が、あかく禿げた顱頂部（ろちょうぶ）に渦をなし、それに鈎型の鼻、眼鏡の奥には剝製の鳶（とび）のような冷酷な鋭さをもった瞳が光っている。世界の兵器廠といわれる国際武器製造秘密トラストの主力、イギリスのベイッカース会社の副支配人アブラハム・カトラーである。

かつて前欧洲大戦当時、そのかくれたる猶太（ユダヤ）機構の潜勢力をふるって、欧洲、バルカン諸国にわたって到るところ戦雲を捲きおこし、帝王、宰相の興亡去就を恣（ほしいまま）にし、卓抜な手腕をしめした武器行商人、戦争王故ザハロフが君臨したベイッカース会社である。今度の戦争では敗戦イギリスの日はかげるとも、国外に存在する秘密トラストの武器生産能力は、反枢軸作戦下にあってさらに白熱化しつつあるのだ。

が、かの、ヴェルサイユの軍縮会議を契機としてのベイッカース会社は、化学工業会社に看板替えをした。そこでカトラーの名刺にもアメリカ・マンハッタン化学工業コンツェルン・デュボン・ドヌムール会社の副支配人とある。これでベイッカースの武器製造の主力が、イギリスからアメリカへ移ったことが知れよう。したがってカトラーのようなザハロフ第二世も出現しようというものだ。そして、この国際猶太秘密トラストを背景とした武器商人は、腕次第対手次第で、航空機とその機材、戦艦、戦車、重砲器類、光学兵器から毒瓦斯(ガス)にいたるまで、どんな武器でも整え、また政治政策にも暗躍を敢えてしかねないのだ。

　カトラーの瞳は、やがて窓外から殺風景な部屋の内部へ向けられた。ここも粗末なバラック建てであることは他の兵舎と変わりはない。これが侃昭衛(カンシヤオウエイ)を指揮官とする第六戦区の司令部なのだ。奥との境目に白金巾(しろかなきん)の幕が張ってあって、室の中央には、いま、粗木(あらき)の卓子を間にして侃昭衛とカトラーが相対しているのである。

　侃(カン)はこの不思議な潜勢力をもつ武器行商人を向こうへ回して、木彫りの孔子像のように無表情を続けていたが、カトラーの方でも、肝腎の要件を容易に切りだそうとはしなかった。が、気詰まりな雰囲気に圧(お)されて、とうとう侃のほうから口を切った。

「時にザハロフ王……」と、カトラーの綽名(ニック)で呼びかけた。「こうした山間の茅屋(あばらや)へわざわざお見えになるとは……なにか驚くべき事態が予想されますな……」

　侃は口を開けば、やはりゴツイことしか言えなかった。

「いや、全世界が戦火の坩堝(るつぼ)へ抛げこまれたいま、もう愕(おどろ)くほどのことは残ってやしない……」

　と、カトラーは啣(くわ)えていたキューバ産のハバナを唇から離し、眼鏡ごしに、垢光りのした軍服の肥大漢をじろりと見据え、広東訛りの支那語で親しげに話しかけた。

「侃将軍、まアわしのいうことを聴くさ。前欧洲大戦に製造した武器の氾濫が、今次の世界戦争になったと、まことしやかに吠くやつもあるが、今のところ我々は武器の払底に青吐息の態だ……」

「武器の払底？　すると戦争もいよいよ終局へ近づきましたかな……」

侃は呆けた声で反問して、少年兵が差し出した広東タバコを喫い出した。この一服でもう東北軍閥の図太さにかえり、押しの一手でどこまでも白を切る肚を決めたのである。カトラーは凹んだ唇を皮肉に歪めて、

「ほほウ、将軍は武人——それも老山西（老狡の意味）のくせに、素人くさいことをいう。ここまで煽りたてた戦火があっけなく消えちまっては、戦争稼業の将軍にしろわしにしろ、美味しいパンにはありつけないね。事態がこう逼迫してこそ我々の思う壺だ。見たまえ、武器商人が快腕をふるう独壇場だ。枢軸側、いや頑強な日本の一兵卒を斃すためには、われわれは腕に捻をかけて一万発の砲弾を提供する用意があるのだ……」

「ははあ、愛国心と資本家魂との見事な握手ですな……」

侃がすかさず煽りたてると、カトラーは赭く筋張った頸を左右に振って、

「ところが武器払底で、わしの思うことが万分の一も実現されておらん。わしがこの戦火を潜って東洋へ出張したのは、わしの提供した武器によって、諸君がどんな戦果を挙げたかを視察し、一方この戦時体制下の輸送難を克服して、軍需品の偏在を緩和しようとい

うわけで……あの重慶からビルマ戦線へかけて日本軍に追われる危険まで冒して、行脚という段取りになったのだが、要するに武器の買い出しなんだ」

「重慶に武器の買い出し?」

侃は対手の底意をちらと覗いたような気がした。

「いや、重慶政権に武器の持ち合わせはなくとも、要人連ならひょっとするとね」

カトラーの言葉は、侃の痛い点をひやりと撫でた。

「と、言われると……」

侃は知らず知らず落ち着きを失っていた。カトラーは琥珀の葉巻ケースを侃へ勧めながら、

「将軍、考えてみるさ。過去の援蔣ルートのなかで、各方面から比較的豊富に物資が給与されたのはビルマルートからじゃないかね。日本軍の脅威と交通の不便と、物資の停頓は、重慶要人たちに、かえって都合のいい機会を与えるような結果を来しはしなかったかね……」

「すると?……」

侃は、それ以上咽喉が閊えていえなかった。

「将軍、あれで重慶の要人連はなかなか分かりがいいよ……」

カトラーはハンケチで、赧くてかてかに光った鈎鼻のぐるりを撫でて哄笑った。

「ところで、今日、侃将軍に見参したのも、そんな意味合いなんだが……」

カトラーの最後の一撃が、侃の頭上にぐゎんと落ちてきた。

ドラム缶と落下傘

「お言葉の意味が分かりかねますな」

侃（カン）は細い白眼を釣り上げ、体を硬くして言葉まで改まっていた。が、カトラーはぐっとくだけて無遠慮に突っ込んできた。

「わしに是非譲って欲しいものがある。将軍が諾（うん）と言ってくれたら、代価の点は御意のままといこう……」

侃は窓外を指して口吶（くちごも）った。

「あの貧しい兵たちを見て下さい。あの弊衣破帽（へいいはぼう）、武器といっては何ひとつありません」

「そこだよ、侃将軍……」カトラーは声を張りあげて、「わしには申し訳や遠慮は要らん。世界の帝王、大臣でも、一職工にいたるまで、事をわけたわしの相談にはきっと乗ってくれるし、それでもし否（ノー）と応えた場合は……」

鋭く冴えた眼差（まなざ）しに侃は身顫（みぶる）いした。活殺自在なこの怪猶太（ユダヤ）人の忌諱（きき）に触れたら最期、自分の位置も生命も風前の灯（ともしび）よりまだ危ないのだ。カトラーの手は、卓上の紙片に触れかけていた。そこにはビルマルートを通過した各方面からの援蔣（えんしょう）物資の行方が洩れなく記載されてある。日本軍に鹵獲（ろかく）されたもの、爆砕の厄にあったもの、各要人の懐中を肥やしたものなど、その愕くべきほど細密にわたる統計のなかから、侃がビルマルートのラシオと馬爪の宿駅で、抜き取ったものの数字を、かれは正確に指摘するに違いない。そこでカトラーの手が紙片に触れぬ先に、侃は兜を早くも脱いでいた。カトラーと侃の取引きは談笑のうちに纏り、十五分後には、侃が四川の麻子坪に隠匿した一千個のドラム缶を、鳳凰砦のアメリカ第七空軍の軍営まではこぶ相談ができあがっていた。

麻子坪から亭子廟まではトラックにより、それから車馬のかよわぬ巴山の尾根をへて、天柱山の険へ差しかかり、九十九折りに紆曲った狭い扁石の岨道を辿るには、どうしても騾馬か人間の力に頼るほかはない。カトラーの冷酷な瞳はまたしても兵舎のほうへ注がれた。寂とした山間の真昼である。掘っ立て小屋同様の兵舎から当番の兵が三々五々炊事場へ行く。山かげの渓流へ水を汲みにゆくのもある。が、みんな何という惨めな風態であろう。ぼろぼろの弊衣に赤錆びたブリキ缶や、ペンキ缶の食器を提げ、空腹を抱えた兵たちの眼だけが険しく炯って、瘠せこけた物欲しそうな面ばかりだ。兵たちのただ一つの娯楽、打牌（賭博）の資本は、いまのところ身についた虱だけと言ってよかろう。

「侃将軍、あの兵たちを藉りるにかぎる。かれらは実に素直な動物じゃないか。人間はどこにでもいる動物だけれども、かれらはこの山岳地帯の最も経済的な動力機械だよ。騾馬の代用は彼らにやらすがよい。騾馬を使うよりはその方が安上がりだ」

カトラーは赧土の土間をあちこち漫歩しながら呟いたが、侃の面は仮面のように無表情だ。

「しかしザハロフ王、あの動物どもは飯を鱈腹(たらふく)喰いますぞ、一軍団八百十名の約半数を使うとしても……」

カトラーは肩を聳やかし、鈎鼻の尖(さき)でせせら笑った。

「将軍、たかがあの動物どもの飼馬糧(かいばりょう)は日に二回の粟粥で足りるはずじゃないか。よろしい、かれらの宰領はアメリカ兵にやらせよう。血の一滴のガソリンを得るためには、アメリカ兵も血のしたたる努力をつくすだろうよ。将軍、万事はわしに委(まか)して置くさ……」

だが倪は考えていた。約四百の兵で四日間を要すること、その間に野営や兵の逃亡も見ねばならず、それに残忍酷薄なアメリカ兵の殺戮(さつりく)、それから、これを機会に居残った兵の逃亡など困難な点を数えたててみたが、結局どうすることもできなかった。

倪は広東(カントン)タバコを棄ててカトラーの提供した上等のハヴァナを燻(くゆ)らした。利害のためには兵を売り、また将を売る、それも一つの戦法なのだ。カトラーは椅子に反り返って上機嫌に笑いながら、

「こんな零細な、そのくせ、これほどわしを苦しめた取引きも少ないて。ないものを引き出す術だ。軍需の欠乏は、こんなにもわしを苦しめおった」それからフト真顔にかえり、

「さて倪将軍、わしは君のものを購(か)った。今度はわしのものを購って欲しいのだが……」

見る見る倪の眼色が変わった。だが、カトラーは対手(あいて)には構わずに、

「落下傘(パラシュート)だよ将軍、わがベイッカースの支社、アーヴィング・エヤ・シュート会社の落下傘には世界的定評がある。八百十人の兵につき一千個を引き取って欲しいね。そして一

千個のドラム缶と相殺取引きにするのだ……」

侃はただ啞然として相手を見つめた。弊衣破帽、訓練も武器もない兵に、落下傘を買い与えてどうする？　それも血の一滴に値する一個五十ガロン入りのドラム缶との取引きでは、結局、侃の手に一塊銭（イークワイチエン）もはいらぬ勘定だ。が、カトラーの横車は戦車のようにのしかかって来る。

「将軍、この軍隊に落下傘が不要だなどとはいわせんよ。君が蔣政権へ絶縁状を叩きつけて下野するような場合、地方雑軍の将領へこの軍隊を売り渡すにしても、また君が日本軍へ投降する場合でも、一千個の落下傘づきの軍隊といえば、君それ自身にも金箔がつくんじゃないか、どうだ」

結局侃はカトラーの敵ではなかった。

顚落士官

カトラーは一通の書簡を卓上へ載せた。

「侃（カン）将軍、一昨日この軍隊から日本人によく似た兵が選抜されて、写真を撮ったね。あの兵をちょっと藉（か）りたいんだが……」

侃の命令でやがて、背の高い若い兵が呼ばれてきた。ボロ服をまとい真っ黒に陽灼（ひや）けはしているが、視角は正しく、眉は秀（ひい）で、眉宇（びう）にも智的な鋭さが輝いている。

「洪潔明（ホンチエミン）、客人が君へ御用とおっしゃる……」

侃が命令するそばから、

「将軍、君の麾下（きか）にこうした立派な兵もいるじゃないか。落下傘（パラシュート）を買っても損はないよ」

言いながらカトラーは、洪（ホン）を甜めまわすように観察して、「君、この書簡をアラン大尉へ届けて、買い取ったという印をなにかもってきて欲しいのだ。わしはもう二時間ほどここにいなけりゃならんから、わしの自転車（チャオターチエー）に乗ってゆきたまえ」

と彼は角ばった顎を戸外へしゃくった。洪潔明は機械的な敬礼をして引き下がった。そして自転車を大きくカーヴさせ、軍用道路へ向けて静かに銀輪を走りださせた。

「自転車だ……」

「素敵な自転車がゆく……」

食後の炊事具を提げた兵たちの眼と唇とがそうささやいている。素敵な自転車……一瞬の興奮から醒めた兵らの眼は、銀輪を飛ばして颯爽と疾駆しさる洪の背後へそそがれる。羨望と嫉視（しっし）の瞳だ。すてきな自転車は同時にすてきな逃走具でもあるのだ。いや、いま、九死に一生の瀬戸際にたつ洪は、逃げるならこれが最大の機会だ。だが、この鳳凰砦（ほうおうさい）の盆地をめぐる軍用道路から一歩出外れたら最後、峻嶮天桂山（てんけいざん）から巴山（はざん）山脈へかけて、二百五十余キロにわたる涯なき迷路だし、太名渓（ためいけい）を東へ辿れば手もなくアメリカ軍に間諜（かんちょう）として摑まってしまうのだ。

また南方は黄柏河（こうはくが）の急流をさしはさむ絶壁が九十九折（つづらお）りをなし、七十二キロの彼方なる宜昌峡（ぎしょうきょう）へつづく難路である。もし侃軍に発見された場合は逃走兵として、耳を削がれ鼻を削がれる。

それでも洪は逃走を断念したわけではない。いや、日本人の血を享（う）けた彼は、支那大陸を戦火の巷（ちまた）と化し、四億の民を塗炭（とたん）の苦しみに陥れた仇敵（きゅうてき）米英を極度に憎んでいた。そして彼は千載一遇ともいうべき機会を狙っていたのだ。その機会はついにきた。

かれは昨夜、大胆にもアメリカ空軍の営舎へ忍びこみ、機密書類を収めた金庫に手をかけた。が、敵にも備えがあった。けたたましいベルの響きとともに昼を欺くばかりの閃光灯（せんこうとう）が彼の眼を射たのだ。まんまと失敗した洪が逃げさった後で、碧眼（へきがん）の技師どもはこの重大犯人の写真を現像して、アラン大尉を中心に協議を凝らしたのであろう。いま自分の手にあるカトラーからアラン大尉へ送る手紙の内容に、なにか彼らの計画的なことが書いてあるかもしれぬ。が、それを見たところでどうなる。それも敵の罠に違いない。

死に直面した洪は、まだ一縷（る）の生を必死に求めようとしていた。

洪潔明は山東省の安邱（あんきゅう）で生まれた。父は日本華僑（かきょう）で長崎に支店があり、その地で日本婦人と結婚して故郷へ帰ってきた。母は洪潔明が五歳のとき疫病にかかって既にこの世を去っていた。

洪は北京で中等教育を受けたが、少年のころから飛行家を志した彼は、当時日本でその技術を学ぶことの不可能な情勢にあったため、やむなく漢口（かんこう）の軍官学校航空部隊へ入った。支那事変が勃発したのはその直後のことだった。かれは抗日戦の無意義なことを見透していた。それは在学中に師事した日系教官片山大佐の教訓が心魂に徹していたからだ。

「君たち若き中国青年よ。日支は同種同文の隣国の兄弟である。われらのアジアを侵すものは米英である。故に君らは堅固なる思想をつくり、武を練り、技を磨き、しかして中国の繁栄を期し、アジアの未来を背負うべきである。……」

航空の実習に先だって、いつも垂れる片山大佐の教訓、そして、その豪毅不屈な熱誠のほとばしる大佐の語気まで、洪潔明の耳には深き感銘となって生きていたのだ。

だが、正義はしばしば歪められる。洪はおそろしい矛盾に直面した。それは東亜の侵略者米英の企図した抗日作戦に躍らされ、軍といわず民衆といわず澎湃として湧きおこった排日の叫びである。そして渦まく戦火を故郷へ遁れようとした洪は、たちまち捕らえられ、抗日作戦の前線へ狩りだされていた。

かれは漢口陥落の際機上で負傷して、野戦病院を転々としたが、戦禍はいよいよ拡大して、傷の癒えるまもなく再び前線へ曝される身となった。そして鳳陽、岳州、沙市などの航空戦に惨敗を喫し、その結果第五戦区の機械化兵団へ左遷された。かくて悟州の戦いに敗れて逃走中、饑餓にひんして第四戦区に投じ、中南地区二千四百五十支里にわたる戦線を彷徨して湖南、湖北、広西、貴州をへて雲南に入り、第十四軍に投じたとき、洪の周囲には誰一人、彼がかつて華やかな空軍の少壮士官であったことを識るものはなくなっていた。が、その方がかえって洪の希いであったのだ。

指紋

洪潔明（ホンチエミン）は二キロと行かぬうちに早くも運命の十字路に立たされていた。自転車は開鑿（かいさく）後まもない軍用道路を一直線に、さわやかな山気をついて辷ってゆく。そして太名渓へ通ずる岨道（そどう）を右に見てまがった途端、ブリキ缶を提げた逞しい兵と擦れちがった。その瞬間、どちらもその対手（あいて）が誰であるかを見て取っていた。

「あッこいつが……」

洪（ホン）は思わず呻（うめ）いた。その兵は二十日ほどまえ、三斗坪（さんとへい）方面で蠢動（しゅんどう）していた第六戦区第十五部隊の所属なのだが、日本空軍の徹底的な爆撃にあい、宜昌峡（ぎしょうきょう）の支流である黄柏河（こうはくが）にそい、七十二キロの峻嶮を、命からがら南渓（なんけい）の軍隊まで辿りついた敗残兵の一人である。

が、洪は、それより以前のかれの正体をしっていた。いまは見る影もなく零落しているけれども、かれは六年前に漢口（かんこう）の慶華（けいか）飛行場で、日系教官の片山大佐に薫陶（くんとう）を受けた班超子（パンチャオツ）にちがいない。が、当時の班（パン）の気魄はどこにも見られなかった。元来班は広東（カントン）出身なのに洪は東北出であったから、この派閥（パアファ）のため互いに意志の疎通をかいたので、洪には班の性格は謎だった。しかもいま、洪の胸にむくむくと湧いた疑惑は、元航空士官だった班が、なぜ一兵卒にまで転落したかという点だ。あるいは自分同様抗日戦を忌避した結果か？　ああ、それが曝かれたが最後、お互いはたちまち銃殺の刑に処せられるのだ。が、こうした場合、一方が救われるには一方を密告するよりほかはない。ひょっとすると、班のほうに既にその用意があるかもしれぬのだ。あのがっしりした体軀、広い肩幅、すごい眼差し、それに洪の頭から離れないのは、班が宜昌峡から命からがら逃げてきた当時の惨めな風態である。班も他の敗残兵同様兵器をすて、そのかわりに、牢獄から出されたジャン・バルジャンのように、掠奪品の入ったらしい袋を、大事そうに背負っていた。

巴山嵐がひとしきり樟樹の枝を吹き鳴らして通った。梢をわたる雲のゆきかい、碧流をはさむ磐根のほとり、そこには、はや秋ちかい穂草の花が匂うのだった。もう一キロゆけば南渓の侃軍陣地の区域がつきるのだ。その境界線として行く手の堤に棒杭が立ててある。あれは何だ？　洪はふと眼を瞠った。それは椰子の実よりは、ひとまわりほどの大きさで槐樹の枝に二つ突き刺してあった。よく見ると、まだ息が通っていそうな支那兵の首が二つ。凝りかけた切り口の黝血が滴りそう。道標へ支那文字でこう書いてある。

此者ハ亜米利加軍ノ機密ヲ狙イシ
日本軍ノ間諜ナリ……

自転車は飛ぶように疾りぬけた。洪は、それ以上読む気はしなかった。それは暴戻無残なアメリカ側の常套手段なのだ。それでなくても支那兵は、傍若無人なヤンキー兵士に劣等視され、到るところで暴行狼藉の厄にあった。スパイ狩りと暴行はヤンキー兵の日課である。やがて日本空軍の精鋭がやってくるころには、鳳凰砦の軍用道路は、支那兵の晒し首で鈴なりになることだろう。洪は、目前に自分自身の晒し首を見るような気がした。

洪がアメリカ第七空軍の陣営へ着くと、昨夜の失敗がさらにはっきりと蘇生（よみがえ）ってきた。こんどこそは銃殺だ。かれらに現場写真を撮られた以上、万に一つも遁（のが）れる道はないと言っていい。それに回りくどい手数をかけるのは、洪にはかえって腹立たしく思われた。

通された室には数人の人影が見えたが、どれもこっちへ背を見せていた。洪は右手の窓際にいたアラン大尉の秘書、紅椿（ホンチュン）の卓子へ行った。彼女はカトラーの書簡を受け取り、隣室へ通ずる扉の蔭へ消え、すぐ戻ってきた。

「しばらく待っててください」

細面の明るい理智的な、そして眸の綺麗な紅椿はにっと微笑（わら）って見せた。白いリンネルの洋装がとてもスマートだ。が、洪は勧められた椅子へも倚（よ）らず、突っ立ったまま陰欝に黙りこくっていた。それとなく室内を見まわすと、左方の壁間には高い事務用の戸棚がぎっしりとならび、向こうの硝子板の卓子に、少しばかりの医療器具らしいものが載せてあるだけで、そこらの卓子にはベンジン油、テレピン油、アルコールの壜などがあり、脱脂綿や紙片にまじって金属の匙（さじ）や、木製の匙が雑多に抛（ほう）りだしてある。ちかくの卓子にはプリントの手押しローラーや、種々な用紙がうずたかく積んであった。

紅椿が立ち上がって隣の卓子を覗いて見る。すると前屈みに何かしていた米人の技師が二人、ふと面をあげた。

かれらの身体が伸びた隙からは、なにか異様なものが見えた。そっと覗きこむと、若い方の技師が硬直した死人の腕を、手前へ寄せて持ち直した。すると、もう一人が、その指を手押しローラーへ着けて黒く塗り、それから屍体指紋用の匙にはさんだ台紙の切り抜きを、指型に巧みにまわして指紋を採った。紅椿は、その切り抜き指紋のできるごとに、指、中、環、小、拇の順に指紋原紙へ手早く貼りつけていた。

土から掘りだしたらしい死人の腕は四本あった。洪はいま見てきた二つの晒し首を思い出した。あの首をかけたのは今朝のことらしいが、なぜ埋葬前に指紋を採らなかったのだろう？

機密書類の金庫と指紋？　洪の頭へすぐそれがきた。あの現場で自分の写真が撮られたとすれば、ほかの指紋は不要なはずではないか。

二人の米人が支那兵の腕を携えて立ち去った後で、紅椿は洪のところに来て、卓上の指紋台帳を繰りひろげて見せた。

「あたしこの頃、指紋の採取に熱中してるの。洪さん、あなたのも一つ採らしてね。いいえ、アラン大尉はまだまだ来やしないから大丈夫」

紅椿は洪の指紋を採ろうと頻りにせがみ出し、かれの手首を両手に挟んで揺さぶるのだった。翡翠の耳輪がさやかな音色をたてて揺れ、甘い仄かな香気が、いやでも洪の鼻をくすぐる。うつむいた彼の瞳は、しらずしらず紅椿のすんなりした指へ注がれていた。その指には眩しいほどの青色ダイヤが光っていた。彼女は重慶の康徳女子学院をでて、宋美齢を名誉指導官とあおぐ女子青年励志舎に入り、それから抗日宣伝部をへて、このアメリカ空軍第七部隊へ、通訳秘書として回されてきたのだが、噂どおりアラン大尉との中が普通ではないらしい。

「ねえ、指紋を採らせて……」

紅椿の指先は、やんわりと洪の手首へ絡みついている。

洪は黙っていた、この際、沈黙は肯定を意味することを知り尽くしながら。

（それがアラン大尉の内命なら勝手にするがいい……）

紅椿は初々しく微笑んで、華奢な指で手押しローラーを引き寄せ、指紋原紙をひろげた。

洪は両手を拡げて彼女のするがままに委せていた。アルコールへ浸した脱脂綿で指を拭きとると、真っ黒になった。指と垢だ。洪の貌はあかく火照ってきて、もてあました瞳を自分の胸へやると、やはりそこも垢だらけだ。

紅椿は押捺台に黒インキを二三滴たらし、それを篦で撫で、手押しローラーで均等に薄く伸ばしてから、洪の掌を黒く塗り、指を一本ずつ原紙へあてて、爪際から一方の爪際まで回転して捺して行った。その間紅椿の美しい眉宇は、緊張感に張りきっていた。

「ほら、雑作もなくできあがったでしょう」

言葉だけは軽く、朱唇が綻びると皓い歯がちらと輝いた。洪潔明も、これでなにか一段落ついたように吻とした気持ちになった。紅椿は真っ黒く染まった洪の手をかいがいしくテレピン油で拭きとってくれ、そのあとで先の二つの屍体から採った指紋原紙を見くらべて言った。

「この人のは一つ巴、二つ巴とそれから渦状紋に双胎蹄状紋とを持った変体紋で、血に狂いのある人よ。それからこちらのは異色のある混合紋で、こんなのは性慾と利慾の人よ」

洪はその指紋原紙を見つめながら初めて口を開いた。

「するとここでは単に指紋を見ただけで、その人の性格や犯罪の有無を決定するのですか……」

「いいえ、そんなに神経を尖らすことないわ……。ここで用いてるのは、現状指紋を基礎にしたイギリスのバトリー式なのよ」

今度は洪潔明の指紋原紙をとりだして、

「まア素晴らしいわ、あなたのは全部乙種蹄状紋(おつしゅていじょうもん)、それに純紋よ。血統の正しい天稟(てんぴん)のある人……」と彼女は清(すが)しい眸を輝かし、「洪さん、ひょっとあなたに日本人の血が混じっていません？」

洪はギョッとして一歩退(すさ)った。胸が大きく波うった。

日本人の血

「それは科学と統計から割りだしたのよ」紅椿(ホンチユン)の眸が洪潔明(ホンチエミン)の面へ強く注がれた。「大体をいうと毛唐には蹄状紋(ていじょうもん)がおおく、渦状紋が少ないの。それが西洋からだんだん東洋へくるに従って、蹄状紋が減って渦状紋が多くなる。そして一つの民族はどこで誰が検(しら)べても、指紋の出現率は一定してるの。それで、東洋人の誇りともいえるのは、西洋人にくらべて純紋が多いってことよ。殊に日本人にはそれが多く、日本人の五五パーセントに対して支那人の方は五一パーセント……分かって、洪（ホン）さんには日本人の血が混じってるってわけが……？」

洪は無言で大きく吐息をした。紅椿は意地わるく追及してきた。

「こないだだって、洪さんは日本人の代役をやらされたでしょう。アラン大尉と美術家のレーモンド少尉が一眼見ただけで、幾百人のなかからあなたを選抜したんですよ」

紅椿の笑顔に洪は完膚（かんぷ）なきまでに正体を引き剝がれ、鞭打たれるような痛みを覚えてきた。洪潔明があの大それた計画をたて、機密書類の入った金庫を狙ったのも、もとはといえば紅椿が大きな示唆を与えたからである。それは一昨日のこと、洪は鳳凰砦（ほうおうさい）の飛行場へ呼びだされ、アラン大尉の命令で日本航空兵の服装を着け、日本軍の模型戦闘機内で操縦、射撃、通信と各部署についての行動を部分的に撮影されたのである。洪は後で気がついたことなのだが、それはヤンキーどもの憎むべき詐謀（さぼう）であったのだ。在支アメリカ空軍「一ケ年の戦果」を本国へ報告すべき義務にせまられた彼らは、模型を造って、これを鹵獲（ろかく）した日本機といつわり、それに日本航空兵に扮した洪を捕虜と見せかけ、機内で種々の操作をさせて撮影したものだ。洪はその意図を知ると、大胆にも怪写真奪還の計画をたてたのだ。それから彼のもう一つの使命は、敗戦に喘（あえ）ぐ敵アメリカが、これまでの頽勢（たいせい）を一挙に挽回すべく、対日渡洋爆撃を目標に、カトラーの秘密トラストで、極秘裡に作製を急ぎつつある新型超高速爆撃機の設計図と、内部の機密写真をも併せ奪おうとすることであった。

その計画も紅椿の示唆から思いついたのだが、二つとも失敗に帰した今、こうして危機に立つ身となった洪潔明は、彼女が身方か敵か、それが知りたくて身体が疼くほどだった。

このとき、隣室との合いの扉が開いて、洒落者（しゃれもの）のアラン大尉が、ゆらりと長身を現した。亜麻色の頭髪へきちんと櫛目を入れ、胸を反らし、ほのかな香料を匂わせながら近寄ってきた。その碧い巨（おお）きな瞳はじっと洪潔明へ注がれていた。

「君が使いにきたのかね……」

洪は形を正して敬礼をした。アラン大尉は胸のポケットを探って封筒を引き出しながら、

「カトラーはまだいるのかね……」

「はい、侃（カン）司令官のところで御返事をお待ちしておられます」

洪は不用意に英語で答えてハッとした。はたして大尉が突っ込んできた。

「君は一兵卒のくせに、語学が達者じゃないか。どこの学校を出たのかね?」

「いいえ、学校ではありません。自分は少年のころ、上海のイギリス商館でボーイをしておりましたからです」

洪はそういい遁（のが）れてしまった。そしてそうそうにそこを辞して扉のそとへ出た。大尉は皓（しろ）い歯を見せて微かに笑い、かたわらの椅子へ倚って脚を組み合わせ、細巻（パピロス）を唇で咥（くわ）え、シュッとライターの火を移してから、眼で指紋卓（しもんづくえ）を指さした。紅椿は一枚の指紋原紙を彼へ渡した。大尉はつと立ち上がり、それを見くらべていたが、

「あいつのはどれだ……」

「洪潔明のはこれですわ……」

アラン大尉は紅椿の手から指紋原紙を引っ奪(たく)り、さきの二枚と一緒に鷲摑みにして、技師のいる方へ大股で去った。

青色ダイヤの指環

その翌朝、洪潔明(ホンチエミン)は侃(カン)長官を通じて、突然アメリカ空軍第七部隊所属通訳として、司令官ハアヴェン大佐の辞令に接した。逮捕をひそかに待ち構えていた洪(ホン)にとって、それは意外でもあり不気味でもあった。

洪は即刻アラン大尉の第三分隊へまわされた。

かれがヤンキー兵の指さした7号と数字だけ出ている建物へはいってゆくと、十数名の兵がなにか重兵器の部分品を重そうに抱え、一方の扉のほうへ搬(はこ)びだしていた。その後方に卓子が三脚ならべてあり、そこで事務係が、忙しそうに紙片を繰りながらペンを動かしていた。その間を軍服を着けた人影が絶えず右往左往している。すると一方の扉が開いて紅椿(ホンチユン)の白い顔が覗いた。彼女はいつも朗らかで、美しく優しかった。

「どう、びっくりして……?」

怜悧な瞳がちらと輝いた。

「ほんとうのこと話してくれませんか……」

洪の眼は不安そうに目瞬いている。

「なんでもないわ、洪さんが偉いから大尉殿に見出されたまでよ」

「でもあなたが通訳なのに……」

「あたしは主計大尉付秘書通訳、洪さんは隊付の通訳よ……」

「しかし、なにか理由がありそうですね……」

が、紅椿はどこまでも焦らすように微笑んでいたが、やがて洪を引っ張って中廊下を二つ越した別棟の建物へ入った。応接室らしい部屋だが、二人の他に人影はなかった。紅椿は窓際の卓子に座って、ペンを取り、名簿らしいものを繰りながら、

「もし誰か入ってきたら、叩頭をして出てゆくのよ……」

と洪潔明を窓際へ立たせ、

「そのカーテンを少し引いて、飛行場のほうを見てごらん……」

洪は言われるとおり覗いて見ると、一昨日見たあの怪写真を撮ったところとは違うようだ。ここは環状道路からずっと離れているらしく、向こうに小高い丘が見える。

「丘の裾をよく見て……、迷彩がしてある、左手の小山の中が横穴になっていて、あの巾が格納庫で飛行機が隠してある。いざという場合にはそのまま飛行場へ滑走できるというわけ。あの人たちは方々で日本空軍に叩きつけられたので、あんなモグラ戦術を思いついたんだわ。でも、まだせいぜい二十五六機しか組み立ててないの。百機揃うのを待ってるんだわ。それから左の一番端の一号格納庫に、カトラーが飛んできた夜間飛行用の

『彗星（コメット）』号が納めてある……」

「するとベイッカースの秘密トラストで作製した、最新型の超高速爆撃機てのは、どこに納（しま）ってあるのです……」

洪はあたりを気にしながら訊いた。

「まだ部分品が揃ってないの、空輪だから。いま7号室で搬んでたのが、その一部分だけど……」

「それが全部出揃うのはいつ頃なんです」

「まあ洪さんも熱心ね、でも機体ばかり揃っても、乗り手がヘマじゃ叩き墜（おと）されるばかりじゃなくって……」

紅椿は唇を綻（ほころ）ばせて微笑（わら）って見せ、窓の方へ心もち伸びあがり、

「ここからは見えないけれど、向こうの右手の丘の方では死に物狂いで猛練習をやってるのよ。ほら爆音……機体が見え出したでしょう」

紅椿はとうとう窓際へ立ってきて、洪の背後（うしろ）からカーテンを透して見る。天桂山（てんけいざん）の山嶺を掠（かす）めて、白雲が流れ、手前には南渓（なんけい）の峰がちかく、青黛（せいたい）をおびた山膚（やまはだ）が鈍い陽光（ひかり）のなかにあった。千切れ雲をきる機影が、見るまに二機三機と後から後からと舞い上がってゆく。

洪は突如（だしぬけ）にきいた。

「あなたは何故こんなところへ来たのです……」

翡翠の耳輪が彼の胸のあたりで揺れた。

「なら、洪さんも何故こんなところまでいらしたの？　やはり、その理由はいえないでしょう……」

「あなたは賢い人だ……」

低い溜息が洪の肩を大きく揺すった。

「いいえ、あたしほどの馬鹿（マーティ）も少ないのよ。兄を暗殺されて、その仇も討てずにこうしているんですもの……」

「え、兄さんが暗殺された、どこで？」

「上海の市街戦の当時、日本側の間諜（かんちょう）というかどで……」

「対手（あいて）は誰です。ちっとも手がかりがないのですか……」

洪潔明の語気は熱くはずんできた。

「だって、あの上海の戦火の最中（さなか）に、どうしてそれが分かると思って？　対手の分からない喧嘩はできないでしょう。けれども、あたし、兄が活躍していた前後から推して、見当だけはつけてるんです……」

「で、その敵をここまで追い詰めたのですね。あなたも苦しい立場に立ってるんだなあ。で、当の敵は？」

「だからそれが誰だか分からないのよ。もし洪さんだったら、そういう場合どうする？」

「僕なら適中へ斬り込んで、斬って斬って、斬りまくって斬り死にする」

「もう一つの手段は？」

「敵全体を倒す手段を講ずるでしょう」

「やはりそうでしょう。だから、あたしの場合もよ……」

このとき、洪の瞳はふと、カーテンの蔭に震える紅椿の指に注がれた。あの悪魔の眼のような青色ダイヤの指環だ。

「紅椿、あなたは何故、その指環をアラン大尉へ叩き返してやらないのか……」

低いけれども、はげしい彼の語気に、紅椿はびっくりして眸をあげた。が答えはない。

「するとあなたは、手段のために方法を選ばないんだな……」

「洪さんはとても純情ね。そんな場合、女性の純潔が保てるとでも思って？」

洪はその瞳に憎悪をさえ罩めてじっと見返すのであった。

「洪さん、女の場合？　それは小説や戯曲だけのことよ。これは喰うか喰われるかの真剣な接戦なの、肉を斬らせて骨を斬る……それでなければスパイは成功しないわ」

今はもう一分前の優しい紅椿ではなかった。洪は気圧されたように、思わず一歩退っていた。

「あたしの気持ちが分からなかったら、洪さんの復讐は真剣でない証拠よ。あたしたちの面前には、復讐以外の何ものもないのじゃないかしら。そしてこの復讐は、終局のない復讐だってこと、分かる？」

「分かりました！」

洪は思わず手に汗を握りしめていた。紅椿の場合は死にも匹敵する。いや死を超越している。終局のない復讐だ。その決意があってこそ、復讐もなし遂げるのだ。ああ紅椿は自分の身方であった。しかも怖ろしい身方である。彼女は洪の手を静かに振り解(ほど)いて言った。

「洪さん、敵の面前では馬鹿になって見せるの、要するに危険の裏を潜り終(おお)せるのよ。それがやれたら、あなたにきっと機会を摑ましてあげるわ……」

「ありがとう」

洪が窓外から視線を室内に戻そうとして振り向いた時、戸口にチラリと人影が動いて消えたのを見た。一瞬の間ではあったが、洪の顔色は見る見る蒼ざめた。

乞食兵の班超子(パンチャオツ)！　奴が窺っていたのだ。

麻酔薬

「ザハロフ王、部分品はまだかね……」

アラン大尉はカトラーへ忙(せわ)しく呼びかけた。

「そう性急(せっかち)では、沈勇無比な日本空軍には勝てそうもないね……」

カトラーは椅子の背へのけ反り、悠々と紫煙を燻(くゆ)らしている。

「まア紅椿(ホンチユン)の綺麗なところを一枚加えて、レーモンド少尉と、ウィリアム中尉でも呼んできて、ゆるゆると麻雀(マージャン)でも始めるさ。すると勝負がつく頃には君の性急も、いくぶん落ちついてくるよ……」

しかし、アラン大尉は聴こえぬ風で、卓子へ片肱を突きながら腕時計を覗いて見る。カトラーはいよいよしたり顔である。

「紅椿といえば、彼女にはまた何か購ってやるさ。この前はダイヤの指環だったから、今度は真珠の頸飾りか？　可哀そうに、彼女もスパイに憂き身を窶してるじゃないか……」

カトラーは瘠軀を椅子の背から引き起こし、前屈みになって、ポケットから紙幣を引き出した。

「現金の方がよかろう。一千弗、ドラム缶のコンミッションだ。あのとき、侃の奴に、このわしが頭をさげたっけ。その点、大いに君に恩にきてもらわにゃならん。血の一滴――いや輸血といえば、あれを当てにして、無闇に練習機を飛ばされては困るぜ」

言われて大尉は急に気色ばんで、

「ザハロフ王、そう、脂を搾らんでください。今のうちに彼奴らの技倆を磨いて置かんと、日本空軍に到底勝てません」

先刻のカトラーの言葉をそのまま返上である。

「ははは、いかにわしが天下御免の吸血鬼でも、君みたいな伊達男の脂を搾ったって、飛行機は飛ばせんて。それはそうと君にひとつ背負い込んで欲しいものがあるんだが……」

「この上にですか……」

大尉はいよいよ不機嫌だ。

「この伽藍を背負ってたつ主計殿は、もう少し太っ腹になる必要があるね」

「このうえ僕の腹を膨らましたら首を吊りますよ。それでなくとも不用品の買い溜めでいい加減膨れてるのに。倉庫の建て増しもせねばならず、これ以上肥大漢(ひだいかん)にはなれません」

「謝(シエ)、謝……」カトラーはわざと支那語で混ぜかえし、「君のような名パイロットに死なれては、さしあたり戦争に故障を生じるし、それから肥れば第一に紅椿に嫌われるしな……」

「そればかりじゃない、肝腎の飛行機に乗れなくなります」

「その心配なら無用だ、教官殿の体量が増したら爆弾の量を減らすさ。そこでわしの勧める落下傘(パラシュート)を購いいれる……」

アラン大尉はムキになった。

「僕は近頃落下傘無用論を主唱してるんです……」

「なんでまた、そんな不心得なことを……」

「それは日本空軍の勇敢な点に倣(なら)ったんです。わが軍の落下傘は、搭乗機に故障が起こった場合の救命具なのですが、そんなことでは決死的な戦闘ができない。それでこの隊では全廃することに決めたのです」

「君の考えはまだ幼稚だよ。そんなら日本軍に倣って、敵前降下の時だけ使うことにするさ……」

アラン大尉はとうとう黙りこんでしまった。カトラーはからからと笑い声をあげて、

「軍人は何でも半面しか見ていないので困る。われわれは遮二無二日本軍の全滅を期し

ている場合だから、この際絶対多数の爆弾と、絶対多数の砲弾が要る。その上多種多様の兵器を蒐集して、日本人の最後の一人まで叩き潰さなければならん。だから落下傘だけ要らんという法はないはずだ……」

「ところがザハロフ王、当軍隊では当分それだけの予算が立たないのです。あのドラム缶の莫大な支出もありますし……」

「なら方法がある。K・P国際銀行へ申し込むのだよ」

「借款（しゃっかん）するんですか……」

「むろん……」

「するとあなたの関係銀行から金を借り、あなたの武器会社のものを買うわけですね？……それで返済の方法は？」

「どうも君は血の巡りがよくないね。つまりK・P銀行が一定の時期をへてから——早くいえば金融業は利回りを見なけりゃならんから、ある方法でアメリカ政府から支払ってもらうのさ。一切の手続きはわしに委（まか）して置くがいい。どうも零細な取引きほど骨が折れるて」

アラン大尉も結局カトラーの敵ではなかった。大尉は不機嫌に卓上の千弗紙幣をポケットへ捻じ込みながら、

「しかしザハロフ王、ナイロン製じゃ困る。いったい何型なんです？」

「何型もクソもない。わがベイッカースの支配下にある、アーヴィング・エヤ・シュー

ト会社の製作には世界的定評があるじゃないか。今次の世界戦で枢軸国をのぞく以外の空軍将兵は、みなこの、アーヴィング・パラシュートの御厄介になっているわけだ。ナイロンは嫌だなどと、いまさら敵性国のシルクに未練をもつようでは心細いね……」

扉が開いてハアヴェン大佐が大股(おおまた)に入ってきた。アラン大尉は直立して敬礼したが、カトラーは椅子へ倚(よ)ったままで目礼を返した。

「大尉は、とかく敵性をおびたものに心を牽(ひ)かれる男さ。元来がフェミニストなんでね」

大佐は肱椅子(アームチェア)へ掛けるなりそう言って、カトラーへ笑いかける。

「長官もそんな風に言われる。では彼女を試してお目にかけましょう」

アラン大尉は、ぷりぷりしながら扉のそとへ出て行った。大佐とカトラーは声を合わせて哄笑(わら)った。

「あの男も案外可愛い奴じゃて……」

大佐はポケットから太い葉巻を採り出した。

「何をやらかすつもりかな?」

カトラーが、眼鏡ごしに扉のほうを見やったとき、アラン大尉は打って変わった朗らかさで、紅椿を随えて戻ってきた。

「紅椿、いまね、僕はザハロフ王を対手に賭け事をやったんだよ。いいかね、この中から君の手で一枚引っこ抜くんだ……」

と大尉は彼女の面前へ十枚ほどのカードを裏返しにならべ、それから紅椿の背へ回ってハンケチで目隠しをしてやった。同時に彼は顔を反(そむ)けながら小さな噴霧器を、素早く紅椿の鼻面(はなづら)へもって行った。

「紅椿、巧くやってくれ。僕が勝つようにね、いいのを引っこ抜くんだよ。ねえ紅椿、紅椿……」

だが、紅椿の応えはなくて、たちまち華奢な軀が前のめりに倒れかかるのを、大尉は抱きとめて椅子の背で後頭部を支えた。かれの瞳は腕時計をじっと瞠(みつ)める。カトラーと大佐は薄笑いしながら愉(たの)しそうに観ている。

「このスコポラミンの他と異なる特徴は、麻酔中にした自分の言動が、醒めた後に記憶に残らぬ点にあるのです……」

大尉は低声(こごえ)でそう説明して腕時計を見る。

「紅椿、紅椿……」

二度目に呼びかけたとき、彼女は微かに身動(みじろ)ぎした。大尉はすぐ訊いた。

「君はここへくる前にどこで何をしていたか……」

「重慶の康徳(こうとく)女子学院を卒(で)て、宋夫人の主宰される女子青年励志舎(れいししゃ)で、もっぱら抗日訓練につとめました……」

紅椿は真っ直ぐな姿勢で答える。

「誰の命令でここへきたか……」

「重慶政権の命令です……」

「君の本当の所属をいえ――」

「C・C団の一員です」

「わが軍からなにを探りにきたか……」

「主としてアメリカ空軍の動向を調べることと、重慶政権を有利に導くためです」

「秘密通信は誰の手をへて送るか……」

「侃昭衛(カンシヤオウエイ)です――」

カトラーは椅子を離れて紅椿のそばへやってきた。

「わしが、ひとつ、からかってやろう」カトラーは拒む大尉を押し退けて、「紅椿や、お前はアラン大尉を愛しているか」

「愛してるけれど、国へ帰れば、あの方には綺麗な奥さんがありますから……」

大尉はかたわらで舌打ちした。カトラーは訊いた。

「洪潔明(ホンチエミン)はさっき何と言ったか……」

「ここを逃げだす方法はないかって……」

「お前は洪(ホン)と共謀(ぐる)で日本のために、わが軍からスパイしているのだろう……」

「ザハロフ王、そんな惨酷なことを……」

大尉は蒼くなって遮ったが、紅椿はもう返事をしなかった。華奢な姿体ががっくりと肱椅子へ横に崩れた。

「もう十分(ぶん)も過ぎましたよ」

席へかえってゆくカトラーへ、大尉は憎悪の瞳を投げつけた。かれは紅椿の眼隠しを外してやると、蹌めく彼女を支えて扉のそとへ立ち去ってしまった。

「たいしたフェミニストだ」

ハアヴェン大佐は苦笑を洩らしたが、カトラーは気難しげに凹んだ唇を歪めて呟いた。

「いや、彼女の体にはもう、スコポラミンの抗毒性ができてるらしい……」

「とても悧巧者さ。だが、たかが女一疋だからね……」

死の飛行

洪潔明が、この、アメリカ空軍の第七部隊へ来てから五日経ったが、アラン大尉は何ひとつ用事を言いつけはしなかった。洪は紅椿が教えたように馬鹿になることを思いつき、その日からヤンキー兵の嫌がる掃除をはじめた。まもなく兵どもは嫌な仕事をことごとく洪潔明へ押しつけるようになった。こうして数日後には、洪が兵営のまわりを通行しても誰も怪しむものはなくなった。

洪潔明は、あれ以来紅椿と言葉をかわす機会がなかったが、遠のいていればいるほど、不思議な執着を覚えるようになった。が一度、自己の使命を思うと冷静にかえることができた。かつて片山大佐がいわれた東洋の敵、いなアジアの敵、そして自己の血の母国たる日本の敵、なお支那四億の民衆を塗炭の苦しみに陥れた米英を撃つために、あの紅椿の言った終局のない復讐へ——彼は敢然と起ちあがったのだ。それ自身へ復讐をちかい、そして機会を摑むために……

紅椿は指紋室にいることもあれば、無電室で熱心にキイを叩いていることもあった。洪はいまも自己の使命を心に念じながら、掃除具を取った。そして無電室の窓下へ差し蒐った。ふと真白な繊手が、眼先を掠めた途端、脚下へ丸めた紙片が転げてきた。かれは素早くそれを拾い取って足早にそこを立ちさった。そして物陰へきて開いて見ると、無電用紙へつぎのように認めてあった。

——明夜の七時に第一格納庫の「彗星」号が、在支アメリカ空軍主力基地昆明へ向けて出発する。搭乗者はカトラー、アラン大尉、ほかに操縦士、通信士の四人。在支総司令官シェノートとの密議の内容は窺知し得ざるも、第六次ル・チのケベック会議進行の結果として大体のところ、太平洋攻略第一主義が再燃し、このモンスーン明けを待って、早急にビルマ反攻に総力を集中するものと見らる——

洪潔明の血ばしる瞳が焼き付くように紙面へ注がれた。機会はついにきた。その夜十二時過ぎたころ、洪は用意の革袋をさげて、ひそかに兵舎を出た。あたりは濃い夜霧がたち罩め、寂とした静けさのなかに夜は更けていた。一歩、一歩、山ふかい冷気がひしと迫るのであった。横着な歩哨は高鼾で眠りこけている時分である。一時間後、かれは兵舎へ帰ってきて再び寝についたが、まんじりともせず夜を明かした。先のは失敗したが今度は？

そして彼は自分のしたことが容易く誰かに発見されそうな気もした。丘の向こう側では盛んに練習機が舞いあがっていた。今日は稀らしく輸送機が到着して、その周囲に大勢人集りがしていた。

　ピラミッド型に無数の起伏をつらねた巴山の山脈は、蒼茫たる彼方へ消えさりはしたが、太名渓のあたりは、まだ仄かな夕雲の影がさしていた。洪潔明は周囲の兵らの行動に終始神経を尖らしていたが、それは午後六時、かなたの丘の傾斜に迷彩をほどこした第一号格納庫から、一台の機体が滑り出した。カトラー秘蔵の夜間飛行機「彗星」号である。三角型の短目な翼と、弾丸型の胴体など、どこかK・32型の爆撃機に似ている。機体の付近には警戒令でも布いてあるのか、数人の整備員以外は人影はなかった。

　離陸が三十分後にせまった時である。洪潔明へ突如、「彗星」号へ搭乗の命令が降った。一瞬、洪は眼が眩くのを覚えた。

　失敗った。昨夜のうちに何故そこへ思い及ばなかったか。が、かれはまだ迷っていた。その先に紅椿にただ一目でも逢いたい。いまの火急な場合、洪はひたむきにそれを希った。時は猶予もなく経ってゆく。洪はついに思いきって飛行場へ向かった。太名渓のあたりへ臼づいた夕映えも、名残なく消えさり、あたりは黄昏の大気が立ち罩めていた。

　時刻はもう逼っていた。洪潔明は、つと走り出した。このとき、広い滑走場を斜めに突っ切ってこっちへ駈けてくる人影があった。薄闇へうかんだ仄白い影は整備兵らしく思われた。が、洪はただ走った。そして突つかるばかりに擦れちがった途端、洪の手に新聞紙の薄い包みを摑まされていた。

「これをすぐ読みたまえ――」

洪は無意識にそれを内ポケットへ納めたが、その整備兵の姿はもう夜闇のかなたへ消えさってしまった。

操縦士も通信士もすでに待機の姿勢を取っていた。カトラーもアラン大尉も談笑のうちに機上の人となった。洪はプロペラの下で下士に落下傘（パラシュート）をつけてもらった。アラン大尉が機上から眼を光らして呶鳴（どな）った。

「忘れものはないかな、君の持ち物は全部持ってゆきたまえ――」

その面がなぜか殺気立（さつきだ）って見えた。もう五分しかない。洪はまるで死刑台へ昇るかのように、機上へかけた梯子を昇って行った。爆音は耳を聾（ろう）するばかりに轟いている。洪潔明はついに紅椿にあう機会のないことを識（し）った。瞑目した一瞬、夕闇の原を突っ切って疾風のように駈けてくる人影がある。薄闇を透してくっきりと浮き出したのは紅椿だった。

アラン大尉はほとんど狂気のように、左側の扉いっぱいに立ち塞がって頻りに帽子を打ち振っている。このとき速く、機は滑り出していた。そして、たちまちこっちへ向かってくる紅椿と擦れちがってしまった。

その刹那、洪は弾かれたように席を蹴って手を振っていた。と、紅椿の眸は強くこちらへ注がれた。紅椿は無事だ。彼女の身に恙（つつが）はなかった。それは今をかぎりにこの地を去る彼にとって、永劫の思い出であった。敵中に身を置く自分の、一分後の安否もしらず、その瞬間の法悦に、安らかに死ねる気がした。

だが、夕闇は須臾(しゅゆ)にして彼女の姿を掻き消してしまった。大地を蹴って機体はふんわりと空間へ浮きあがった。

紅椿の瞳を捉え得なかったアラン大尉は、不機嫌に洪を睨んで席へ戻ってきた。彼女が出発の間際に駈けつけたのは、秘密警戒裡にあることとて、カトラーを憚(はばか)った大尉それ自身の言い付けだからやむを得ない。轟音(ごうおん)がただ重苦しく響くばかり。玻璃(はり)板は早くも汗をかきはじめ、そとは密閉されたように暗く、機体は酔いどれのように蹌(よろ)めき出した。天桂山(てんけいざん)を籠(こ)めた濃密な雲霧のなかで揉まれているらしい。

機内には仄暗(ほのくら)い照明がただ一つだけだ。動揺につれてあたりの人影は、深海魚のように不気味に明滅する。

「みんな、落下傘をつけてるかな……」

カトラーは独語しながら背へ触ってみる。

「さア、諸君、これはアーヴィング・エヤ・シュート会社の落下傘なんだよ。さっき到着したばかりなんだ。隊にはふんだんに掛け替えがあるんだから、遠慮なしに使用したまえ――」

アラン大尉は自棄的な口吻で、誰へともなく喚いた。

「なかなか大きいところを見せおるぞ。どうだね、そういう大尉殿自身使用してみたら――」

カトラーは大尉の耳元へ呶鳴った。

「僕の分は生憎携帯しておりません」

と大尉が応酬した。洪潔明の手は内ポケットの新聞包みへ伸びかけては止めた。大尉の眼が油断なく光ってるからだ。洪は一方で機体のほうへ神経を働かしていた。離陸後十分は経ったであろう。高度は約四千五百フィート、方向は天桂山を西北へ疾っているらしい。刻一刻と経つにつれて洪潔明の神経はいよいよ冴えかえってきた。そして、目前に逼りつつある危急を思った。気のせいか、胴体縦通材の震動が妙に烈しくなったように感じる。同時に翼やプロペラへ向かって彼の神経は細かく顫え出した。それに機関の調音も何となく重苦しげだ。

自分は瞑目して死の瞬間を待つべきだろうか。自分は確かに機会を摑んだ。紅椿がその機会を摑ましてくれたのだ。それがどうだ。その土壇場で運命が逆転して、自分自身も共に死地へ追い込まれる結果になろうとは……

このとき洪の眼に触れたのは、カトラーが身につけた落下傘である。と、洪の手は思わず左の胸にある落下傘の曳索環へ触れていた。

空中分解

「洪潔明、洪潔明……」

洪は、はっと気がつくと、アラン大尉が躍起となって手真似で彼を呼びたてているのだ。

洪は動揺する床を、体でバランスを取りながら大尉の前へ立った。

「さっきから呼んでるのに、なぜ来んのだッ」

満面に怒気を含んで大尉はそうきめつけて、紙片へ書いたものを渡した。洪は席へ戻って見ると、

――約一時間半後、わが空軍基地白市駅(パイシュテー)の上空を通過する。君が通訳としての赴任地はそこである。その地で君は降下せよ。所持品は忘れずに身につけてゆけ――

読みおわった洪潔明は、不思議なほど冷静な心境だった。これには罠がある。洪はカトラーの妙に歪んだ顔色から看(み)て取った。カトラーと大尉とは面(おも)を寄せ合い、その唇は絶えず何事かを話し合って、そのつど彼らの瞳が洪の方へ注がれるのだ。

と、通信板の赤灯がポツリと灯(とも)った。無電が入ったのである。突如通信士は蹌(よろ)めくように立ちあがって、無電用紙を操縦士へ突きつけると、慌てふためいて落下傘(パラシュート)を身につけ始めた。操縦士は転げるように座席を蹴って、通信文をカトラーと大尉の面前へ抛り出した。

――「彗星(コメット)」号は離陸後四十分にして空中分解をする。危機は刻々に逼(せま)りつつあり、搭乗員各自は迅速に応急の措置を取られたし――

操縦士は両手を高く翳(かざ)し、狂気のように喚きたてている。空中分解の危機は十分後に逼りつつあるのだ。均衡を失った機体の震動は刻々に烈しさを加えてきた。突如、カトラーは洪潔明へ向かって牛のように吼え出した。

「空中分解だと、チェッ、この『彗星』号は突いても叩いても容易に墜(お)ちこちゃしないん

だぞ。それをスパイめッ、まんまとやりおったな」

つづいてアラン大尉の怒りが爆発した。

「洪潔明、貴様だな、昨夜ひそかに機体へ破壊工作を施した奴は……が、天譴はこのとおり貴様の上にも降ってきた。貴様が逃亡することを考慮して、出発間際まで搭乗命令を伝えなかったのだ」

「馬鹿ッ、わしがいわんこっちゃない。紅椿に制裁を加えろッ」

カトラーは大尉の鼻面へ拳を打ち振り、歯噛みをしながら一方へ向かって吼えた。

「おい無電だッ、ブラウン、ブラウン……」

と狂気のように喚きたてる。通信席は既に藻抜けの殻で、当のブラウンは床へ片膝を突っ立て、顫える手つきで落下傘のバンドを締めつけているところだ。

「もう六分しかないッ……」

それがブラウンの応えだ。瞬時に展開された死の狂噪曲のただ中で、洪潔明はただ一人自若としていた。名パイロットとして知られたアラン大尉、それから戦争王、秘密トラストの巨頭カトラーの狼狽振りはどうだ。そして彼らを数分後にはこの世の活躍線上から抹消し得るのだ。これが敵に対する終局なき復讐の一齣である。洪は死の寸前にあって、湧然と胸を衝きあげてくる愉悦にただ酔いしれた。

操縦士と通信士は、先を争って右側の扉口へ殺到した。そして横揺れのきた床へ折り重なって転げた。突如、大尉が呶号した。

「スパイめッ、貴様の落下傘は開きはせんのだぞッ……」

洪は、その先に落下傘を外し取って大尉目蒐けて投げつけた。そして間髪を容れず、渾身の力をこめて衝つかって行った。大尉は蹌めく途端、脚が床を離れた。バタンと扉が開いて、通信士と操縦士の姿は恐ろしい勢いで渦まく暗黒の気流のなかへ吸い込まれてしまった。カトラーがなにか大声で喚いていた。すでに機先を制せられたアラン大尉は、狂気のように身を藻掻き、洪は弾ねかえして、その頸を扼しにかかった。組んづ解れつ、双方の死力が折り重なったまま横倒しに崩れた。すぐ頭の先に風圧の激しい暗黒の虚空が、巨口を開いているのだ。

「貴様、墜ちろッ！」

アラン大尉は喚く。

洪は焦りに焦って、大尉を扉のそとへ押し出そうとするが、大尉も必死だ。じり押しに圧しつけた力が弾ね返ってきた。かわって洪の半身が機の外へ――おし出そうとする肩先へ、洪は片脚を踏ん張りつつ、床の隙へ背を戻そうとする。と、洪の両腕が大尉の頸っ玉へかかった。大尉は猛獣のように吼りながら歯を剝いた。

機関の響きがきれぎれに喘ぎ出した。機首が前のめりに傾いてきた。洪の片脚はすでに扉の外にあった。

「もう一息……」

大尉の底力が、ぐんと乗り出した途端、機は横へ傾斜して、烈しい気流の渦が捲きおこった。洪はこの時、ほとんど信じきれぬ迅(はや)さで、閉まった扉のうちで息づいていた。大尉の影はすでに機上から消え失せていた。が、洪は身辺に渦まき起こった突風に薙(な)ぎ倒され、傾いたほうへ転げて行った。

洪は怖(おそ)ろしい現実に直面した。風圧に逆らい、顔を斜めに起こして見ると、カトラーが床の円蓋(えんがい)を開いて、逆巻(さかま)く気流のなかへ躍りだしたのをしった。扉が閉まったのは気流の反動であった。洪は、その風穴(かざあな)へ躙(にじ)り寄って行くと、落下傘の白布の端が、方向舵(ほうこうだ)へ引っかかり、その下に真っ逆様にぶら下がったカトラーの体が、気流に逆らいながら、怪魔のように空間を疾(はし)っている。その気流の煽りが怖ろしい力で、機上の人影を、下の風穴へ吸いこもうとしているのだ。そして、突風を孕(はら)んだ機体は危険が刻々に迫りつつある。

機体は難破船のように動揺し、排気管が雷のような爆音をたてている。やがて翼が飛びさり、プロペラが飛びちって、空間に残された胴体のみが、弾丸のような速力で墜落するのも分秒の間に迫っている。

蔭の人

突然、機関がはたと止まり、雷のような爆音が歇(や)んで、ただ烈風を截(き)る張線(リンク)のワイヤのみが物凄くピューピューと唸(うめ)きだした。洪潔明(ホンチエミン)は、速力がどんどん落ちてゆくのを意識した。つぎにあっというまもなく墜落がきた。洪(ホン)は無中で操縦席へ匐(は)い昇っていた。この危機に臨んで鳥人としての習性が、俄然蘇生(よみがえ)ってきたのだ。咄嗟に操縦桿(そうじゅうかん)を握り、狂気のように方向舵(ほうこうだ)を踏んだ。が、踏み板には強い抵抗があって弾ね返ってくる。高度計は降(くだ)る一方である。四千五百フィートから四千フィートへ――そして三千五百フィート――

洪は双脚のかかった踏み板を無我夢中で踏んまえていた。それは生から死へ、そして死から生への彷徨(ほうこう)である。渾身を浸す汗と涙が額へかけて横ざまに流れる。

三千フィートから二千五百フィートへ――洪の眼前へピラミッド型の山嶽(さんがく)の幻影が明滅する。そして今にも山嶺への激突を予想した。二千フィート……

ああ、斜めに睨(にら)めた高度計はいつしか正面へきていた。絞弁(スロットル)を大きく開いた。と爆音が轟き出した。だが一旦、水平へかえった機体は下へ下へと押しさげられる。が、必死の努力がついに元の高度へ上昇した。墜落がきたのは下風(シャンシイ)であった。洪は落下傘(パラシュート)の白布で自ずと閉鎖された風穴を振り返って見た。それは落下傘の下にぶら下がっていた人間の錘(おもり)が墜ちたからであった。洪はその風穴へ円蓋を被せて太息(といき)をした。

機関は正調な響きを伝えてきた。危機はすでに去ったのだ。同時に洪潔明は自己の錯覚が判然と解ってきた。十分前に当然起こるべきはずの空中分解がなぜ起こらなかったか？　それは機体が山嶽地帯へ差し蒐(かか)ったため自ずと動揺を来したことと、その際操縦士が自己の持ち場を放棄したために起こった変動であって、機体そのものには、なんらの故障を来していなかったのだ。

すると洪自身が昨夜ひそかに、数ケ所にわたって施した破壊工作は？　洪の脳裡へふと閃いたものがある。それは「彗星（コメット）」号の離陸直前、洪が夕闇の迫った滑走路を疾風のように駈ける途中、あのヤンキー兵が手渡した新聞包みである。あれが紅椿（ホンチユン）でなくて誰がする。忙しくポケットを探ると、ある、ある、ある――かれは方向舵を両膝の間へ挟み、顫える指先で新聞紙を開いて見ると、一通の書簡が出てきた。

洪潔明君へ……班超子（パンチヤオツ）より

ああ、紅椿ではなかったのか、そして班超子が自分へ？　洪は一度は失望したが、すぐ気持ちを取り直し、荒っぽい走り書きへ眼をさらした。

――洪潔明君、かつて六年前、僕らが広東の慶華（けいか）飛行場にあった当時のことを思い出してくれたまえ。そして僕ら航空生が神のごとくまた慈父のごとく崇拝し、限りなき敬慕の念を捧げ来った日系教官片山大佐に師事した頃の思い出が、現下の大東亜戦に際してさらに新たなるものがあるに違いない。

しかるに六年後に邂逅（かいこう）したお互いは、乞食か匪賊（ひぞく）かと見紛（みまが）うばかりの敗残兵に転落していた。それは何故か？　天人ともに許さぬ抗日戦を忌避するため、そして逃亡を企て、果たさず、また機会を摑み得なかったからだ。この点、互いに同様のことと観ている。

元来自分は広東生まれであり、君は東北出であった。この派閥（パアファ）のためお互いは同期生なのにもかかわらず、ついに胸襟（きょうきん）を開いて相語ることをしなかった。

そうしたことから今度も、互いの計画に疏通（そつう）を欠くの已（や）むなきにいたった次第だが、時と処を隔つとも、共生同苦を敢えてしたお互いは、その思想と目的達成のため、大いに努力し、扶け合おうではないか——さて取り急ぎ本問題へうつる。まず、君が機密書類を収めた金庫へ手をかけた場面から説明しよう。

君の目標は、むろんあの屈辱の怪写真と、カトラーの秘密トラストで作製された新型長距離爆撃機の設計図を、窃取する手筈だったに違いない。が、君が目的の金庫へ手をかけた刹那、けたたましいベルの音とともに閃光灯が迸った。同時にシャッターが切られて、この重大犯人の正体が撮影されたわけである。けれども翌朝にいたっても君は逮捕されなかった。なぜかといえば君に先んじて、あの室へ侵入した曲者があったからで、彼もほぼ君と同様の目的を懐いていたが、彼は目的完遂のため、その準備として幾日かを費やした。かれはまず、この山岳地帯の地理とヤンキー兵のふしだらな点と、深夜の哨戒の不十分なのを見究め、彼みずからヤンキー兵に変装することに成功した。見上げるばかりの巨軀と、逞しい肩幅とは——いささかも怪しまれることなく深夜の山間の兵営地域内を、思うがままに濶歩していたのである。

かれはいよいよ時機を得て、あの室へ忍びこむ以前に、非常ベルの装置を止め、また閃光写真の乾板を抜き取って置いた。そして悠々と目的を達したのだが、ベルは元通りにしたけれども、乾板を元通りにしようとした際、思わぬ邪魔が入って中止し、そのまま退却を余儀なくされた。それは先客のあるのもしらずに君が忍び込んだからだ。

その結果は説明するまでもあるまい。そんなわけで君の写真は撮られずに済んだのだが、あのカトラーから紅椿をへて、君の指紋を採る段取りにいたったのは、先客が窃ったのは、目的の新型爆撃機の設計図ではなく、あの怪写真と取り違えたためで、君へ図星を指したのは当然といえるのだ。同時に君そのものは日系のスパイとして大写しされたのだ。あの未明に梟首にかけられた支那兵は、運悪くも、太名渓の間道で逃走するところを射殺された。が、君はどこまでも運命の神に恵まれていた。君の指紋は紅椿の手先のからくりで、アラン大尉へ渡されたのはゴム製の人工指紋だった。

それから君の先客は手套をはめていたので、結句彼らが躍起となったバトリー式テキストの、現場指紋の価値も、有耶無耶のうちに葬り去られたわけである。

けれども、君の智性をしったアラン大尉の疑惑の眸は、いよいよ君の身辺へ炯り出した。第二の機会はきた。それはカトラーとアラン大尉とが彗星号で昆明の主力基地へ密議に赴くようになったことである。

君はその前夜、千載一遇の好機到れりとして、深夜格納庫へ忍び込み、カトラーの秘蔵機へある破壊工作を施したが、敵側にも詭計があった。君の逃亡を防ぐ手段として、出発間際に、アメリカ空軍基地白市駅へ通訳として赴任する死の宣告を受けたのだ。アラン大尉が、君に所持品を忘れるなと注意したのは、あの怪写真を君が所持しているものと睨み、不開落下傘で白市駅の上空通過の際、君を墜死させ、アメリカ側にその怪写真を拾わせる予定だったのだ。

自分が紅椿から急を聞いたのは、「彗星」号の出発に先だつこと五時間、しかも白昼のことである。しかし天は、あくまでも大義に身方した。折から第二滑走路へ印度方面から空輸機が到着した。自分は紅椿の奇智を借り、ヤンキー兵どもが狂喜して輸送機へ群(たか)っている隙に乗じ、白昼大胆にも整備兵に化けて、第一格納庫へ忍びいり、君が破壊工作をした個所を容易に修理することができた。かくて危機を突破した自分は、一刻も速くそれを君へ知らせなければならぬ……

班超子の第一信はそこで終わっていた。

恩讐の翼

洪潔明(ホンチエミン)は、はじめて、その真相を識(し)るとともにこの旧友へ対して心からなる感謝の念を捧げた。あの夕闇のせまった飛行場で、自分の後から疾風のように駈けてきて、新聞包みを手渡したヤンキー兵が、班超子(パンチヤオツ)であったとは……

つぎのは班(パン)の第二信なのだが、班は機体の修理をおわった後、物陰へかくれて、日没を待つ間に認めたものである。

――洪潔明君、自分は君が一刻も早くこの書面を開いて見ることを切に希(ねが)っている。そして不開落下傘(ふかいパラシュート)を負わされた君の運命が機上でいかに進展してゆくかは、神のみぞ知る。

が、ここに、君への一助として離陸三十分後、ある詭計を遂行することにする。そして、それは偏(ひとえ)に紅椿(ホンチユン)の真心と、あの繊細な彼女の指尖(ゆびさき)にかかっているのだ。やがて「彗星(コメット)」号の通信士が接受する無電、十分後に機体が空中分解する――その誤報である。洪(ホン)君よ、その危機を冷静に且つ勇敢に脱してくれ。自分は君の成功を心から信じて疑わない。そして洪君よ、自分は君の幸運を祝福しよう。君は過去の一切を一時に取り戻す機会を摑み得たのだ。

　洪君よ、君自身の運命を托した「彗星」号こそは、戦争王カトラーの秘密トラストの設計にかかる、新鋭長距離爆撃機（武装はしていないけれども）そのものなのだ。それこそは設計図や、部分写真に勝ること幾倍だ。君はすでにその点着眼しているに違いない。そして君はそれを操縦し得る鳥人としての、君自身の幸をしみじみと感謝するであろう。同時に君の胸に湧然と蘇生(よみがえ)ってくるものは、君の今日の精神と技術とを教え育(はぐく)まれた崇敬措く能わざる片山大佐であろう。

　洪君よ、そこで針路(しんろ)を東南へ転ぜよ、いや、すでに転じているかもしれぬ。中南地区の〇〇〇日本陸軍航空基地へ着陸せよ。そこには大東亜戦において赫たる武勲をたてられた片山司令官閣下がいられるのだ。

　いま、ここに、われわれの記憶に新たなるものは漢口(かんこう)駅頭における、訣別の劇的場面である。それは旧中国をめぐる蔭の力が功を奏し、抗日一色に塗り潰された支那大陸の北方に、戦雲のみなぎる最中、わずかに南方にたける日支の命脈をつなぐ京漢線も、それが最後の列車であった。この日我らの教官片山大佐が四面楚歌のなかを発たれたのだ。事態は逼迫していた。あの奸漢を叫びつつ群がり来る抗日分子をものともせず、閣下に恩顧を蒙る航空部隊五十五名のわれわれ少壮士官は、万難を排して漢口駅頭へ駈けつけた。その際、声涙ともに下る訣別の辞を述べたのは、洪君、首席の君ではなかったか。

「日支両国は不幸にして交戦状態に入っている――」静かに、多くを語らぬ大佐の面も曇るように見受けられた。

そして、あくまでも豪毅不屈の大佐は、やがて未来の大東亜を背負うべき、われら中国青年を激励されて止まなかった。

神のごとく、また慈愛に充てる父のごとき大佐の恩恵に、ひたぶるな敬慕の念をささげつつも、われわれはついに抗日戦に狩り立てられる運命に置かれていた。そして今や旧き抗日の中国は逝き、栄光燦たる新中国は建設された。かつては師として仰ぎ、一度は敵として見えたわれわれだけれども、大佐は必ずや、恩讐を越えし高所より大観されて、寛大なる思し召しに浴するであろうことを……

行け、洪君、そして大東亜の未来の、いな現実のそれを直視して起て――

ならば、自分も君の尻馬に乗って随いてゆきたい。けれども自分としては、まだやるべきことが残っている。それは、カトラーと侃昭衛との間に取り引きされたドラム缶を、天嶮巴山山脈を越えて、鳳凰砦の飛行場に運搬すべく、いよいよ明日から実現される運びとなったからだ。

洪君よ、好機は到れりだ。かねてヤンキー兵どもに圧迫の憂き目に遭い、遺恨やるかたなき三百にあまる支那兵のつもる欝憤は、ここで爆発するだろうし、そして、彼らはヤンキーどもの武運の命脈をつなぐ血の一滴に値するガソリンをも、爆発を見ねばやまぬであろう。かくて在庫品の油脂は、抗日反攻を目ざすヤンキー兵どもが、連日、練習用に濫費（らんぴ）しつつある始末だし、やがて輸血の道がまったく途絶したころ、鳳凰砦のアメリカ空軍基地を目ざして、日本空軍の精鋭がやってくるのだ。

洪君よ、約二ケ月後、ぼろぼろの弊衣（へいい）を纏った中央系の乞食兵士が、垢で汚れた白旗を打ち振りつつ、君が栄達の軍門へ降（くだ）ることをここにあらかじめ告知して置こう。それから君を厭がらせたであろう僕の背の袋は、決して無辜（むこ）の民衆から掠奪したものではなく、その中味は、昔を忘れぬ装備に要する器具だったことをここに付け加えて置こう。

さて、いよいよ、黄昏（たそがれ）と危機が逼（せま）ってくるので、この辺で打ち切り、最後に一筆書き加えて置く。それは君の識りたい紅椿のことだ。その何者とも指摘しかねる集団的な兄の仇敵を、彼女は克明に打ち果たすであろう。だが一切を棄て、復讐に挺身（ていしん）する彼女もまた、ついに一女性であるということを、君へ切（せつ）に知らせたい。そして、彼女を救い得るのもまた君であるということを……。

ブラーマの暁

一　ラフラ氏の失踪

カルピ荘園は、アラハバートの市街から南方へ五哩（マイル）の地点にあった。この豊饒な農園の大地主は、カルカッタの豪商ラフラ氏なのだが、昨夜から、主人（あるじ）のくるのを待ち構えていたウォレス中尉は、今朝になると、すべての計画が水泡に帰したのを知った。

それは昨夜の十時過ぎ、カルカッタの本邸から四百哩の長途を急遽やってきたラフラ氏が、午前零時から三時までの間に煙のように失踪したことであった。なお邸内の異変はそればかりではなく、ラフラ氏が携えてきた置物の多宝塔へ箝めた本仏（ジャアタカ）の眼といわれる時価二千磅（ポンド）の青色ダイヤも共に紛失したことだ。ウォレス中尉の計画というのは、ラフラ氏の子息で、病気療養という触れ込みでこの荘園滞在中の、血盟団（グラハム）の闘士ビルラを、父の手を借りて、隠匿した武器弾薬の所在（ありか）を吐かせようとする苦肉の策だったが、その矢先ラフラ氏の失踪である。

雲一つない碧空の下、遠い地平線の涯まで青一色に煙る農園や、珈琲畠に沿うて一条の白線が交叉するあたりは、陽（ひ）もかげるくらいの土煙が濛々と舞い立っている。周囲四哩に亘るカルピ荘園を縦横に貫くその旧街道は、東はベナレスからパトナへ通じ、北はラクノーへ、南は中央州のジャパルプールへ、西北は本街道の岐点で、鉄路へ出れば遠くデリーへの要路である。ここで各州各地区へ通ずる血盟団の連絡を遮断しなければならない。ウォレス中尉は部署についた配下を横眼に、菩提樹(アシユワダ)の並木へそれると、そこへコンネル曹長が街道の方から駈けてきた。

「中尉殿、御指令通り警察のジョンソン側の後続部隊を、途中バルンの付近で土民どもの蜂起を利用して列車襲撃させ、約二時間遅らす手筈です。また一方わが英正規軍の自動車部隊は、予定の時刻にササラムの要塞を出発し、午後の六時にアラハバートへ入ります。そして同八時を期して、この荘園に集結する血盟団の残党をはじめ全印農民聯盟、労働組合、鉄道従業員聯盟の土人どもを、我が軍の一手で一網打尽にする連絡をつけてまいりました」

「手違いはあるまいな?」

中尉の瞳には今朝の失敗を無念がる色がありありと残っている。コンネルは上官の面持ちがやや柔らぐのを待ってきいた。

「それで、中尉殿は、ラフラの失踪を自発的とお思いですか?」

「え、君はどうしてそれを識(し)ってるんだ?」

中尉は歩みを止めて、出しかけたタバコを衣嚢(ポケット)へ引っ込めてしまった。

「自分は、アラハバートから帰るとすぐ、前哨(ぜんしょう)の兵からききましたので……」

「うむ、それが、どうも変なんだ。というのは、あの黒ん坊のラフラめが、昨夜荘園へくるが早いか天象殿(アイラーワダビハラ)の修業者の中から仏教徒ばかりを呼び集めて、携えてきた多宝塔を持ち出し、宗教談に花を咲かせた。その最中伜のビルラの方から呼び出しにきた。やがて廊下で父子の口論が始まり、それもかなり激しいものだったが、約十五分後、ラフラは元の広間へ戻ってきた。それがちょうど十二時なんだが、それから先の彼奴の行動が分からないんだ。君にいわせたら、何故その場を去らせずラフラを捉まえて、ビルラの口を割らせなかったかとくるだろう。が、それが実に妙な工合で、第二夫人のリカが待ち構えていて、まだ旅装も解かずにいるラフラを、着替えをさせるからと言って、僕を突き退けるようにして遮二無二奥へ引き摺りこんでしまった。寝室へは執事のミルでさえ一歩も近寄れない始末だし、ただ女中の口から失踪が知れたのは、午前の三時というわけだ……」

中尉は歯軋りしながら昨夜の失敗談を語った。

「しかしラフラが失踪した以上は、伜のビルラは搾木にかけたところで本音を吐くまいて。だが警備隊の奴らに嗅ぎ出されぬようにしなくちゃいかんな……」

そういう中尉の胸中には栄誉の独占と、一方に警察側に対する日頃の欝憤とが執念く燻っていた。

「中尉殿ごもっともです。今度こそ、警察側は口あんぐりですよ。奴らは軍隊の実力を見縊ってますから、この際一泡吹かしてやらなくてはなりません。今夜の八時が待たれますね……」

コンネルは、日灼けのした頬に喧嘩好きらしい色を沸らしてそう言った。

二　菩提樹（アシユワダ）の森

ウォレス中尉とコンネル曹長の二人は、なおも、敵味方を陥入（おとしい）れる密謀を凝らしながら、菩提樹（アシユワダ）の森を彷徨（さまよ）うのだった。ここでは樹木そのものが霊的瞑想に耽（ふけ）るかのような幽寂の気が漂い、時折、高い梢の辺からくる怪鳥（けちょう）の叫びが無気味に谺し、襲うような羽搏きが響いてくる。跫音を蹙め、声を秘めた密語（ささやき）がふと杜絶（とだ）えた時、二人ははっと面（おもて）をあげた。森の闇はいつしか展（ひら）けて、彼方へ仏院廃墟の支柱が仄白（ほのじろ）く浮き上がってきた。

ウォレス中尉は、ふとその支柱へ眼（まなこ）を移した途端、画布（カンバス）に向かっているジョンソンとばったり面（かお）を合わせてしまった。警備隊を指揮するジョンソン部長は、画家に化けてこの仏院廃墟に頑張り、各方面からくる情報を聴き取っていたのだ。部長は中尉の姿を認めると、啣えていたパイプを手にして、険しく迫った眉をあげて言った。

「ラフラの失踪を知らせにきたのかね？」

彼は何もかも識（し）っていたのだ。林の中に立ち止まっていたコンネルは、ウォレス中尉の眼まぜで、そうそうに引き返して行った。ジョンソン部長は画布の隅へ楽譜のような暗号を記しながら、

「対手（あいて）が黒奴だと思って甘く見ちゃいかんね。僕は配下を督励して徹宵（てつしょう）見張りながら彼奴を取り遁（のが）したんだからな……」

その皮肉な調子が中尉の頭へぐゎんときた。永年、宿命的に摩擦反目してきた警察側と軍隊とが提携して共同戦線を張る。ただそれだけで中尉は耐まらない屈辱感がこみあげてくる。それで、全部に亙って、もはや拾収しがたい混乱状態に陥入った反英運動を、徹底的に粉砕できると血迷った主脳部はいきまいてるのだ。

「君の失敗は我々警備隊の手できっと取り戻して見せよう。今夜の八時を期して……」

自信たっぷりなジョンソン部長の言葉に、冷静を取り戻した中尉は、肚の裡でようやく嘲笑った。期せずして双方が期待をかけた今夜の八時は、果たしてどう展開してゆくか？

「しかし、ラフラは荘園の外へ一歩も出てやしないぜ……」

ジョンソンは出鱈目を言って対手の反応を待ったが、中尉は呆けた風でタバコを燻らしていた。

「それから君へ預けた蛇使いのトンガは、逃がしはせんだろうな……」

「彼奴は薪小屋へ監禁してあるから大丈夫さ。が、あんな白痴の乞食芸人が吹くブーンギに何か仕掛けでもあるというのかね？」

中尉は画布の暗号を偸みながら皮肉ると、ジョンソンは重々しく頭を左右へ振って、

「いや、二週間前に全印度労働組合の奴らが、ガヤの刑務所を襲って囚人どもを逃がした事件があったろう。その囚人の中に、確か日本側の密偵が混じってたはずだが、あのトンガがどうも各地の暴動をリードした通称ニザム・ハンで通ってる奴らしいんだ……」

と、この時、二人ははっと聴き耳をたてた。

三　パンジャブの蛇使い

さほど遠くもない辺からくる鈍い、妖しい音色が次第にはっきりしてきた。

「君の大丈夫もあてにならん。ブーンギだ。あの怪しい蛇使いめ……」

ジョンソンは弾かれたようにその方へ走り出した。中尉も続いて駈け付けて見ると、凹型をした礎石のそばで、埃と垢で汚れた頭布(ターバン)を巻き、顔中灰を塗った汚らしい矮男(こおとこ)が、大地へゆったりと座りこみ、猿の皮で拵(こしら)えたブーンギという原始的な楽器を頼りに吹き鳴らしているところだ。ブーンギはいよいよ調子づいてきて肩へ吊るした壺の中から、錦コブラの頭がひょいひょいと跳ね上がってくる。

「おいッ、トンガ、貴様は誰に断って薪小屋から脱け出してきたか……」

中尉が頭上から一喝を浴びせると、蛇使いは脂汗(あぶらあせ)で汚れた灰だらけの面をあげ、キョトンとした眼つきで見上げた。コブラは壺の中から太く膨れた鎌首を擡(もた)げ、トンガの唇とすれすれに焔炎(ほのお)のような舌をチロリチロリ吐き出している。ジョンソンは気味悪そうに一歩退くと、入れ替わって中尉が訊いた。

「お前は何故(なぜ)無断でここへきたんだ」

「この予言者(ドコン)のヨボめが、行こう行こうていうから脱出してきたでがす」

トンガは壺を指し、ものをいうごとにタワシのような灰塗(はいまみ)れの頬髭へ涎が流れ出す。ジヨンソンは眉を顰めて見ていたが、いきなり棒の尖へブーンギを引っ掛けて地上へ叩きつけた。空気を抜いた革の楽器は獣の屍骸のようにぐったりと伸びた。ジョンソンは棒切れの尖で楽器の胴腹を叩き、それから涎で濡れた汚い歌口を検べて見る。トンガは、やがてどさっと頭上へ叩き返されたブーンギを生き物のように抱きしめて、

「おおソンムの谿谷の猿猴や、哭くでねえだ、ほらホホヤレ、コリヤお猿のお尻は真紅いな、コリヤ碧眼の頭も赭かいな……」

「こらッ、白痴の真似をすると痛めつけるぞ……」

ジョンソンが脅かすと、

「そう一々気にするでねえだ。俺じゃねえ、このヨボめがいいくさるでな……」

トンガの眼にふてぶてしい影がさし、二人をちらと睨みあげた。ジョンソンは、その面をじっと凝視ながら訊いた。

「貴様の生まれはどこだ、それから父母は?」

「生まれはパンジャブでがす。北印度の寒い国でな。父はネパールの山を越えてきた巡礼の喇嘛ちゅう話だが、お母アでせえ、父の面はよく見知らねえだ……」

ジョンソンは中尉へ耳打ちした。中尉はトンガの頭布へタバコの灰を降らせながら、

「おい、予言者のヨボが、お前をどう言って誘い出してきたか?」

「ヨボめが俺にその話をしてる最中に、お前様たちが停めたでねえか……」

トンガは焙麦粉が膠りついた上唇を尖らせて、

「ほら、何か見えるべ、よく見えさっせえ」

トンガの瞳は、彼方の欝蒼と茂った樹立（こだち）の上へ注がれている。ただこんもりと小高い濃緑の森はマンゴー、楡、菩提樹などの巨樹が鷲の翼を拡げたように枝葉を伸ばし、一際高い菩提樹は髪を梳（くしけず）らぬ修業者の姿とも見える。トンガは勿体（もったい）ぶって言った。

「昔、昔、アラハバートの霊樹ちゅういわれたなあ、あの菩提樹（アシユワダ）のことでがす。あれ、あれが見えねえかの、あの苦行者が……」

ジョンソンと中尉は瞳を凝らして、トンガの視線を追うと、見える、見える、菩提樹の梢に大の字なりに仰臥した人間の姿が――。彼らはギョッと息を呑んだ。

烈々たる陽光に映え、樹影を罩（こ）めた半面は紫紅色に靉（たなび）き、裸体の頭はあたかもウロアのリングを環（めぐ）らしたような光芒に包まれ、七色の耀光は眼も眩（くる）めくばかりである。が、ジョンソンも中尉もやがて我に復（かえ）ると、各々（めいめい）、自分の部下がこの異変を識（し）らずにいたのが、肚立たしく思われてきた。ジョンソンは忙（せわ）しく中尉に訊いた。

「君、あれがラフラだと思うか？」

「さあ、屍体を降ろして見ねば誰か判らん。だが、あんな五十呎（フイート）余の高所まで、一体何者があの屍体を携（かつ）ぎあげたのかね？」

ウォレス中尉は、まだ、妖しい耀光の驚異に衝（う）たれて瞶（みつ）めている。

「なあに印度人なら、一条（すじ）の綱（ロープ）さえあれば、あんな芸当（げいとう）は朝飯前の仕事さ……」

「あの梢の形が拝火教の沈黙の塔（タワーオブサイレンス）に似てるじゃないか？　それに何故鳥が啄（つつ）かんのだ

ろう」

「そりゃ君、この蛇使いがいうようにアラハバートの聖者(サニジア)だからさ……」

ジョンソンはそうまぜッ返して背後(うしろ)を振り向き、ポカンと口を開けているトンガを呶鳴りつけた。

「おい、貴様はもう遁(のが)しはせんぞ……」

四　虚実の闘争(たたかい)

「さあ、いよいよ捜査網の口を引きしめ、獲物を一つ一つしめあげて本音を吐かせるのだ。そして八時には警備隊の手でケリをつけて見せる」

ジョンソンはこともなげに言って荘園の厨房(ちゅうぼう)の方へ立ち去った。ウォレス中尉はその背後へ思わず拳を打ち振るった。

「細工は粒々だ。今に見ろ、午後の八時を」

憤怒に眼が眩んだ中尉は跫音(あしおと)も粗々しく、昨夜盗賊の入った裏木戸へ回ると、今朝見た通り、土壁へ孔を穿(うが)って閂(かんぬき)を外した痕がある。そして土間から西側の石廊へかけて、数人の足跡がだんだん薄れて広間の中まで続き、花崗岩の卓の下で停まっている。卓上に置かれた多宝塔は、日本の鎌倉時代の名工の手になる逸品で、青銅製で高さは約二呎(フイート)くらい、龍車の尖へ水晶珠が箝っていたのを、ラフラ氏が青色ダイヤの本仏(ジヤアタカ)の眼と入れ替えたのだが、ダイヤが失せて、その代わりに昨夜なかった瘴癘（サチ）という全身に千頭蛇を巻き付けた約五寸ほどの土偶の女神像が、塔の前へ置かれてある。それも今朝検（み）た通りだ。

次に彼は石廊から中苑へ出て、ラフラ氏が修業者の道場にと建てた天象殿（アイラーワダビハラ）を覗くと拝火教の修業者セロイコスが不意に立ち上がって中尉の方へ向かい、

「持ち主に災殃を齎（もたら）す呪いの石、本仏の眼——」

と低く呟き、禱（いの）るような手つきをした。仏教、印度教（ヒンズー）、耆那教（ジャイナ）、麼尼教（ムニ）と宗派別に集まった中に、ナラダ比丘尼（びくに）はただ一人離れて虔（つつ）ましやかに経文を誦（ず）していた。

「血盟団（グラハム）の残党め、巧く化けてやあがる、八時にはどいつもこいつも一網打尽（もうだじん）だぞ……」

中尉は黒光りのする面を見回して呟いた。それから母屋（おもや）へ取って返し、石廊を回ってビルラの室を叩いた。吠陀（ベーダ）の賛唱が止んで扉は開かれたが、ビルラはむっつりと黙りこんで碧眼の闖入者を睨めている。ビルラは贖罪（プラヤエヒタ）の苦行でもしているのか、白紗の衿元から透けた栗色の逞しい頸筋（くびすじ）へパブアの花環を垂れ、額には花汁で唵（オム）の梵字が記してある。

「君はなんだってアンナマラライ大学から、バコダの林間学堂（パシュラム）なんかへ転校したのかね？」

中尉は椅子を引き寄せ、冒頭（のっけ）から訊いた。

「少し健康を害していたからで、この荘園へやってきたのも休養のためです……」

「が、そのバコダ教授はもう逮捕されたよ」

中尉は、硬く身構えた対手（あいて）を真っ向から見据えて、そうきめつけた。

「識（し）っております……」

ビルラは案外落ち着き払っていた。中尉は話題を変えてジリジリ迫って行った。

「時に、カルカッタにいる君のお母さんは、拝火教の熱心な信者なそうだが……」

「母は波斯族(プーシー)ですから、父母の不和はその点にもあるのです。父はあの通りな資本主義者で、伜(せがれ)よりも年少な妾を蓄えたりしてますし……貴方は僕にこんなことをいわせて恥を掻かす肚なんですか?」

中尉は手をあげて制し、

「まあ聴きたまえ、昨夜、君ら父子がやった口論(いさかい)のことを話そう。印度教のある一派では夫が喪(な)くなると、その妻は夫に不幸を与えた女として、生きながら焼かれて殉死する風習があるそうじゃないか。その焼き殺す、いや総て『焼』という語韻は妙に鋭い感じを与えるものなんだが……」

ビルラは激しい眼差しで対手を見据えた。

「それで貴方は、我々を野蛮人扱いにして興味の眼で観ているのでしょう。しかし父は印度教よりは仏教へ帰依(きえ)してるのです」

「すると君は?」

「僕、僕なら、父母いずれの宗派にも隷属(れいぞく)しない謂わば無神論者なのです」

ビルラは眼を瞋(いか)らし、顫(ふる)える指さきで、頸へ懸けたパブアの花葩(びら)を、一つ一つ毟(むし)り取って棄ててしまった。

(偽苦行者め、とうとう本音を吐きおった!)

中尉の薄い唇は苦っぽい微笑に歪んだ。

×

その直後、ウォレス中尉は南面の客間でナラダ比丘尼と対座していた。

「あなたは、昨夜の盗賊の面体を確かに見られたはずですが？」

中尉は滑らかな言葉で撫でるように言い、凝乎とその反応を待った。ナラダ比丘尼は緇衣の袖を掻き合わせ、眸を伏せて言った。

「御仏様へ仕える身がなんで偽りを申しましょう……」

「あなたは慈悲深いお心から、その盗賊をしっていられるに違いない。が、しかし……」

中尉はそういいながら、彼女の張りのある眼、栗色の艶やかな皮膚、青く剃りあげた頭、気品のある細く高い鼻の線など、まだ二十歳を幾つも越すまいと思われる彼女を見戍っていた。と、紅い唇が解け、細く切ない声が縷々と洩れてきた。

「何もかも申し上げてしまいます。ある懺悔事のために、私は毎夜のように苦行しているのでございます。噫どうしましょう。お慈悲深い御仏様は私の切ない希いを、ついに叶えてくださいました。心の扉を叩いたのは確かにあの方でございました」

「え、それは誰です？」

中尉は思わずそっちへ身を起こし覗きこむようにすると、比丘尼は激しく頭を振るって、

「いいえ、それは俗世のものではありませぬ、私の胸にのみ生きる幻影の恋人――あの肉眼には見えぬ真理の塔を、一歩もお出ましになりませんのよ……」

その声音（こわね）は法悦に顫い、黒水晶の眸には涙をさえ湛えていた。（巧くしてやられた。）中尉は吻（ほっ）と吐息をつくと、石廊へ出てタバコを燻らした。と、不意にブーンギの狂躁的な音色が響いてきた。中尉の先にジョンソンが彼方の回廊から呶鳴った。

「おい誰か、あのトンガの蛇を取りあげて厨房へ持ってゆけ……」

五　ジョンソンの審理

「さあ、いよいよ最後の捜査段階へ入るか……」

ジョンソンは広間へ整列した警備隊を得意げに見回した。午後の六時である。ウォレス中尉は密かに北叟笑み（ほくそえみ）、広間の隅から隅へ歩き回っていた。まず第一に審判の席へ喚（よ）び出されたのは、ラフラの第二夫人のリカである。次にナラダ比丘尼（びくに）、最後に喚び出されたビルラは、暴（あら）っぽい歩調で広間の中ほどへ進み、リカとナラダ比丘尼に眉を顰（ひそ）めながら、彼女たちから、離れて席へ着いた。やがて少年の給仕がリカの前へ黄色の液体を充たしたカップと、蛇の蒲焼とを供えた。ジョンソンは、顫（ふる）え戦く（わななく）リカの唇を見据えて言った。

「奥さん、折悪しくコックが失踪したため、食卓はごらんの通りの貧弱さですけれど、その蒲焼は蛇使いが飼い馴らして、猛毒は抜いてありますから安心して召し上がって頂きたい。しかし貴女が寵愛されたコックは、とても蛇料理が巧かったですね……」

皮肉をこめたジョンソンの瞳に衝（ぶ）つかると、リカは危うく仰け反（の）ろ（ぞ）うとした体をやっと椅子に支えた。年齢は十七八、出額で鼻が低いけれど、憐れみを乞うかのように憂いをおびた瞳の底には、燃えるような情火が閃いていた。ジョンソンは更に辛辣な弁を振るって事件の解剖へと移った。

「まあ中尉も聴くさ。ラフラ氏はよほど以前から糖尿病に罹っていたらしいが、それは氏の鞄の中から米国製の注射剤インシュリンが現れたからだ。そしてこの糖尿病にはどうかすると性交不能が伴うこともあるし、この性交不能は索物色性狂になる惧れがある。氏の持ち物の中からナラダ比丘尼の白紗の衿巻が現れたのは、それを証明するに足ると思う。若い夫人に魔がさしたのは、氏の不幸な病が原因したといえぬこともなかろう」

ジョンソンは冷やかな眼差しで、そこへ泣き崩れたリカの、野性的な若さが弾りきった栗色の頸筋を見下ろした。次に給仕はナラダ比丘尼の前に、一皿のバタと米飯を山盛りにした鉢とを供えた。

「比丘尼よ、そのバタと米飯を存分に喰べて、胃袋へ隠したものを排泄したらどうかね。特殊の方法で、永い間胃袋へ滞らして置くのは衛生上よろしくないからね。さア排泄を待とうか。それとも、ベナレスまで護送してX光線で照射するか……」

ジョンソンはじりじり迫ってゆくと、ナラダ比丘尼はがらりと態度を変え、投げつけるように言った。

「勝手におし、尼さんの衣なんかあたしの肌にゃ合わないのさ。人様のものを盗ることにかけたら、れっきとした姐御なんだからね。しかし断っとくが、本仏の眼を盗ったのはあたしじゃないよ。あたしを捉（つか）まえてしまったら誰が昨夜の盗賊の面体を識（し）ったものが残るのさ。彼奴らは、あたしの顔で退（ひ）いたんだからね……」

　ジョンソンはせせら笑ってむくいた。

「その盗賊というのは農民聯盟の奴らで、彼らは血盟団（グラハム）と連絡するため盗賊と見せかけて、この荘園へ忍びこんだのだ。ところが本仏の眼は紛失していたため、比丘尼の謀（はか）らいで、多宝塔の前へ瘴癡（サチ）という怖ろしい形相をした女神像を置いたんだ。それは宗教的な迷信を利用したわけで、泥棒がその押し込み先で瘴癡女神の姿を見るといわゆる彼らの戒律（タブー）で、一物も盗らずに引き揚げることにしている。比丘尼こそ盗賊の正体を識っているのだ。それは仮にも同志へ盗賊の汚名を被（き）せまいとするナラダ比丘尼の、いやその実、血盟団の女闘士サリー・ミネの誇り（プライド）ではないか。そこでサリー、お前の胃袋へ匿（かく）したものを掃き出してしまえ。無論本仏の眼ではない。各地区に亙って配置する武器弾薬の秘密分布図のことだ……」

　ジョンソンは冷然と構えたサリー・ミネからビルラへ瞳を移し、更にウォレス中尉を捉え、捜査の結果を誇らしげに披露した。

「話は前へ戻るが、ラフラ氏の場合は他殺というよりはむしろ自殺なんだ。何故（なぜ）なら、彼はリカの奸計を看破し、中和剤の蛇毒血精を注射する肚だったが、彼はそれをしなかった。彼のケースの中に蛇毒血精を充たした注射針がそのままだし、彼も我が子のビルラと口論（いさかい）をせぬ先は、注射をして生きる肚だったに違いない。ところが彼は死を決意すると同時に、庭先でコックを縊殺して復讐している。屍体を樹上へ引き懸けたのは拝火教の修業者セロイコスの仕業さ。彼はラフラの屍体と早合点してコックの屍体を担ぎ出したのだ。本邸のヒステリー夫人は印度教(ヒンズー)の夫が死ぬと、自分も焼殺されてしまうという幻想に悩まされていた。そこで彼女の意をうけたセロイコスは、偽仏教徒の極印代わりに青色ダイヤを屍体の眉間へ打ち込み、拝火教の沈黙の塔(タワーオブサイレンス)の形をした菩提(アシュワダ)の樹上へ吊り上げたのは、宗教的儀式を尊重する彼らの皮肉な復讐なのさ……」

とジョンソンは衣嚢(ポケット)から燦爛たる光芒を放つ本仏の眼を取り出して多宝塔の前へ置いた。

「鳥が啄(つつ)かないのは、この耀光(ハレーション)の故(せい)だよ」

「するとラフラ氏の死体は?」

中尉は空嘯(そらうそぶ)いてその結果を促すと、

「リカは相談対手のコックが行方不明なので、主人(あるじ)の死体をもて余し、前後の思慮もなく衣裳戸棚の中へ匿(かく)したわけさ……」

と、ジョンソンは周囲の顔を見まわして結論へ入った。

「さて、ラフラ氏が天象殿(アイラーワダビハラ)を造って修業者の道場に提供したり、置物の多宝塔へ高価な宝石を鏤(ちりば)めたりして人目を惹き付け、宗教に凝っているように見せかけたのは、我が子の行動を擬装するためで、昨夜、印度教(ヒンズー)徒の主人が死ぬと妻も共に焼殺すという――父子の宗教争いに用いられた、その『焼』という言葉は実は武器弾薬の秘密分布図を焼けという意味なのだが、事態は既に今夜の八時に逼迫して、血盟団を盟主とする農民聯盟その他が集結蜂起の間際であり、父の力にも如何ともしがたい情勢にあったため、ラフラ氏は終に意を決し自ら進んで、リカの盛った毒を仰いだわけで、二千磅の本仏の眼を置き忘れたのは不思議はないさ」

六　黒人霊歌

ジョンソンは次にビルラへ呼びかけた。

「さあ、君とサリーは取りあえずアラハバートへ護送するから覚悟するがいい——」

ビルラの面に決意が閃くと、彼は席を蹴って立ち上がった。

「父の殃死は実に皮肉というべきだ。永年に亘って英特務機関の手先を努め、国を売り同胞を売った報いというのほかはない……」

ビルラはそういい棄ててサリーのそばへやってきた。

「さあ潔く引かれて行こう……」

だがサリーは冷然と立っていた。ビルラは不意に彼女のすんなりした肩へ手を回した。熱く激しい言葉が彼の唇を衝いて出た。

「誓ってくれ、僕の妻だとただ一言……」

「あたしの頭を見て……」サリーは声を顫わし、逞しい胸から顔を反けていった。

「それがなんだ、目的達成の手段として黒髪を惜し気もなく剃り落とした君じゃないか、お互いの結合はより高い霊魂の上にあるはずだ……」

両の眸に涙が溢れたサリーの顔は、そのままビルラの胸へ抱かれてしまった。

と、突如、慌ただしいブーンギの音が響いてきた。ジョンソンは耳を澄ましながら、いきなり石廊へ躍り出て呶鳴った。

「おいッ、あの蛇使いを引き摺って来いッ……」

声に応じてコンネル曹長が進み出た。

だが、コンネルは軽く叩頭（おじぎ）をしたなりで、背後（うしろ）を振り返って突っ立っている。ブーンギの音はいつしか正調な曲を奏でていた。

「黒人霊歌⁉　うむ、やはりそうだったか」

とジョンソンは囈言（うわごと）のように口疾（くちばし）り、「おいッ速くトンガを引き立てて来んか……」

気がつくと彼の周囲は印度兵のみに囲まれていた。コンネルは軽く敬意を表して言った。

「連絡係はもう次の地区へ発足したようです。黒人霊歌が歇（や）んだら自分の役目が済んだ合図だと思えと言ってましたから……」

「な、なんだと？　その連絡係とは誰だ？」ジョンソンは血走る眼で睨んだ。中尉も息を呑んで頸をさしのべた。

「あの蛇使いに化けたニザム・ハン殿です。彼が日本人かどうかは聞き洩らしましたが……」

コンネルは呆（とぼ）けた面つきでそう応えた。

「この裏切り者め、貴様は？　貴様は？」

中尉は歯がみをしながら、コンネルの碧眼と陽灼(ひや)けのした皮膚とを凝視(みつ)めた。

「今、それがお判りですか、ジョンブルの血をひく自分は混血児なのです。しかし裏切り者は自分だけではなさそうですよ……」

コンネルは、そう言って警備隊が逸早(いちはや)く消え失せた広間の方を見やり、

「まア参考のためお耳へ入れて置きましょう。ビハール州とその隣接地帯はもはや完全に英軍の手から脱しました。アラカンを越えて既に本土へ進撃を開始した自由印度政権に相呼応したハンバンボールの印度兵によって、ダカムの刑務所が開放され、血盟団(グラハム)の主幹バコダ教授をはじめ、同志の幹部連が救い出されたのです。一方、警備の後続部隊を乗せた列車はバルンで民衆の襲撃に遭ってますし、またササラムの要塞を出た英正規軍の自動車部隊は午後の六時にアラハバートで喰い止められ、その代わりにこの荘園へ印度兵が配置されたわけです。貴方がたが期待をかけた午後八時は、こんな風に決勝点(ゴール)へ入りました」

コンネルは悠然(ゆっくり)と言って、背後へきた囚人自動車を振り返り慇懃(いんぎん)に敬礼した。

「ウォレス中尉殿、ジョンソン部長殿、お召しのお車がまいりました」

庭前の人影は刻々に昂(たか)まる潮のように押し寄せてくる。剣影が閃き、芭蕉の炬火(たいまつ)が闇空へ火龍(かりゅう)のように躍る印度兵の中を、揉まれてゆく囚人自動車を、サリーもビルラも熱狂の嵐の中から見送っていた。が、ビルラにはまだ腑に落ちぬ点がある。

「貴方はジョンソンの話にお気をとられて、あのブーンギで幾度も合図をしたのを聴き

洩らしたのですわ……」

サリーにそう言われると、ビルラは先刻、彼女が俄然冷静な態度に変わったわけが判ってきた。

「昨夜、お父様が焼けとおっしゃったあの武器弾薬の秘密分布図を、急いであたしへお渡しになったでしょう。あれを深夜、盗賊を装って連絡に忍び込んだ農民の手へ渡し、次に薪小屋に囚われているニザム・ハン様へ渡したのです。彼は次の地区へ武器配置の急を告げるため危険を冒して、仏院廃墟の付近に隠れている同志へ連絡しましたの。そして、その分布図はブーンギの尾に隠してあったのですわ」

ヒマラヤを越えて

一、泰順号（タイチエンホー）

灰色の空あいから、幽（かす）かに洩れていた陽射しはまたたくまに翳（かげ）り、氷と岩と、荒寥たる無人の境を吹き荒れてきた砂煙（さえん）煙りの北風が、峡谷の底へ黝（くろ）ずんだ吹雪の吹き溜まりを竜巻のように吹き上げる。このはてしれぬ曠漠（こうばく）たる原野と、灰色の山塊（さんかい）が大空へ連なるあたり、濛々たる煙幕をとおして、沙漠の蜃気楼（しんきろう）のように、虚空（こくう）の一角をつん裂いて屹立する金蓋燦然たる白堊の大殿堂、赤山宮殿（マルポリイポタン）こそ、秘境西蔵（チベット）の誇りとする世界五大宗教都市の一つ、達頼喇嘛（ダライラマ）の聖域である。その南方に拉薩（ラッサ）の市街がひらけている。突如、粉雪（こゆき）混じりの烈風が、砂煙を捲き起こして拉薩の大通りを吹き荒れてきた。街を一周する楕円形のバンコル界環（カリン）（歩道）は、多彩な人波が左から右へ慌ただしく流れていた。もう十日経てば正月祭（ロザアル）がくるのだった。

羊皮の長衣（カフタン）にフェルト沓（ぐつ）の西蔵人、織るように続く額済蒙古（エジンモンゴ）の巡礼の群れ、風を切って颯爽と疾駆し去るイギリス人の自動車、着膨（きぶく）れた支那人とネパールの遍路僧（サツア）、褐色の頭布（ターバン）を巻いたイギリス式の西蔵兵、後から後からと目眩（めまぐ）るしく展開するそれらの人波を掻き分けて、逆に右の方からゆく若い喇嘛僧（ラマそう）がある。暗褐色のフェルトのマントが、吹雪に煽られるごとに、赤衣の皺襞（しわ）を翻し、肩の辺まで露出した逞しい右腕をちらと覗かせる。左の方には藍色の絹に纏(くる)んだものを大事そうに抱えていた。彼は商家の軒を見てゆくうちに、数軒先に、泰順号(タイチエンホー)と全地を青抜きにした支那風の看板が眼に止まると、円頭帽を傾(かし)げて、フェルト張りの木沓(きぐつ)がふと立ち停まった。そして軒下へ一歩それた途端、彼を追い越した乞食が小腰を屈めて立ち塞がるようにした。下から顔を覗かれた青年喇嘛は吃驚(びっくり)して、思わず一歩退(さが)ると乞食は低くささやいた。

「八洲(やしま)君、このバンコル界環(カリン)を左の方から回らなければ異端視される。それから、あの泰順号には近寄ってはいけない……」

乞食はそう言ってすばやく紙片を握らせ、ひらりと人ごみへ紛れこんでしまった。青年喇嘛はただ、呆気(あつけ)にとられてそっちを見送った。自分の正体を識(し)るのみか、目的まで看破(みやぶ)られてしまったのだ。秘密宗教の擁護のために築かれた牆壁(しょうへき)を越え、一方に英国の強権下に慴伏(しょうふく)したこの西蔵へ潜入するまでの彼の惨苦は、筆や言葉につくしがたいものがある。

彼にとって、その厚い土壁建ての奥深い店構えをした雑貨商の泰順号は、今は喪き母の、そして彼自身の生家なのだが、父の祖国日本にあって、遠くヒマラヤのかなたへ、郷愁の想いをはせた明け暮れが、今、彼の目前へその現実の姿を懐かしくも泛び上がらせたのだ。同時に二十六年前、この秘境に足跡をとどめた颯爽とした父の面影(おもかげ)を目のあたり見る気がした。当時ロシアと英支三つの勢力が相半ばしたこの国で、西蔵人を日本の陸軍式に訓練して、故十三世達頼喇嘛(ダライラマ)の寵を一身に集め、最高軍位にのぼった八洲直人(やしまなおんど)は彼の父なのだが日本の勢力進出を見て、猜疑深い英国側が黙っているはずがない。それは達頼喇嘛の権勢を以てしてもいかんともしがたい情勢にあった。その頃、日露戦役に敗れて疲弊したロシアは手を退(ひ)きはしたが、四人の執政と英支が暗躍の結果、ついに八洲は最高の栄位から転落の日がきた。

父は拉薩中での富豪として知られた泰順号の娘で、三年前に結婚した妻との間に生まれた一子直(ただし)を伴い、親子三人はダージリンからカルカッタを経て、はるばる祖国日本へ帰還したのだった。その日西(にっせい)愛の結晶である直は早くも二十六歳の青年になっていた。既に北支の戦野で軍務を果たした直は、病床にある父の意志を達成するため、また一方に重大な使命をおび、生国西蔵の地を踏むことになった。喇嘛僧に扮した直は、周囲を見回すと、追われるような危急を感じて、行人の流れに沿うて左の方から歩き出した。

二、交換学生

それにしてもあの乞食の正体は？　直(ただし)はマントのうちで、そっと、その紙片を展(ひら)いて見るとロ語体の西蔵(チベット)文字で次のように書いてあった。

——泰順号(タイチエンホー)は八洲(やしま)将軍の退西直後、家産は没収され家族は重刑に処せられて家系は断絶した。現在の泰順号には何らの縁継なし。看板がそのままなのは一種の囮(おとり)であるから、これに近寄ることは死を意味する。一方、君の目的と行動については、我々は蔭にあって極力援助することを誓う。今夜の九時を期して密かに校庭の摩尼壁(マニかべ)の下へ来れ……

その後にMの署名がしてあった。読みおわった直は一瞬、眼が眩むのを覚えた。泰順号の家系断絶は、彼にとって致命的な打撃である。それにこのMなる人物をにわかに信ずるのは、より以上の危惧（きぐ）を感じた。

「おい、君ッ……」

不意に背後から戛々（かつかつ）と凍土を蹴る馬蹄（ばてい）の響きが迫ってきた。愕（ぎょッ）として振り返ると、騎馬は先回りをして厳（いか）めしい金条（きんすじ）入りの腕章をつけた警吏が、ひらりと地上へ降り立った。

「地獄（ヤマアナ）の警視（シャーゴ）だ……」

「太牛特額（ターニユートエ）だ……」

群集はそう私語（ささや）いてさっと道を開いた。

「君はこのバンコル界環（カリン）をなんだって右から回ったりするんだ。見れば学僧のようだが所属と名をいえ――」

太牛特額は真っ向から見据えて言った。

「レボン寺の所属で黎汪香布（リーワンシャンプ）といいます」

直はもう平生に復（かえ）っていた。が彼のすっきりした顔だちと機敏な眼（まな）ざしから、太牛特額の頭にふと閃くものがあった。

「君は日本からスパイにやってきた交換学生だな？　どうだ図星だろう……」

彼は不意にそうきめつけ、禿鷹のように喰い下がってきた。が直は怯（ひる）みはしなかった。

「貴方は、この国の政教の権がどこにあるかを御存じないようですね。この宗教至上の法城をめぐるセラー、レボン、カンデン寺の二万の学徒が頂くところの管長の手に握られているのですよ。わけても交換学生のことは国際的な立場から、一二の最高権威者以外に識る者はないはずです。今時分、そんなことをうっかり言ったら西蔵上司の存亡にもかかわりはしませんか、僕は敢えて失言をお謹みくださいと献言したいのです。僕はそんな大したものじゃないいんです。レイのフオチュラ渓谷の修道院からきたのですよ……」

直は対手の怯む隙に乗じてそうやり返してやった。が太牛特額は虚勢を張った。

「ふん、君は修道院育ちか？　道理で、小僧の時から供物の牛酪を偸み喰いしたせいか、よくぺらぺらと喋るわい。それで今日何しに街へ出てきたのかね？　君の行く先はあの泰順号じゃないか……」

言葉つきは柔らいだが、彼は最後の止めを忘れはしなかった。直は落ち付き払って酬いた。

「経文の版木を頼みにきたんですが、適当な店が見当たらないから、友人に頼もうかと思って引き返すところなんです」

がそのまま引き退る地獄の警視ではなかった。

「それで、うろついてたのかね？　どれ見せたまえ、君の正直を証明するためにも……」

と、その手は素早く、マントの隙から覗いた藍色絹の被いのかかった経巻を引き出していた。

「どうなさるのです？」

直はそう言って、更に懐中へ触れようとする手を払って経巻を取り戻してしまった。が太牛特額はまだ未練が残っている。が、この上対手を引き止めるにはニタニタ笑って見せるより術（て）はない。

「あれはどうしたね？　君が確かにさっき握っていたあの紙片は？」

「何をいうんです。僕は忙しい体ですよ」

直は憤然とマントを払って歩み去った。

三、霰（あられ）ふる宵

莫咯爾（ムガール）は人待ち顔にその辺を見回すと、色硝子（ガラス）の扉へ、毘丘特黎亜（ビクトリア）と悉曇（デヴナガリー）で表した毒々しい金文字が眼にふれた。柱も梁木（はり）もない白壁張りの天井も、角い酒壜を並べた棚のあたりも犛牛（ヤーク）の糞の焚火（たきび）で真っ黒に燻（いぶ）され、それに石油ランプの灯が暗く反射する。莫咯爾はたまに酒杯を取り上げはしたが、ただ唇を潤すだけだった。卓の上は女たちが喰い荒らした乾し杏（あんず）の種子がちらばり、そこらじゅう酒の汚点（しみ）がついていた。莫咯爾はまたしても扉の方へ眼をやった。その途端、扉が開いて霰（あられ）を飛ばした寒風と一緒に人影がさした。

　隅っこへ固まっていた女たちの瞳は、毛の帽子に羊の生皮（なまかわ）を被った牧夫体の客を見ると浮かした腰をそのまま落ちつけてしまった。若い牧夫は、呆（とぼ）けたような顔つきでまず奥の方を見た。そして莫咯爾と瞳がぶつかると、薄汚れた垂帳（カーテン）のそばへ席を占め、悠然（ゆったり）と落ち着いて懐中から木製の椀を取り出した。

「おいッ、お茶とマカロニをくんろよう」

牧夫がどなると女は口を尖（とが）らして、

「印度の麦粉は六割がとこ税金が上がったで、喰い物は一切お生憎（あいにく）さまだよウ……」

と喚（わめ）きかえした。牧夫はそのまま磚茶（だんちゃ）と塩と牛酪（バタ）とを混ぜた脂（あぶら）っこいお茶を、ふうふう吹きながら啜り出した。その態を見ていた莫喀爾は、手をあげて店の方へ合図をすると、数人の女たちが愛嬌笑いをしながら先を争って駈けてきた。彼の瞳はその中から派手な支那服の女を探し出していた。

「おい上海緞（シャンハイダン）、客を抛（ほ）ったらかして置くのはここの家憲なのかね……」

犛牛の糞の焔（ひ）でタバコを点けながらいうと、

「まあ若様ったら意地悪ね、お前たちは煩（うるさ）いからあっちへ行けとおっしゃったくせに……」

上海緞は、傷痕のある引き吊った眼でじっと優睨（やさにら）みをくれて、軀を蜿（くね）らして見せると、

「うん、君たちの顔を見てると喇嘛（ラマ）の降魔踊りの仮面（マスク）みたいで、魘（うな）されそうなんだ……」

この時、外に自動車の停まる気配がして、ばたんと扉が開き、一人のイギリス兵が飛び込んできた。莫喀爾は女たちを追い払って立ち上がると、牧夫の脚下へ丸めた紙片をほうってやった。先のイギリス兵は奥の垂帳（カーテン）を引いた途端どかどかと数人のイギリス兵がなだれこんできた。莫喀爾は素早く元の席へ復（かえ）っていた。すると隠れていた兵が目礼しながら姿を現した。彼は後からきた兵たちに逢いたくなかったのだ。

「やあ、ベネット君、上海緞、それとも広東緞（カントンダン）に逢いにきたのかね……」

ベネットは苦笑しながら、

「いいえ、お邸へネフェル長官を送ってきたんです」

莫喀爾は眉をしかめたがすぐ笑顔を見せた。

「ふふん、宰相（シャッペイ）の家へネフェル長官がやってくるとは相当重大問題に聞こえるが、まあいいさ、しかし君は近頃ポケットマネーに不自由してやせんか……」

莫喀爾はそういいながら、外套（オーバー）の内衣嚢（ポケット）を探って数枚の磅（ポンド）紙幣をつまみ出してベネットの衣嚢に押し込み、その耳元へささやいた。垂帳の外は、自棄（やけ）に酒を呷るイギリス兵と、女たちの嬌声がもの騒がしく入り乱れている。牧夫はもう立ち去っていた。

「で、君がそれをやってくれたら、褒酬（ほうしゅう）として二百磅やろう……」

ベネットは遮（さえぎ）るようにして言った。

「お金はどうでもよろしいのです。英国に祖国を奪われたボーア人の僕として、少しでも反英運動のお役に立たせて頂けたら、それで結構なんですから、で、お話の一つの方は確かにお引き受けしました。が自動車の方は今すぐでは……」

「いや三日後でいいから、聯隊のマークがついてて頑丈で、国境を越せるやつを頼む……」

垂帳の外では乱痴気騒ぎがいよいよ募ってきた。莫喀爾は彼らの会話に耳を傾けながら
「彼奴（あいつ）らは飛行兵じゃないか……」

「これからデルジーの要塞へゆく奴らしいですね。あの一万五千呎（フイート）の山魔にある要塞

で成層圏の風土馴化の苦行をやろうてんですな、だんだん高度を高めて苛烈な稀薄な気圧と引っ組んで……」

ベネットは肩をすくめて嘲笑った。

「だが実際のところ、成層圏飛行の機体の方は完成したのかね……」

莫喀爾の異状な熱意をこめた瞳にぶつかるとベネットは声をひそめてささやいた。

「ところが、この間、何回目かの試乗で、十分と飛ばないうちに墜落しましたよ」

この時、自棄酒（やけざけ）を呷っていた兵たちが慌てて立ち去る気配がした。ベネットは苦笑しながら、

「彼奴らは、ネフェル長官の自動車に気がついて吃驚（びっくり）したんですよ……」

と、彼はそれを機会（しお）に立ち上がった。

「ではついでにお邸までお供しましょうか……」

「じゃレボン寺へ曲がる辺までやってもらおう」

莫喀爾はそのまま裏口へ回り、ベネットは表の扉から外へ出た。

四、使命

八洲直（やしまただし）は、闇に紛れて講堂へ駈け込むと肩で激しい息をした。彼は、この数日そうした行動を毎夜のように繰り返してきた。寂とした静けさの中に、麼尼壇（マニだん）の不滅の火がただ一

つ幽かな影を投げていた。三千余の学僧を抱擁する講堂内は、幾間かを打ち抜いて丹塗(にぬ)りの机が果てしもなく並べてあった。直は経棚から経巻の一つを抜き取ると灯に近い机へきた。が、息づかいはまだ荒かった。

間近で微かな衣摺(きぬず)れの音がした。

「黎汪香布(リーワンシャンプ)……」

直は、はっとしてそっちを振り向いた。

「管長様(クショク)……」

橙黄の法衣を着た老僧が静かに経机のそばへ近寄ってきた。彼は、この秘密国にある法域の政教の権を握る一方、最高学府たるセラー、レボン、カンデンの三寺に学ぶ三万に余る学僧の管長である。彼は眼で制(と)めて、

「そのままでよろしい。この恒寒(こうかん)の夜に君はなかなか精が出るのう……」

青く剃りあげた僧形の若者を、老僧はじっと見下ろして言った。

「君は、日本からはるばる修業の途に上った交換学生じゃったのう……」

直は老僧の意を測りかねてただ息をのんだ。

「で君の後からやってきた武昌亜子(ウーシャンヤーツ)という交換学生を識(し)ってるかな……」

直は無言で頭を垂れた。

「つまり後の方が偽者じゃ。そして武昌(ウーシャン)はその罪科のため、土牢の中で拷問の責め苦を受けている。君はそれを識っておるか？　膝の上へ石を幾つも抱(いだ)くのじゃが……」

瞑った眼瞼から止めどもない熱涙がたぎり落ちてくるのだった。

「黎汪、君は偉い。また偽者の武昌も偉い奴だ。彼を見、また君に接してわしは初めて日本人の偉さを識ったのじゃ。武昌の場合は法の修業は一私事に過ぎん。彼は進んで偽者の役を引き受けて、君の使命を生かそうとしている。が彼の場合は耐え得よう。だが使命の方が更に重大な意義をもつことを、君は忘れてはならぬ、過ってはならぬ……」

直は声なき嗚咽をすすりあげていた。

「そして君の周囲には使命を阻害する悪鬼どもが跳梁しとる。その悪鬼どもに乗じられまいぞ。この聖地は十方仏の相応教化の刹土である一方に、紅毛の羅苦叉鬼どもの棲み家なのだから」

「お教えのほど、必ず死守いたします」

決意の閃いた瞳を老僧は凝視て言った。

「近いうちに、人間力には到底不可能な試練の日がくるかもしれない。わしはそれに対して無慈悲に賛意を与えるだろう……。日本人の君なればこそじゃ。そして大なる試練には大なる犠牲を必要とする。君は死を以てその犠牲、否試練の前に立つ覚悟があるかの……」

その語韻は咽ぶように低かった。

「管長様、それは私の希むところでございます」

五、神縄(ムタグ)の儀式

今日は年頭の一月二日である。西蔵(チベット)では正月祭(ロザアル)の始まるこの日から、数日に亘る神仏の行事の中で、神縄(ムタグ)の儀式は悲壮な犠牲を要するだけに最も神聖視された。式場は早朝から準備ができていた。

神前へ捧げる羊の血は水に代えられても、この神縄の神事のみは厳として遺(のこ)されていた。王宮前の広場は早朝から幾万ともしれぬ喇嘛(ラマ)教徒で埋めつくされていた。地獄(ヤマアナ)の警視(シャアゴ)が、多彩な巡礼の行列を蹴散らして馬を進める一方に、彼の密偵が群集に紛れて出没する。広場の西側には天幕を張った英国軍隊が物々しい警備についていた。それは神縄の犠牲者と決まった黎汪香布(リーワンシャンプ)と、西蔵の独立をはかる秘密結社との間に、何らかの連継があると睨んだからである。

弱い陽影(ひかげ)に微かに目瞬(またた)き、薄ら寒い朝空だった。王宮の基壇の下には、梵神を供養する祭壇をしつらえ、米や牛酪(バタ)が供えられ、呪符が堆高(うずたか)く積まれて、香煙が低く寒風に靡いていた。黄絹の法衣を着けた高僧の読誦(どくしょう)につれて、赤衣の衆僧が一斉(せい)に唱和する。その一瞬広場を埋めた喇嘛教徒の瞳は一斉に王宮の城櫓へ現れた方士(ほうし)へ注がれた。全身ただ白色の一片の肉塊は、五百呎(フイート)の遥かな虚空(こくう)の一端へ懸かっていた。幾万の教徒は今、梵神が憑依(のりうつ)った方士が、胸に馬の鞍をつけ、犛牛(ヤーク)の革の手套を穿(は)めて神縄へ跨がり、下界を臨んで降下する一瞬を待ち構えているのだ。そして墜死か或いは手套が焼き切れて骨髄まで露出して即死するか、それによってその年の吉凶を占うのだが、今年の方士は白衣の胸に馬の鞍がない替わり、光線除けの眼鏡をかけていた。二回目の読誦と奏楽が基段の下から湧き上がってきた。

六、成層圏征服

徹宵（てつしよう）活躍し続けた莫喀爾（ムガール）は、呼吸も凍る暁闇の大気を衝（つ）いて、馬を煽って帰ってきた。彼は跫音を忍ばせて三階にある自分の室へ入ると、妹の咏芬（ユンファン）が無言で兄の外套を脱がしてくれた。洋風の煖炉には石炭が真紅に燃えて厚い土壁で囲まれた室内はほんのりとした温味が籠もっていた。莫喀爾は充血した瞳を三枚の無電にさらし、ほっと吐息をつくとはじめて熱い珈琲（コーヒー）を唇へもって行った。

「もうデリーの上空を過ぎてるから、あと航程二百五十哩（マイル）という辺かな？　成層圏では空気の密度が少ないから、優秀な日本機は五割方迅（はや）く飛べるわけだ」

咏芬は兄が飲み乾した珈琲を注ぎ足してやった。波斯（ペルシヤ）織の厚手な広袖のままで、髪は無雑作に分けて髪飾りもつけず、ただ土耳古瑜（トルコだま）を鏤（ちりば）めたほとんど肩の辺までくる金の耳飾りだけである。徹宵して重い任務に衝（あた）った可憐な妹を、兄は労（いたわ）るように見やったが無言だった。彼は眼に見えて逼迫（ひつぱく）してくる一刻を控えて、やがて蹶然（けつぜん）と跳ね上がる前の抑えきれぬ興奮を眉宇に表して言った。

「咏芬、お前は、世界に先んじて成層圏爆撃機を完成した日本航空界が、その試練の日に何故(なぜ)この拉薩(ラッサ)を選んだかを識(し)ってるかね。それはあの青海(チンハイ)の農民の小伜(こせがれ)、拉木登珠(ラムドンチュ)を、鳴り物入りで十四世達頼(ダライ)の王座へ送った蔣政権の亡命先へ、機先を制して止(とど)めを刺すと同時に、既に印度を失いかけた英国の背水の陣を脅かす意味もあるしその一方で、大東亜共栄圏の建設を目指す日本にとって、この秘境はやがて、日支印三国の接触点になるからだよ。そこで、これからが我々の戦いなんだ……」

莫喀爾が立ち上がると咏芬は顔色を変えた。

「いけませんわ、あの跫音？　お父様らしいわ……」

莫喀爾も慌てて咏芬を奥へ隠し、そわそわしているところへ登庁前の父が姿を現した。半白の頭髪を左右へ分けて三角(みづら)のように結び、真ん中に高官のするガウという箆(へら)型の笄(こうがい)を挿し、服装は親英派を表明するためか、英国(イギリス)将校の着る服へ、胸や腕へ思い切ったたくさんの金条(きんすじ)を輝かしている。

「お前は今朝、夜明けに帰ったらしいが、一体何しにどこへ行ってたのかね？」

日頃放任主義の父としては、かなりな手厳しさだった。が、それは莫喀爾にとって、くるものがついにきたまでのことだ。

「つい遊び過ぎたんです。ロンドン時代の友人に会ったので、つい……」

莫喀爾は軽くいい抜けようとした、が徹宵活躍し続けて充血した眼は、熱病患者のように血走り、額に滲んだ脂汗の痕が光っている。父は黙って奥の方へ眼をそらした。

「お前は毎日あそこで何をしてたのかね?」

「僕の寝床ですよ、それにグランドピアノがあるんです。僕は作曲で夢中なんですから」

莫喀爾はそういい抜けはしたが、父の疑惑は深まるばかりだ。

「他に誰かいそうじゃないか?」

「妹の咏芬ですよ、僕たちは作曲の完成にほとんど徹宵することさえあるのです。そのうちにお父様やお母様をお招きして、素晴らしい名曲をお聴かせしましょう……」

「いやわしは喇嘛(ラマ)以外の音楽なんか聴く耳をもたん。が、参考のため、そのなんとかいう楽器をわしに一目見せてくれんか……」

莫喀爾は不意に奥へ行きかけた父を慌てて遮った。

「西蔵国(チベット)の宰相(シャッペイ)ともあろうお父様が我が子に対してそんな不信的行為をなさるのですか?」

莫喀爾の眉宇に必死なものが閃いていた。

「いや、わしは先日ネフェル長官にいわれたことがあるのだが……」

「僕が何をしているかってことを?」

「いや長官はレボン寺の管長(クショク)へ、わしから話して欲しいことがあって見えたんだが、あの神縄(ムタグ)の問題で、黎汪香布(リーワンシャンプ)という学僧のことで――」

「では太牛特額(ターニユートトエ)からそんな順序で神縄の犠牲者が決まったわけですね、まアそれはともかくもお父様はごゆっくりしてらっしゃい……」

莫喀爾は危機へ向かったポイントをとっさに切り替えて椅子を突き出すと、父は果たしてその術に乗ってきた。

「いや、今日は悠然してておれん。長官がいうにはロンドンへ留学までしたお前を、就職されたらどうかという話なんだが……」

「結構な口なら今からでも行きましょう……」

「いや、お前は性急でいかん、ただ、わしが心配なのは毎日遊んでいるうちに、西蔵の独立運動なんかに引っ込まれはせんかという点だよ……」

「ははあお父様も苦労性ですね……」

莫喀爾は階段を降りてゆく父を見送ると、奥の方へどなった。

「さア急いで作曲に取りかかるのだ。まだ入らんかな？」

「まだですわ……」

咏芬の声だけ聞こえてきた。莫喀爾は忙しく露台へ出て双眼鏡を眼へあてた。白壁で三層建ての厚い胸牆をもった露台から、小山を二つ隔てて、二粁彼方にある赤山宮殿の胸の辺まで浮き上がって見える。彼の瞳は高い城櫓の一端へ懸かった白点へじっと注がれた。

不意に背後から咏芬が叫んだ。

「お兄様、無電が入りましたわ……」

「よしッ、その後をいえ……」

――高度四万八千呎（フィート）、日本機ハ今、経度九〇、三五分四六、緯度三〇、二五分四二ノ線ニアリ――

全身を聴覚へ傾けていた莫喀爾は、やにわに胸牆へ半身を躍らし用意の白旗を打ち振っていた。同時にかなたの城櫓に懸かった白片を中心に薄陽（うすび）に射した霊水が噴霧と散った。広場を埋めた喇嘛教徒の喚声が、二つの小山を渡って波濤のように響いてきた。

梵神降臨のしじまだった。眼も眩（くる）めくばかりの天閽（てんこん）遥か、あたかも宇宙の神秘を蹴破るごとく、すっくと身を躍らした白衣の手に突如二つの小旗が翻った。薄陽に目瞬（またた）く白と藍の二つの流れは、寒風にたわみ、気流をつん裂いて縦横にはためき流れ、虚空（こくう）を截って強く打ち振られた。

日本爆撃機ノ成層圏征服ヲ祝ス。

我ハ今赤山王宮（マルポリイポタン）ノ頂上ニアリ……

彼の打ち振る信号が上空から撮る赤外線写真で映されてゆくのだ。幾多の危機と死闘と犠牲を乗り越えてきた彼の使命の一つが、今こそ果たされるのだ。足下に空を踏み、血と燃え、火華と翻る正義の旗は、宇宙の玄機（げんき）も貫かんばかりに打ち振られた。

無事御帰還ヲ祈ル……。

大空へ緩く弧（こ）を描きおわった瞬間である。三発の銃声が山々の峡間を渡って続けざまに谺した。刹那、天空の白片は見る見る一点の白い塊となって虚空へけし飛んでしまった。

七、兄と妹

二万八千呎の銀嶺を連ねたカンチェンジュンガの山々が、密雲を罩めた夜の帳の中へ没し去った後である。莫咯爾は身を切るような寒風を衝き、馬を飛ばして帰ってきた。彼は咏芬が用意してくれた熱い珈琲を啜りながら

「武昌亜子君は管長の計らいで、夕刻土牢から出されて、密かにレボン寺の学舎へ迎えられたよ……」

「それで安心しましたわ……」

咏芬は美しい眸を輝かしてそう言った。

「でも八洲さまの方は、お命が救かったとはどうしても信じられませんのよ」

莫咯爾は赤々と燃え旺る煖炉へ椅子を引き寄せて、タバコを燻らしながら徐々に言った。

「あの瞬間に墜落したように見えるけれどもあれには仕掛けがある。実はネフェル長官の運転手をしているボーア人の兵を買収して、拳銃の弾丸を抜き取らしてあったからさ。一方神縄の方は三百呎まで薄い錫の手套で滑走してあと三百呎のところから墜落する段取りなんだが、彼処はちょうど丘麓の隘道で王宮と政庁の岐目で、電光形の階段が四通八達しているから、広場の方からは見えっこはない。その下にはラグハ族（死体取扱い者）に扮した同志が待ち構えてたのさ。彼らは墜落してくる人間の弾力と熱を吸い取るため、

ゴム紐製の網を張ってたのだが、こうして人間業には到底やれそうもない曲芸を容易にやってのけたわけだ。要するに死闘を怖れぬ主演者の勇気と果断だよ。八洲君は今、更に新たな使命をおびて、西印の国境線へ向かって条約道路(トリイチイロード)を駛ってるよ。特殊なパスポートとベネットが用意してくれた聯隊の自動車でね。だが何たる皮肉だろう……」

そこで彼は感慨深そうに付け足した。

「今から約三十年前、僕たちがまだ生まれぬ先の話なんだよ。当時ロシアと英支、この三国の勢力争いの縄張りだったこの西蔵(チベット)へ、突然現れた一日本人が、西蔵人を日本軍隊式に訓練して、故十三世達頼喇嘛(ダライラマ)の寵遇をうけ、後に八洲将軍といわれたんだがね、その先にロシアは日露戦争に敗れて西蔵から手を退くし、後に残った英支と四人の執政が共謀して、八洲将軍を蹴落とす段取りとなって、その口実として陸軍の訓練はもう充分だから、こんどは航空隊が必要だ。しかも天険ヒマラヤを突破する日本の航空技術が見たい。その時こそ君へ元通り西蔵の最高軍位を与えてやろうと、当時の参謀長の口からいわせたんだがね……」

「その参謀長はお父様じゃございません……」

咏芬の美しい眸に一沫の陰影(かげ)がさすと、莫咯爾は唇辺に苦笑をうかべながら言った。

「うん、だが、それは過去さ。あのヒマラヤの天険を越す日本の優れた航空技術を、彼らは二十六年後の今日初めて識(し)ったんだからね。今朝の成層圏征服は一方では期せずして八洲将軍の雪辱戦をしたわけさ。行きはエベレストを越え、帰りはカンチェンジュンガを回って、敵が成層圏飛行機の完成に血みどろの苦闘を続けているデルジーの要塞を、完膚なきまでに爆砕したんだから痛快じゃないか、しかし父はまだ帰らんだろう……」

「何か変わったことでもありまして？」

咏芬がそうきくと莫喀爾は軽く否定して、

「いや大したことはあるまい。よかれ悪しかれ父には最早、その頃の激しい気魄が失せてるし、今日の事件でもネフェル長官を向こうへ回して、いい加減な辺で逃げを張るに違いない。内心はどうあろうと、表面は事なかれ主義の円熟した政治家になったからね。だから四人の執政が、異なった立場から、各々が自己の傀儡（かいらい）として、宰相（シャツペイ）の位置を与えて措く所以（ゆえん）がそこにあるのだよ……」

咏芬にはまだ気がかりなことがある。

「で、西蔵の独立運動はその後どうなりまして」

莫喀爾はタバコを点け替えてゆっくりといった。

「それはお前がくよくよ案じることはない。西蔵に深い因縁をもつあの八洲君が、姿を変えて再潜入する頃には、我々の秘密結社も堂々と正面切って本格的な存在にして見せるよ。その時はまた今日みたいに、お前に無電の方で極力技術を揮（ふる）ってもらうのだね……」

阿頼度の漁夫

一、海の幸

オホーツクの海を罩(こ)めた濃霧が、この間の時化(しけ)を境にからりと晴れ渡り、阿頼度(あらいと)の漁場は稀(めず)らしく豊漁日和が続いて、沖は真珠色の潮曇りだ。この島を中心として北千島の北西岸一帯へかけて、今が北洋鰊(にしん)の大回游期である。真っ白に沖を彩(そ)めた鰊の大群を追うて、海猫の白い翼が目眩(めまぐ)るしく潮風に舞い上がり、ミャアミャアという啼き声が一頻り空を蔽(おお)うのだった。やがて獲物を満載した漁船が、舷側(ふなばた)に潮の花を散らしながら一隻二隻と帰ってくる。

　ヤアレコノ
　ドッコイサノ
　コレワイサノ　ギーシコ（艫(ろ)の音）
　オシコイ、オシコイ……

そうらきたッ……と、海と陸との意気がぴったり合って、船が渚から砂浜へ引き揚げられ弾(は)ち切れそうに膨れた引き網が、どっしりと水揚げ場へ引き込まれると、さっと躍り出す銀鱗の洪水だ。漁夫も雑夫も混然として鮫革の長靴が入り乱れ、木の熊手が八方から飛んでくる。叱るような掛け声、咆(ほ)える拡声器、獲物を読み上げる数取りの声、起重機の軋(きし)

り、威勢のいい唄声と喚声、海も陸も混然として潮騒のような興奮が渦巻いてるのだ。

この阿頼度は、わが日本最北端の島で（占守島（しゅむしゅとう）の裏側に当たり北緯五二度五五、周囲約五十キロ）南浦の海岸線から一直線に山路へ、四時白雲を頂く処女峰阿頼度富士（二三三九度）へ連なっている。東方は遠くカムチャツカのロバトカ岬を越して西海岸に臨み、永い幾世紀かを無人島のまま埋もれていたのを、北海道の水産試験場によって、北洋鰊の好望地として認められ、今年の漁期から漁場開きをしたわけである。この漁場が他と異なる点は時局下に組合制度によって、がっちりと結ばれた凶漁地の漁夫の新職場なことだ。それだけに漁夫の意気込みは宛然（さながら）の戦場であり、必死的な熾烈（しれつ）さがある。この決戦下にあって北千島が北方本土の防衛の最前線であり、後方警備地区に当たるこの島は、自ずと、漁区の中心点となったわけである。

二、更生譜

厚岸（あつけし）浜中ふウらぶら……ときた、
後から掛け取りあほウい、ほいッ……と、

威勢のいい低声（バス）に尻上がりな弾みをつけて、ぴちぴち跳ねている鰊を掬いあげ、雑夫の背負った板畚（いたもっこ）へばらばらと流し込む、その水揚げ場の棒杭に、北海道第一班と書いた粗木の札が打ち付けてある。

　百に三枚ばったばたッ……と、
掛け声は鰊の鱗と一緒にバラ撒かれた。

「百に三敗(まけ)ッ、こらッ、こん畜生ッ」

　ほとんど乱軍の最中、鰊の山と四つに引き組んでいる漁夫たちは、頭から降った胴間声に吃驚(びっくり)して面をあげると、赤銅色の肉弾に赤裸一貫の巨漢が、鰊の山を睨めて仁王立ちに突っ立っていた。鮒徳(ふなとく)の親父(オド)だ。先刻(さつき)まで肌へ着けていた刺し子も股引(ももひき)もどこかへすっ飛んでいた。

「こん畜生ッ、お前(ンガ)、目っからねえと思ってだンば、江差の沖からここさきて遊んでだばなあ、さア逃さねえど……」

　まるで親の敵に邂逅(めぐりあ)った権幕だ。懐かしい、そして嬉しい敵⁉ 親父はそう力んだ下から、その塩(しょ)っぱい相好がたちまち哭(な)きたそうにピリピリと痙攣(ひきつ)った。永年、不漁(しけ)をかこった過去、それを思えば、目前の目醒ましい豊漁はあり得ない夢だった。北海道班だけで昼前既に四十万尾を算(かぞ)えた。このままでゆけば今日中に百万尾は突破するに違いない。いや、夢ではなくて、素晴らしい、怖ろしい現実である。親父は大声あげて泣き笑いしたい衝動を持て余したのだ。彼の眸には遣り場のない欣(よろこ)びと、制(おさ)えきれぬ興奮が溢れていた。何方(どっち)を向いても手の舞い、足の踏み場に迷うくらいの豊漁だ。親父は誰彼の差別なく肩を、背を叩いて回った。こうでもしなければ彼は気が狂いそうなのだ。むっつりと結んだ唇、げらげら笑う歯、鱗の喰っ付いた赤鼻、ぎろッと剝いた眼玉を素通りして、親父は今、船から上がってきた若者を捉（つか）まえ、堰を切ったようにおいおいと声をあげて泣き出した。

「お前（ンガ）だンば、俺の肚裡（はら）解ってけるべを」

若者は、そういう親父の顔をじっと瞶（みつ）めた。

「解った。判った。親父泣くでねえ、見れ、みんな笑ってるしけえ……」

と、彼は、巨（おお）きな図体を自分の肩へしっかと縋（すが）らせ、汗で濡れたタオルの鉢巻きをぎゅッと緊（し）め直した。

「な、な、親父、判ったしけ……」

若者は嬰児（あかんぼ）をあやすようにいいきかせた。親父は鼻を詰まらせ、半ば歔欷（すすりな）きしながら渡されたタバコを美味しそうに喫（す）った。若者は潮灼（しおや）けこそしておれ、目鼻立ちがすっきりして、肩も胸も逞しく頼もしそうな人柄である。そばから声をかけたのは木古内（きこない）の叔父（オンジ）だ。

「親父、働けよッ、アメリカに負けるなよウ、そして、ほら、女房（アッパ）と子供（ワハド）らさ土産物たくさん持って行がながア……」

漁夫の負けじ魂が卒然と復（かえ）ってきた。

「お前も働けよッ……」

鮒徳の親父は感激の声をあげると、手に唾をつけ、鰊の鱗と汗と脂垢とで薄汚れたタオルの鉢巻きをぎゅッと緊め直した。漁夫の鉢巻きには百万力の力が罩（こ）もっている。体中が引き緊まって潑剌とした勇気が蘇生（よみがえ）ってくるのだ。若者はこの時、すいと身を躱（かわ）していた。

「あんだ、宗馬（そうま）の若旦那でへんなア……」

だしぬけに中年の漁夫が声をかけた。

「あッ？　嘉助ッ……」

と若者の唇を衝いて出た。眸と眸がカチ合った。もう遅い。ひた隠しに秘していた身元がついにバレた口惜しさだ。

「おれ、雄吉だよ……」

「あッ、そんだべなア、おれ、どうもそんだと思ってだば、やっぱり若旦那だったじゃ」

嘉助は元の主人の子息に十一年目で邂逅った嬉しさに胸が迫り、ただ、口吶ってまごまごした。雄吉は、父がまだ生きていた時分、納屋番をしていた嘉助に夙うに気がついていたが、今の自分を思うと、情けなくて穴があったら入りたいほど羞ずかしかった。

「嘉助、海幸はやはり海で果てる譬え通りだ。なんぼ落魄れても他のことはやれないしな」

反けた頬に一条の涙が光った。嘉助の眼からも湯のような涙が沸り落ちていた。

「後で話すべ、昼飯までもう一遍網繰りに行ってくるしけ……」

雄吉は、そのまま鰊の山を跳ね越えて渚の方へ駈け出した。

「どら、おれも行くどウ……」

組の船頭や漁夫たちが網繰りに曲がった腰を伸ばして、喧々と雄吉へ継いて走った。初夏とはいえ、オホーツクの海は冷たくて気温が低い。嘉助は、雄吉が服装も言葉もすっかり漁夫になりきったのが悲しかった。

松前、福山の町で山宗、宗馬といえば北海道の鰊場ではかなり顔の利いた場所持ち（漁業主）で、雄吉は宗馬家の長男だった。毎年二月の声をきけば、まだ猛烈な吹雪の最中にある北海道の西海岸一帯は、早くも鰊場熱に憑かされた。誰でも、鰊漁といえば海を対手の丁半勝負を聯想した。巧く当たれば千円の投資が十倍は愚かその幾百倍にもなった。無論時化の年もあるけれども、宗馬家は比較的順調に行った。だが運命の神が一度、背を見せて、春先、津軽の海を真っ白に彩めた鰊の大群が、親潮に乗って北へ、北へと去って以来、北海道の西海岸一帯を狂熱の坩堝へ叩き込み、鰊景気で吹き捲くった六艇櫓の飛沫は、飛び散ったまま果敢なく消え去ってしまった。そして、過去十数年に亙る不漁続きで宗馬家は完全に無一物となり、雄吉の父はそれが原因で五年前に病に殪れ、病身の母と小さな姉弟を抱えた雄吉は兵役を果たして帰郷するまもなく、家運挽回のため奮然と起ち、一漁夫から出発したのである。

雄吉が飯場へ入ったのを見ると嘉助がどこからか駈けてきた。握り飯はまだ大分残っていた。大皿へ山盛りにした塩数の子、五分ほどの厚さに切った沢庵、雄吉も嘉助もただがつがつと貪り喰った。話すよりは喰う方が先だった。風の吹き回しで鰊粕を煮る釜場の煙がこっちへ靡いてくる。嘉助はクスンと咽喉へからむような咳をして、バクリと握り飯へ噛りついた。嬰児の頭ほどもある握り飯の中から鮭の紅い切身が覗いていた。飯場のすぐ前に掘り抜き井戸があって、ハンドルは鰊の鱗で銀色に光っていた。漁夫たちは熱いお茶よりは好んで水の方を飲んだ。その向こう側にバラック建ての漁具小屋と納屋が幾棟も並び、横手の砂浜では漁夫の寝る番屋の建て増しや、桟橋や艀舟を造る船大工が大勢いて、木材を搬び、截る片っ端から工事に取りかかっている。風に煽られた鉋屑を樫村監督は、長靴で踏み踏み事務所へ帰ってゆく、その後から白ズボンをぞろりと曳いたのは書記の猪上だった。頭髪を真ん中から分け、油で光らした頭が、後ろへ回ると、かさかさに乾いた鰊の鱗がいっぱい喰っついていた。赤銅色の胸を露けて握り飯を嚙っていた若い漁夫たちが数人、それを腮でしゃくって笑った。猪上は険しい眼つきでそっちを睨んだ。そしてその瞳が、雄吉の方へ移ると、彼は一瞬立ち停まって凝乎と見据えて行ってしまった。

「あッ？　あの悪党……」

と嘉助は呟いた。猪上が雄吉を敵視するのはわけがあった。猪上の父は宗馬家から漁場の権利や漁具まで借り受けて他へ転売し、それが露見るのを惧れて反対に宗馬家を憎むようになった。猪上の一家は、その後まもなく夜逃げ同様函館へ引っ越して行った。当時十二歳だった雄吉は福山の小学校を卒ると、函館の親戚へ身を寄せ、そこから中学校へ通っていたが、猪上は二級上で十五歳であった。が、猪上は依然として敵愾心を懐き、上級生をかさに被て雄吉を苦しめた。雄吉はまもなく家が没落して退学したが、彼らは十二年目で邂逅したのだ。

「若旦那、彼奴に油断せしなや……」

嘉助は何か予感めいたものを感じてそう注意した。見張り所から拡声器で何か喚いていた。隣の水揚げ場へ引き網が入ったらしい。

「話は晩にしよう……」

雄吉は掘り抜き井戸の水を啜るとすぐ駈け出した。獲物にかけては誰も彼も戦場である。東北組にも樺太組にも負けてはならぬ。だが夕飯の時にも雄吉と嘉助とは話す隙（ひま）がなかった。オホーツクの日没は遅い。夜の十時を過ぎても海霧（ガス）で曇った西の空に、まだ薄（う）っすらと余光が映えていた。漁夫たちはくたくたに疲れた体を番屋へ運ぶと、そのまま鼾（いびき）をたてていた。嘉助は襤褸（ぼろ）布団を抱えて雄吉の番屋へ引っ越してきた。

三、娘子共（メラハド）

ここ一ケ月が盛漁期の絶頂だった。北海道組は人数が多いだけに凄く弾（は）りきっていた。昼夜ぶッ通しの作業が今日で三日も続いた。漁夫も雑夫も鰊の山へ座ったまま握り飯を噛った。網繰りの漁夫はもう腰が伸びぬところまで行った。櫂（かい）を握る船頭の手は萎え、熊手を握る雑夫も板畚（いたもっこ）を背負った雑夫も、そのままくたくたと鰊の上へ倒れたきり動けなかった。眼の届く限りは銀鱗の山、宝の山、黄金の山だ。沖には白雲のように固まった鰊の大群を追うて移動する海鳥が、喧（やかま）しく群れ飛んでいた。空も海も真珠色の潮曇りだ。時折、金色の征矢（そや）が真っ白に揺らめく波上へピカリと奇蹟のように落ちてくる。銀鱗に包まれ、銀の後光を背負った漁夫たちの夢へ、黄金色の陽光（ひかり）が薄っすらと輝いていた。この際彼らを振るい起（た）たすものは奨励金でもなし、利回りの分け前でもない。また酒でもない。いや、彼らは飲まぬ酒に酔い、鰊の臭いに麻痺していた。彼らの体が鰊そのものなのだ。この時、ほとんど屍骸同様に銀鱗の山へ倒れた漁夫たちを、俄然熱狂の坩堝（るつぼ）へ叩き込むほどの騒ぎが降って湧いた。

「見れッ、たまげるなッ……」

だしぬけに舟子（かこ）がどなった。それを寝耳に聞いたのは鮒徳の親父（オド）だ。だが寝不足と疲労で充血した眼に、ただ銀鱗の山が映るばかりだ。

「見れッ、ぶったまげるなよッ……」

興奮した舟子の声が浜の方からだんだん近寄ってくる。親父の眼はぎろッと目瞬（またた）いてそっちを見た。すると鰊の堤（どて）の向こうに汽船のマストが見える。そのマストから吸殻を残した煙管（キセル）のように薄い煙が靡いていた。食糧品その他の必需品を満載した浦幌丸が着いたのだ。

「ふん、芋と大根が喰えるぞ……」

親父はムニャムニャと呟いて眼を閉じてしまった。舟子の声は迫ってきた。

「見れッ、娘子（メラハド）共アきたどウ……」

それは、倒れた漁夫たちに起死回生の効力（ききめ）があった。不意にやあッという喚声が揚がった。誰も彼も電気にうたれたように弾（は）ね上がった。見張り所の下から、ひょっこり娘たちの顔が泛（う）き上がった。つづいて二ツ三ツ、後から後からと続く娘の顔、それは詰衿（つめえり）をきちんと着た薄禿（うすはげ）の中老人に引率された数十人の娘たちだ。飛白（かすり）の筒袖にモンペ姿の、髪は飾り気のないぐるぐる巻で、どの顔も潮灼(しおや)けがして、漁夫たちが見慣れた漁村の娘たちだ。男ばかりのこの島へ突如、女群(にょぐん)が来襲したのだ。と、島中を揺るがすようなどよめきが爆発した。漁夫たちは巨口(おおぐち)あいて体いっぱいで怒鳴った。各々(てんで)に小風呂敷を抱えた娘たちは吃驚(びっくり)して立ち竦んだ。が、男の群れは狂人のように興奮して鰊の山から伸び上がっていた。刺し子の肩を外して黒っぽい綿ネルの襯衣(シャツ)を着た男、赤銅色の胸を露(はだ)けて口をポカンと開けた男、襯衣一枚で飴色の長靴を穿いたのや、どの顔もどの顔も鰊の鱗で銀光りがしている。

「娘子共やあい……」

みんなは巨口あいて怒鳴った。喚いた。興奮と歓喜の交錯した本能の叫びだ。この時、水揚げ場へ網を引き込んでいた雄吉ははっと眼を瞠(みは)った。三人目の娘だ。眉が濃くて、鼻の線は彫(きざ)んだように高く、潮風に濡れた眸、あの浜茄子のように可憐な松前娘のお佐代だ。雄吉は心の裡(うち)で彼女の名を思わず呼びかけていた。同じ福山の町で育ったお佐代……。

彼女の家は貧しい漁夫だったが、不漁続きのため岩内へ引っ越して行った。確か彼より五つ下で二十一のはず、ふと雄吉の瞳が曇った。いや、お佐代はまだ独身に違いない。ぐっと成人(おとな)びてはいるが、女らしい落ち着きのうちに、どこか凛(りん)としたものがある。それにモンペの間からちらちらする紅模様の帯だ。雄吉は擾(さわ)ぐ胸を抑えてじっと見戍(みまも)っていた。

「娘子共やあい、待ってたどウ……」

漁夫たちは刺し子を脱いで娘たちへ投げつけた。それから襯衣も腹巻も抛(ほう)り出して赤裸一貫のままで躍り出した。投げつけるものが失くなると鰊を掬って投げた。あっちからもこっちからも鰊の雨、銀の雨だ。娘子共は悲鳴をあげて逃げ回った。歓喜の罩もった嬉しい悲鳴だ。鰊の雨と歓声、漁夫たちは吹雪に遭った犬ころのように鰊の堤を転げ回った。島中を揺すぶる歓声、そして銀鱗が乱れ飛ぶ熱狂のあらしだ。

「お前たちあ、その醜態アどんだばあ、その勢いで働けよウ……」

年嵩の漁夫がそう怒鳴った。が彼自身も息を切らして笑いこけていた。そして漁夫たちは到頭われに復った。新たな勇気が渾然と涌き上がってきたのだ。

「今日から獲れる鰊あ倖福者だて、娘子共あ面倒見てけるしけえなあ……」

漁夫たちは潮が退いたように各々の職場へ帰った。雄吉はお佐代の影が番屋の裏手へ消えるまで見送っていた。娘たちの仕事は、漁夫たちが割いた鰊を簀の子へ並べて乾すことであった。白地の手拭いを鉢巻きのように頭へ引っ括り、自分たちの職場をきちんと守って、小まめに働いた。昼飯後に漁夫たちは喚声をあげて押しかけた。そして各々に乾いたのから一把ずつ引っ括ってやった。見る見るみんなの手で身欠鰊の束が出来上がって行った。

雄吉が、お佐代とふたり、しんみりと話したのは盛漁期も過ぎた八月半ばだった。浜辺には早くも秋風がたち始め、朝ごとに咲くカンソウの色も褪せて、砂地へ匐った蝦夷松もどこか赤褐けて見える。西の空にはまだ仄かな夕雲の影がさしていた。雄吉もお佐代も一言もいわず、砂地へ蹲ったまま、潮の起っているオホーツクの海面を凝乎と瞶めていた。

あの蝦夷ケ島根に打ち揚げられた貝殻の一片、福山城の天守閣と、江差追分の哀調が流れる寂しい漁師町、そこがふたりの故郷だった。お佐代の家は浜辺だったが、夏がくれば家の裏手に銭葵（ぜにあおい）の花が真っ赤に咲いた。そのそばには網が干してあって、いつもかさかさに乾いていた。お佐代の家が不漁続きで岩内に引っ越したのは六年前で、まもなく父母が相次いで喪くなり、お佐代は小さい妹と一緒に叔父の家へ引き取られ、今こうして女の身で荒海を越えてこの島へ出稼ぎにくるまでには、雄吉以上の辛い悲しい事情があるに違いない。

「あんた、独身（ひとり）なの……」

そう尋（き）くお佐代の方にはかえって勇気があった。彼は擾（さわ）ぐ胸を抑えて尠（わず）かに首肯（うなず）いて見せた。嘉助の場合とは異（ちが）った意味で、出稼ぎ漁夫とまで成り下がった今の自分が羞ずかしかったのだ。この漁場で邂逅（めぐりあ）った時、先に言葉をかけたのはお佐代の方からだった。今は階級的にふたりを隔てる何ものもない。それにお佐代は彼が独身なのが嬉しかったのだ。でも女心の注意深さは、それから先はいい出しはしなかった。

「お佐代ちゃん、おれの処へきてくれないか……」

雄吉がそう切り出したのはよくよくのことだ。この場を外したら永久に機会はやって来ぬであろうから、今まで愚図ついていた彼の決意を促したのだ。出稼ぎ漁夫でも羞ずることはない。おれは裸一貫でもきっとやり遂げて見せる。彼は重ねて尋いた。

「おれのとこへ来てくれる?」

「あれ、わしにか、もっと可愛(メゴイ)いひとあるべさねア……」弾んだ、突き詰めた一言だった。雄吉はそれ以上尋こうとはしなかった。彼は身動きもせず潮がだんだん昂(たか)まってくる海面へ魅入っていた。情熱の溢れた彼女の心を贖めるように。

四、敵の魚雷

漁夫たちは、この一週間以来引き揚げ準備に追われていたが、いよいよ明後日(あさって)から生産品とともに第一班北海道組の引き揚げが開始されるのだ。その日の午後、決算に当たって一悶着起こった。歩合勘定になると、北海道組は他の樺太組や東北組より人数が多いのに、手取りは他の半ばにも当たっていなかった。日頃朴訥(ぼくとつ)な漁夫たちも重々しい口吻(くちぶり)で不平をいい出した。樫村監督は会計係の市河と書記の猪上を対手(あいて)に精密な計算に衝(あた)ったが依然として同じ数字が表れるばかりだ。百数十人の漁夫は間を詰めて六通りに並んだ。雑夫は、いつもより一時間も早くランプの灯(ひ)を入れた。先刻(さつき)からバラックの外囲いを打っていた雨はいよいよ本降りとなり、ざあッとトタン屋根を打つ音は耳を聾するばかりだ。それに風さえも加わり、暗くなった硝子(ガラス)窓には滝水が飛沫(しぶき)をあげ、怖ろしい勢いで流れている。漁夫たちは犇(ひし)と身に滲(し)む寒さと不安とでタバコを喫うものもなかった。樫村監督は立ち上がって言った。

「僕は諸君のため最善をつくしたい考えだが百計尽きたかたちさ……」

猪上はその後へついて頻りに何かいいたそうに空咳をしていたが、この時海猫で通っている漁夫が呆け声で喚いた。

「この中に手の長え奴がいるからよウ……」

「誰だ、其奴は？」

漁夫たちはいきり立った。

「誰彼というよりは其奴は僕が指そう」

猪上は三列目の中ほどにいる雄吉を睨めた。

「この中に、昔、贅沢に暮らした漁業家の伜がいる、君たちは彼が平の漁夫に成り下がって働くのを不思議と思わんかね、君らの分け前の不足なのは、其奴が大掛かりな泥棒を働いてるからなんだ……」

雄吉は激しい瞋りに腰掛けを蹴って立ち上がった。

「君は誰を指してるんだ」

「そウら見ろ、自分から名乗ったじゃないか。諸君、泥棒はこの男だ。此奴はそのほかにも厳粛な組合を紊して、女を誘惑した色魔だ。諸君も思い当たることがあるだろう……」

漁夫たちは呆気に取られ、そういう猪上をあべこべに睨み返すと、樫村監督もそばから注意した。

「猪上君、慎重に調査したことなのか、宗馬は日頃から実直な男じゃないか……」

猪上は嘲笑って何か切り出そうとすると、雄吉は突嗟に彼の肩を抑えつけた。

「僕が盗人(ぬすっと)なら、どういう方法で盗んだか、さア説明しろッ……」

「此奴、僕に反抗する気だな……」

猪上は肩を引っ外(ぱず)そうとしたが、北支の戦線と海で鍛えた雄吉の敵ではない。と、俄然猪上の方へ加勢が現れた。不良で通り者の海猫と甚亀(じんがめ)だ。斯くと見た鮒徳の親父(オド)をはじめ木古内(きこない)の叔父(オンジ)に釜石の兄が飛び出して雄吉の方へつくと、続いて、いきり立った漁夫たちは総立ちとなった。猪上は蒼くなった。力の上では到底勝ち目がないからだ。この時、板戸が、がたぴしと凄まじい音をたてて、がたっと開き、さあッと吹き込んだ滝飛沫(たきしぶき)と一緒に頭からずぶ濡れの男が二人躍り込んできた。見張り所の監視員と嘉助だ。

「大変だ、みんな出てくれッ、敵の漂流魚雷だ。昨夜ロバトカ岬の方で我が補給船団にぶっ放したやつらしいんだ、見れ、すぐ三十米(メートル)の沖だ。今、海馬岬(かいばみさき)の突端(とっぱな)をかわしたから、追っつけこっちの浜へやってくるだろう」

気も顚倒した監視員は大声でどなった。嘉助も興奮していたが、突嗟に彼の眼へ飛び込んできたのは雄吉と猪上とを中心に、漁夫も雑夫も総立ちとなった光景だった。かくと見た嘉助は周囲を押し切って雄吉へ近づこうとしたが、敵の魚雷、その一言は、いきり立った漁夫たちの頭を、俄然そっちへ切り替えてしまった。次の瞬間、狭い戸口へ殺到した肉団が、弾丸のように風雨の中へ躍り出していた。海辺へ、海辺へ、あらしを衝(つ)いて遮二無二駈け出す漁夫たちを追い越して、雄吉はひた走りに駛(はし)った。嘉助も喘ぎ喘ぎ続いた。ただ、暗澹たる闇の中へ怒濤の山が重なるばかり、刹那、闇を払ったサーチライトの一閃、雄吉は呀(あ)ッと息を呑んだ。澎湃(ほうはい)たる紆(うね)りへ乗り上げた銀色の鉾先が、ちらと網膜へ映ったのだ。

「ほらア、彼処(あすこ)だぞッ……」

濡れ飛沫(しぶ)くあらしの中を漁夫らは磯辺へ曳き上げた船の方へ、用意の熊手や、綱を取りに右往左往する中に雄吉はじだんだ踏んだ。

「馬鹿野郎、この時化(しけ)に船を出したら顛覆するばかりだ……」

雄吉は怒鳴るが早いか裸体となって、うろうろする手から綱(ロープ)を引っ奪(たく)り自分の胴中へ括りつけると、荒れ狂う巨濤(おおなみ)の唯中(ただなか)へ身を躍らせた。

五、浜茄子の花

激浪に呑まれた雄吉の体は、昂(たか)まってきた紆(うね)りへ乗って泛(う)き上がりはしたが、ぶり返してきた巨濤(おおなみ)の底へもってゆかれた。彼はすぐ波間へ身を泛かし素早く抜き手を切っていた。一瞬、腸(はらわた)まで凍らす冷気がキリキリと喰い込んできた。氷雨(ひさめ)を孕んだ烈風、涯(はて)なく咽ぶ澎湃(ほうはい)たる荒海だ。紆りの峰は高まっては崩れ、犇(ひしめ)き、哭(な)き、吼(たけ)り、後から後からと膨れあがってくる。闇を貫くサーチライトは一閃(いっせん)して目先を掠めた。銀色の獲物はすぐ鼻端(はなさき)へ迫ってるのだ。

「見ろッ、今、引っ捉えてやるぞッ……」

暴風雨(あらし)を貫く必死の叫びだ。雄吉は激浪に淩(さら)われ、狂瀾に揉まれながら手で、脚で、体いっぱいで泳いだ。跳ね返す死力、息も継がせず衝(ぶ)つかってくる逆潮(さかしお)、散る白沫(はくまつ)、犇く相剋の悲鳴だ。雄吉は一呑みと被さってくる怒濤に向かって夢中で手を動かし遮二無二足を突っ張っていた。銀色の鉾を目蒐(めざ)して激浪を突っ切るまもなく、氷雨を孕んだ烈風がピューピュー真面(まとも)に吹きつけてくる。そして頭上から雪崩(なだ)れと被さってくる白沫の乱舞だ。雄吉は次第に息苦しくなってきた。ジーンと骨を刺す冷気だ。巨体を凍らす麻痺、そしてやがてくる死の硬直、銀色の鉾を追うて、怒濤に逆らい、弄ばれ、押し流されつつ溺れる瞬間を意識した。彼は、いつとはなしに抗しがたい昏迷の眠りの中に彷徨(さまよ)うていたのだ。ただ、強靭な意志だけが五官のどこかに目覚めていた。もう一息、彼は綱(ロープ)の端をしっかと握りしめた。と、がぶりと塩辛い横揺れがきた。失神した意識がぶるッと身慄(みぶる)いした。死力が大きく跳ね返ってきた。その手は夢中で氷柱の感覚へしがみついていた。死に物狂いの力だ。怒濤の峰は奔馬の鬣(たてがみ)を散らし一呑みと被さってくる。犇き擾(さわ)ぐ狂瀾の渦巻だ。昂まっては崩れ、消えては盛り返し、ドドド……と落ち込んでゆく雪崩れ、竜巻と狂う突風、白沫の山は崩れ、海は裂けた。雄吉は呀(あ)ッと声を呑んだ瞬間、ぱっと冲天の高さへ巻き上げられていた。

×　　×

雄吉は永い昏睡から醒めた時、しっとりと湿った砂地へ横たえられていた。そばには焚火が旺んに燃えて見覚えのある大勢の貌が覗きこんでいた。彼の蘇生をしると漁夫たちは一度は哭き、そして跳ね上がって歓んだ。真っ先に叫んだのは鮒徳の親父だ。

「やあれ安心したどウ、宗馬君万歳だ。鮪だ。アメリカの鮪だ、万歳だ、日本万歳だッ」

雄吉は蘇生した。続いて浜辺の魚雷へ一塊になった方からも凱歌が揚がった。浜辺は狂気と乱舞の渦だ。雄吉は初めて昨夜の死闘が功を奏したのを識った。彼はあの激浪に揉まれながら魚雷へ必死に抱きつき、綱をくりつけたまでは識っていたが、それから先は夢中だった。雄吉が真っ先に気がついたのは嘉助と一緒にかいがいしく自分を看護っている猪上の顔だ。

「宗馬君、赦してくれ、生産品を誤魔化したのはこの僕だ……」

羞じと悔いと猪上の頰には涙の痕さえ見られた。樫村監督もそばから口を添えた。

「宗馬君、猪上は心から悔い改め、君の制裁を待ってるんだ……」

雄吉は嘉助の手をかりて半身を起こしながら、

「いや、話が解ればそれで結構です」と彼は猪上へ向かって、「お互いは小学生時代からの親友じゃないか……」

差し伸べた雄吉の手へ猪上は縋りついて、ただ哭くばかりだ。昨夜から荒れに荒れた暴風雨のあとは拭われたように去って、薄霧のベエルを着た青黝い紆りへ朝の陽がちらちらと射していた。それから三日後、北海道班の漁夫百数十名は、各々莚包みの布団と、土産物の一梱の乾し鰊とを携え、喜々として浦幌丸の甲板へ勢揃いした。男ばかりの島へ活気を添えた娘子共(メラハド)たちは、あの詰衿の中老人に引率されて、これも各々土産物を抱え、笑いさざめいて梯子(タラップ)を昇ってきた。阿頼度(あらいと)の潮風でいっそう色揚げされた娘たちの頰は、健康色に弾(は)りきっていた。嘉助は船具の小蔭でのんびりとタバコを燻(くゆ)らしていた。出船を待つ問の一刻(ひととき)、お佐代は、あたりを低声(こごえ)で雄吉へ呼びかけた。

「来年また、あんだも一緒にくるべしねア」

その一言に無量の想いが罩(こ)もっていた。

「いや、来年はおれ一人でやってくる。年内に岩内へ出かけて、お前の叔父さんに逢いにゆこう……」

正義は勝った。それから産業報国、産業報国、そして家運の挽回と恋と、あれも、これも、雄吉の逞しい胸に、張り裂けるほどの切実なものが充たされていた。白雪を頂いた阿頼度富士の麗容を遥かに、雄吉の矢のような帰心は、既に郷愁の彼方(かなた)へ飛び去っていた。あの、荒海の中に突兀(とっこつ)と立った松前小島の灯台、蒼空へくっきりと聳えた福山城の天守閣、磯風に鳴るかさかさな干し網、それから砂にこぼれた浜茄子の花……。

真夏の犯罪

赤沢は今、死活の岐路に立たされていた。片上を殺すか、彼自身が自滅の道を選むか、二つに一つしかなかった。片上を生かして措いたら自分が滅びるばかりだ。彼奴を生かす？　そうした弱音が、ちらと脳裡を掠めただけで、彼は、自分を死滅の底へ引き摺り込もうとする対手にたいして、堪らない忿怒と憎悪が、こみあげてくるのだった。

「彼奴を殺す！」

ひとりでに迸（ほとばし）ったそれ自身の嗄れ声に、彼は愕然とした。あたりには誰もいなかった。事務所はとうに退けた後で、寂として深夜に、怖ろしい反響を伝えたその呪語も、ひっそりと静まってしまうと、今度は、背後から襲いくるものの気配に、彼は恂と身慄いした。それは声もなく、跫音もなく、忍びやかに匐い寄ってくる黒い翼をもった死神の溜息のようでもあった。

突然、慌ただしい電話のベルが鳴り響いた。彼は弾かれたように体を起こした。同時に、今、彼自身が為しつつあることが、堰を切った水勢のような激しさで目醒めてきた。

「え？　何に？　ウーム、そうか！」

ガチャリと受話器を措くと、彼は喪心したように突っ立っていた。計画は終わりを告げた。否運命の斧はついに振り下ろされたのだ。躊躇と危惧と恐怖とに散々悩み抜いた揚句の計画が、急転直下、その結果を見たのである。次の行動は急速を要した。三分後、彼はかねて倉庫の横へ回しておいた常用車のハンドルを自ら握った。

守衛はとうに眠りこけていたし、社長の訝しい行動を誰も識るものはなかった。「共栄産業振興会社」の文字を横書きにしたトタン塀に添うて、車はカーヴすると大通りへ出た。そして、弾みのついた車体は、堀割へ倉庫の並んだ海岸通りを、一直線に駛った。怪魔のように聳り立った物蔭は、暗く寝鎮まっていた。人影もない大路——真夏の夜は更けて、朧に霧をおびた天の川は遠く幽かだった。

踏切を越えて、家居の疎らな郊外へ差しかかる頃、彼はいつもの不敵さに復っていた。もはや彼には悔いもなかった。否、彼奴の方が悪いからだ。明日、入港の浦上丸で、赤沢が全資力を投じた積荷が着くのだ。外見は畳の藁床で百梱の中に、高価な皮革類がぎっしり詰めてあった。ざっと見積もっただけでも五百万の純益である。同時にそれは彼にとっては死活を賭けた背水の陣だ。

俺の打ち続く失敗は、ことごとく片上の仕業ではないか。俺の荷物に限って彼奴が審査に衝る。いつも用意周到に計画したものを、彼奴は嘲笑しながら、呀ッというまに裏をかき、背負い投げを喰わせてしまうのだ。此方で先手を打たない限り、今度もあの術でやられたに違いない。そこに思い及ぶと彼は慄然とした。それが最後の総力を挙げ、資力を賭けた仕事なだけに、目のあたりの危機を転換したことを識ると、安堵というよりは、むしろ、怖ろしくもあった。

赤沢は、車を捨てて一丁余の道を徒歩で急いだ。いつしか屋敷町は尽きて、崖を切り崩した凸凹道となり、掘り返された赭土の香が、昼の地熱の罩もった草いきれと入り混じって、神経的になった臭覚を刺戟した。窪地から石塊道へと遮二無二、焦ったので彼は次第に息が喘んで、汗ばむのを覚えた。この辺までくれば、彼にとっては危険地帯で、油断はできなかった。遠目に見やると、片上とある門灯へ、守宮の影がはっきりとついていた。彼は一歩、一歩、危険を感じながら、松の木林を迂回して、崖の裏手へ近寄ってゆくと、手筈通り、黒い影が立っていた。潜り扉は開いていた。裏苑から窓まで数歩……黒い影は猫のように辷りこんだ。赤沢は躊躇した。が、すぐ、窓の内側へ足を下ろした途端、がたんと響いた物音に恟として立ち竦んだ。室の中は暗かった。そよとの風もない真夏の深夜である。つい一歩先に何があるか？　彼は、あたりの蒸された異臭に神経が苛立つのを覚えた。耳元で、藪蚊が煩く唸っていた。一歩、退くと闇の男は私語いた。

「旦那、約束通り、やっつけやした。これで御意に召さなきゃ、骨折り賃は貰やしませんぜ……」

低い私語と同時に、脚下へ懐中電灯の光線が落ちてきた。小さな光の輪は、蛇のように、亀甲模様のリノリウムの床を縦横に疾った。切れぎれに散らばった片腕と、脚……それは悪魔の描いた恐怖図絵であった。幽かな光線は、どす黝い一点へ止まった。眸を据えて、死魚のような物体へぶつかると、彼は一歩退った。そして、

「もうたくさんだ……」

と、呻いた。次に彼は血みどろの悪夢から無中で、窓外へ飛び出していた。

「旦那、成功の後金を頂きやしょう……」

彼は、無言で札束を掴み出した。三つの黒い影は、闇の中へ、通り魔のように消えて行った。

×

港の朝は、目まぐるしい騒音に目醒めてきた。真夏の陽は、煤煙に燻された空間を截って金色に煙り、無数の船舶を浮かべた緑色の水は、とろりとして油を流したよう……。浦上丸は水澪を隔てた彼方の水域にかかっていた。二本の煙突から、吸殻を残した煙管のように薄煙が靡いて、横腹の艙口を目がけて漕ぎつける小舟が、汽船の隣に見え隠れする。桟橋へ続く荷揚場では、既に作業が始まっていた。赤沢は、自分の配下が、各々の部署へついて待機しているのを見ながら、暢んびりとタバコを燻らした。最早、彼の計画を看破し得るものはないはずだから――。彼は紫煙を靡かせ……ゆっくりと構内の方へ一歩踏み出した時である。背後の気配に、ふと振り返って見ると、ああ、それは昨夜、惨殺されたはずの貨物審査係長の片上ではないか。瞬間、赤沢の顔は土気色に変わった。

「やあ、赤沢さん、今日は何か大物でも入りましたかな、共栄産業はなかなか頑張りが強いですね……」

片上は、至極、真面目にいってから、心持ち眉を顰めて、

「昨夜、とても奇怪なことがあってね、それは真夏の夜の夢とでもいうんかな……」と、前提して、

「いーッと、あれは、船会社の連中なんかと会合の後で、一杯やったでしょう、僕は、あれから頭痛の気味で、早退けをしたが……それが昨夜……」

赤沢は喪心の態で立ちつくしていた。片上は対手の挙動や顔色には無頓着な風で続ける。

「真夜中の二時頃だったね、僕が一人で書斎に寝ていると、突然、三人の暴漢に見舞われたんです。彼奴らのいい草が振るってるじゃないか、殺人請負業だと吐かすんです。で、開業早々狙われたのが僕なんだそうだ。(おい君、なんでもいいから、死んだ真似をしなければ生命が失くなるぞッ) てな脅し文句さ……」

片上の言葉はだんだんぞんざいな口吻に変わって行った。

「そこで、早速、惨殺屍体の珍準備が始まってね、無論、御本人はこの僕さ、まず僕の古服一着を犠牲に供して……惜しいけれども生命には替えられないし、そいつに義手足を着せて、御持参の鋭利な凶器で、ずばりと斬り捨て、それを室の中へ程よく配置して、さて、それからいよいよ、肝腎の仕上げに取りかかるんだが、机の下へ首をこう捻じこんで……ただし、この首は打った斬ったつもりなんだよ。それに闇の神秘を応用して、眼玉を剝いて、断末魔の表情よろしくあって……蚊のやつがぶんぶん唸るし、いやはや大変な騒ぎさ。いや、昨夜はまったく、その殺人の依頼者を呪いたくなったよ、それから血糊がなくちゃ凄惨な感じが出なかろうというんで、また一騒ぎさ、その結果は、女房が五年前に

貯えて措いた大切な苺のジャムを持ち出して、腮から唇の辺まで、ふんだんに塗りたくって、いや際どいところで、甘党の欲望を充たすなんて、いい思いつきだろう。それから胸先へムカムカとこみ上げてくる血腥いやつ、この空気の製法は、とても秘法なんだが……チェッ、君へだけ内密でしらせてやろう。それは食酢を煮て室中へ撒布したんだよ。君がもしか、そんな必要が起こった場合一つ試してみたらどうかね」

片上は立て続けに喋りまくってから、荷揚場の方を見やり、

「それから赤沢君、審査場に、今日からとてもいい科学機械が据え付けられてね、それは包装された荷物の内容が外部からよく解るやつさ……」

と言った。

サブの女雛

（一）

スリの地下鉄サブは、らくちょう市場を、一眸に見渡す地点に立っていた。からりと晴れた空あいだが、三月の空っ風はかなり冷たいし、それにサブの懐中も身慄いするほど寒かった。だが、いつもの癖で懐中の気温が低下するほど、不思議に職業意識がどこかへ吹っ飛んでお留守になるから始末が悪い。この脳ルスの最中、ヘタに手をノしたら最期きっとヘマをやる。危ないぞッ……。いったんそうした気持ちが兆したら完く手も足も出ないことになる。チェッ、それがなんだ？　サブは空呆けて鼻でふふんと笑った。馬鹿めッ、やらねえまでのことじゃないか……。と彼は口の中で呟いた。サブは他のスリ仲間とは気風が異なっていたからだ。彼には妙な正義観があって、行き当たりばったりに相手関（かま）わず、誰からでもスリ取る気持ちにはなれなかったし、お人好しのくせに変に意怙地（いこじ）で、天の邪鬼で、憤りっぽくて短気で……かと思うと莫迦に燥ゃぎたくなるといった工合で、それに困ったり苦しんだりしている者を見ると自分の着ぐるみ脱いで抛げ出してやった。だからサブがその辺を通るとあちこちからハロー、ハローの声がかかる。だが、そんなことで顔が売れるのは彼の職業上困りものだ。それにサブはスリのテクニックにかけてはお義理にも、その道の達人とはいえなかったし、むしろ時々ヘマをやる方が多いくらいだ。今日はどうしたのか不思議に識った顔にぶつからない。それも結局気安かった。ただ、花売り娘のチエ子と新聞売りのやぶ為爺さんと、子供伴れで、いつも駅の横手に陣取っている小銭両替屋の神吉父子くらいなものだ。闇市のテキヤはわずかにサブに通じる程度の目顔で挨拶した。サブは孤独だけれど、敢えて言葉は交わさなくても、どっちを向いても心安い顔がいた。だから俺ぁらくちょう市場が好きさ……。サブは朗らかな気持ちで振り返って見ると、ガード下の方からお洒落のノッポが、例の気取った身振りでやってきた。

「チワコン……」

ノッポは顔を真っすぐに向けたままサブと歩調を揃えて歩いてくる。

「それなんだ？」

「判んねえか、コンチワの隠語よ」

「相変わらず気障な野郎だ……」

「時にサブ兄い、耳よりな話があるぜ、そこらの茶房へ寄ろうよ」

「ううん……」

サブは曖昧な返事をする、懐中がお寒いからだ。

「水臭い返事をするない、俺が奢らあな」

「やだい、自慢じゃねえが俺の懐中あ年から年中イカンカンのニイ、ポコペンよ」

「いい若えもんが何いってんだ、ちょいと小手先を器容に働かしさえすりゃ……」

「俺の肚あ君に解るかてんだ……」

ノッポは立ち停まってライターでタバコの火を点けながら、

「サブ、お前の了見あ狭過ぎやしねえか、何もモグラみてえに地下鉄ばかりへ突っぺえっていなくともさ、お陽さまの照ってる岡場所へ出て稼ぎねえ……」

「そんなんじゃねえや、だから君にゃ俺の肚あ解ンねえっていうんだ……」

サブはいまいましい口吻でいう。

「そう。ぽんぽんいわなくとも一本喫えったら……」

ノッポが点けてよこしたタバコを、サブはやけに唇の横っちょに咥えた。ふたりはそっぽを向いたまま数寄屋橋の雑踏を掻き分けて行った。

（二）

「実あ女の話なんだ……」

見る見るサブの顔色が変わった。

「よせやえ、女てやつあ座布団かケダモノだぜ……」

「始まったぜ、お前が女嫌えだってことあ百も承知よ、だがなサブ、お前、どえらい女運が向いてきたんだ……」

ノッポはポツリポツリといって、往来の雑踏に紛らして鼻唄を唸る。

「ふたりが仲は夜着のうち、煮こごり大根大仁天、実と浮気と色とを寄せえ……ときやがった。おい、こってりしたのが御意に召さなかったら、春はカップルで、モーメンタル・リーベ（瞬間の恋）ってやつで颯爽とゆこうよ、まあ、おれを見な、このダンデー振りをさ……」

「ふふん、笑わしやがら……」

サブはオーヴアの衿を立ててタバコの煙をやけに吐き出した。この空っ風に、お先走った薄色の背広、変に狭まった細身のズボン、一度、背ろへ回れば、枯木のようにぎくしゃくしたお洒落のノッポだ。彼は歯磨きで鍛念に磨きのかかった歯を光らしていった。

「サブ、お前だって、おめかしをしてよ、ウエステリアの香水をふんだんに匂わしてさ、やけに女を睨めたりしねえで、思い入れよろしくあって、その苦味ばしった唇をキューッとひん曲げて見ねえ、てえしたもんだぜ」

「こいつ、止せったら見っともねえ、俺あこっちへ曲がるぜ……」

サブは銀座四丁目の角を、鳩居堂の方へゆきかけるとノッポものこのこと随いてくる。

「その女てなあ、お前にぞっこん首ったけときているんだが、とてもお為筋なんだ……」

サブは振り向きもしなかった。そして六丁目で車道を横切って向こう側へ渡り、四丁目までぶらぶら歩いてから地下鉄へすっと降りて行った。浅草行か、渋谷行か？　サブはその辺を見回した。端豪華な銀狐の襟巻をした素的な女が彼の瞳を射た。女嫌いのサブだけれど職業意識の眼で観る女は敏感だった。年の頃は三十そこそこであろう。プラチナの髪飾りにプラチナの腕時計、それに銀狐の襟巻をして黒い地紋織のコートだ。彼女の感じは銀色いやプラチナの女だ。サブは瞬間そんな気がした。彼女は服装が素晴らしいばかりではない。少し神経的な蒼白い容貌も凄いほどの素晴らしさだが、その眸の刺すような魅力にサブは思わず身慄いがきたくらいだ。きょう膜の蒼い女は怖いときいていたが、彼女のは際立って蒼い。

彼女には男の伴れがあった。彼は角帽を被っていたが、ちょうど俳優の二枚目のようなハンサム型の男だ。サブはすぐ彼らと同じ方向の渋谷行の切符を購った。ホームは例によってひどく混み合っていた。それに電車はなかなかやって来ない。サブは早速彼らの背後へ回った。やがて一台、二台とやってきたが降りるよりは乗る方が多かった。彼女は手袋をとった。その華奢な手首には宝石入りのプラチナの腕時計が光っていた。サブの瞳はきらりそっちへ走った。角帽の手が人混みに紛れて女の柔らかな手に絡んできた。ふたりの眸は無言の内に微笑み合った。男は吐息をつきながら切ない声で私語きかけた。

「この次の日曜はどちらでお逢いしたらいいでしょうか……」

「うちへいらしてよ……」

女は甘ったるい声で私語きかえした。

「だって、おうちには旦那様がいるんでしょう」

「大丈夫、まだ、熱海から帰りゃしないから。けど、いたっていいじゃないの、どうせ病気なんだもの」

「でも悪いですね、そんなことをしちゃ」

男の手は彼女の背をしかと擁き抱えていた。（ようし彼奴らをやっつけてやろう）サブの心はもう決まった。彼は、瞬時、いわゆるモサのカンを鋭く働かして、女の手首にあるナシ（掏品）へ喰い込んでいた。折からホームへ辷りこんだ電車のどさくさ紛れに、サブの手には狙ったナシ（掏品）が電光石火的に移っていた。それをポケットへ辷りこませながら彼は周囲から押される態で、現場から、素早く遠のいていた。途端に新橋で停まるとサブは別な扉口から降りて、反対側に停車した浅草行へ飛び込んでいた。そして、再び銀座へ引き返し地下鉄の外へ出た時、仕事をした後の昂奮が彼の眉宇に溢れていた。サブがそこから徒歩でやってきたのは土洲橋の裏通りで、焼け跡のバラック建てのチャチな古着屋だ。サブは店の前をすっと通り過ぎてから引き返してきた。それはスリ仲間で猫勝爺さんで通っているヅヤ（故買者）の店だ。サブは爺さんの目配せで横丁の狭い路次を通って、裏口からこっそり座敷へ上がった。垢抜けのした酔な年増の女房が香りの高いお茶を運んでくる。猫勝爺さんは掏品の時計を掌へ載せて一目見ただけで、百円紙幣三枚をあっさり抛ってよこした。

「爺さん、これっぽっちか？」

サブは不平そうな顔つきだ。爺さん紙巻きをきせるでくゆらしながらニヤリと笑った。

「サブ公、それでもお前だから俺ら気張ってやったつもりだぜ……」

「ナシはプラチナじゃないんか？」

「冗談いっちゃいけねえ、こりゃニッケルにメッキしたイミテーションだ。しかも以前この俺らの手から売ったナシだから間違えがあるめえじゃねえか……」

「爺さん、すると売った先あ一体誰だ？」

「プラチナお伝の姐御よ、はッはッはッ、サブ公、お前え、巧くやられたぜ……」

爺さんは猫背を丸くし、入れ歯の歯ぐきまで露して大きく笑った。プラチナ組の大姐御お伝の噂は、サブはかねてきいていたが、自分がやられた意味が判らなかった。

（三）

猫勝爺さんは女房にいいつけてお茶を替えさせ、水戸の梅ようかんを厚切りに切ったのを勧めながら、ぽつり、ぽつり喋り出した。

「なあサブ公、果報は寝て待てというが、お前は、なんて果報者なんだ。しかも彼女がお前の気風に惚れこんでよ、見ぬ恋に憧れて、まさにこれや大時代ものだぜ……」

「爺さん、とんだ感違いだ、お伝にゃ男の伴れがあるんだ……」

「だからよ、お前あ世間が暗いてんだ、お伝姐御の一の乾分、角帽の志村がきっと彼女のお供て寸法だろう……」

それは図星だ。サブはぐっと詰まった。だが、なんだって、ふたりのいちゃつきを見せつけたのか？　しかも偽物の時計を餌に釣ったりして……。サブは苦いお茶をやけに呷ってポケットへ手を突っ込んでみたが、さてタバコがない、モジモジしている手へ爺さんはピースに火を点けてやる。

「なあサブ公、お前、女冥利だぜ、運が向いてきたというもんだ、あれほどの女がよ、お前を長火鉢の向こう側へ据えようって趣向さ、素的じゃねえか、素晴らしいじゃねえか、凄えもんじゃねえか……」

「うん、きょう膜の蒼い女あ凄いてからな」

「きょうまく?」

爺さんは怪訝そうな顔つきだ。サブは何故ともしれず無性に肚が立ってきた。が爺さんはひとり上機嫌だ。

「うん、まったく凄え女よ、商売にかけても凄えが男にかけても凄えや。ありゃ確かにお定以来だぜ。だがサブ公、心配するこたあねえや。凄えといったってアレを切り取るようなこたあ先ずねえからな。男の生命線を切り取るなんざ大体不経済極まる話で、大切にして後々のお役に立てなきゃ味ねえやな……」

「爺さん、そんな話、よしねえってことよ」

先刻から肝の虫が昂っていらいらしていたサブは到頭憤りっぽくきめつけた。だが爺さんも別な意味でいきり立っていた。

「偉そうにぽんぽんいうない。こうした物騒な世相にゃアレの話に限らあな、お前えだって俺らの年輩になって見ろッ、アレの話を小耳に挟んだだけで、奥歯の三枚目から相恰を崩して、笑うだろうぜ、この野郎女嫌えだなんぞともう一遍おれ様の前でぬかしてみねえ、ただあ措かねえぞ……」

爺さんの凄まじい権幕にサブも思わず苦笑した。何といってもヅヤ（故買者）はスリ仲間の神様でもあるし、絶対的な権威者なんだからかなわない。爺さんは二つに折った細巻きをきせるに詰め替えていった。

「サブ公、お前のポケットを念のため覗いて見な……」

サブが面喰っているうちに、爺さんは火鉢の向こう側から骨ばった手を伸ばして、ぐいとオーヴアの衿を引っ摑んで、前側のポケットを探って何か書いた紙片を抓み出した。

サブさん、あたし口惜しいけれど貴方なしには生きてゆけないの。で、いろいろお話もあるし、これから是非いらしてくださらない、きっとお待ちしてますわ……

「こいつあロハじゃ済まねえぞ……」

爺さんは、自分の艶福のように喜んでいる。サブはぐいと帽子を引っ摑んで立ち上がった。

「爺さん。済まねえがそのナシを返してくんな……」

「サブ公、短気を起こすんじゃねえぞ、可愛がってもらいな、お前の出世じゃねえか……」

サブは爺さんが一箱ごとくれたピースをポケットへ捻じこんで外へ出た。（この大馬鹿野郎め、貴様あ、なんて醜態をやらかすんだ）サブは自分自身へそう毒づいていた。彼女は計画的にイミテーションの時計をすり取らせ、ポケットへあの紙片を抛りこんだのだ。慌てもののサブは、これまで幾度となくヘマをやってきた。だが色仕掛けの罠へ引っかかってこんなドジを踏まされたのは、これがはじめてといっていい。サブは先刻、お洒落のノッポが口走った謎の言葉を思い出していた。彼奴からよくきいておけばよかったのに……。何にしても彼の考えが足りなかったとサブは後悔した。ノッポはプラチナ組の奴らと仲がよかったから、そんな噂が相当拡まってたに違いない。よウし、覚えてろ、男の洒っ面へ泥を塗られた仕返しだ。

（四）

サブは、地下鉄を渋谷で降りて、道玄坂を上って行った。それから坂の上の左の横丁へそれると焼け残った一画がある。スリの大姐御プラチナお伝の隠れ家は、南平台の静かな屋敷町にあった。相当年代を経た小じんまりした冠木門に「一般挿花教授、古流家元松濤斉」とお家流で書いた虫蝕板の看板が掲げてあった。

「ふふん、狐め、巧く化けてやあがら……」

思い切って玄関のベルを押すと、三下風のモサが顔を見せたが、地下鉄サブだと判ると慌てて引っ込んでしまった。奥の方で何かごった返す気配がしていたが、やがて先刻のモサが現れて、サブを客間へ案内した。凝った飾り付けの日本間だ。奥の離れかどこかに洋間があるらしく、レコードにつれてステップを踏むざわめきが微かにきこえていた。しばらく経ってから襖が静かに開いた。角帽の志村だ、映画の二枚目式タイプだが、どこか厭味な彼の瞳の中に確かに敵意がこもっているのを、サブは早くも看て取った。

「お控えください、僕は角帽の志村です」

まず志村の方から切り出した。どっちも洋服なので羽織の紐を解く手数はなかったが、両の親指を隠して交互に簡単な仁義を切ると、志村はさっと出て行った。まもなく三下の連中が酒肴を運んできた。奥のダンスはやんでいた。やがてさやかな衣摺れの音をたてて、咽ぶような香水のにおいと一緒に、おめかしをしたお伝が姿を現した。黒地へ金箔で露草を暈した錦紗の羽おりが、彼女の凄艶さをいっそう際立たせた。つくりは奥様風だけれど、阿娜（あだ）めいた身のこなしと、意味深な眼づかいはまったく凄いという感じが先に立った。サブは彼女の情熱的な眼ざしに、一種の圧迫感にうたれ、不覚にもたじたじと受け身の気味になった。お伝は薄い唇に、にっと媚を湛えて笑いながら、額に冷や汗を泛べた相手の様子をじっと見守っていた。サブは気がつくと華奢な指先へ杯が載っていた。

「一ついかが、そう硬くしちゃ、あたしいやよ、そのお膝崩したらどう……」

素早くふれた指先でチクリと膝を捻られて、サブは面喰らってただドギマギした。彼女は体を婉らして伏目がちににっと微笑った。

「僕、いけないのです……」

サブは膝をずらして、いよいよ硬く身構えを立て直した。

「もう野暮はおよしッたら、そんなに骨を折らすもんじゃないわ……」

と、サブは不意に凭れかかってきたお荷物を夢中で突き飛ばしていた。チェッ何もかもやっちめえだ。ついでにポケットから例の偽物の時計を摑み出すと、そこへ叩きつけた。

「そっちへお返ししよう……」

お伝は媚めかしく眸を瞠った。

「あら、そんなの、それ冗談よ……」

「姐御、文句は此方にあるんだぜ。色恋沙汰をかせに、際どいところでお試しに預かって恐縮しているんだ……」

「あら、このお坊っちゃんたら本気にしているんだよ……」

「それでもうたくさんだ……」

途端に襖ががらりと開いて、角帽の志村を先頭にプラチナ組の幹部級の雁首がずらりと並んだ。

「サブ覚悟をしろッ……」

志村の右手に鋭い匕首の刃が光っていた。

「何、いてやがんだ、おいッ、デクの棒めら、地下鉄サブの骨にゃ硬え筋金が入っているんだ、さあ、どっからでも料理してもらおうじゃねえか……」

サブは改めて絹座布団の上に胡座を組み直して、周囲の殺気立った顔ぶれを睨み返した。

「ふふん、いい覚悟だ……」

「志村、お待ちッたら、あたしのいい人にこれんばかしでも傷を負わせでもしたら、お前たちとは縁切りだよ……」

お伝はサブを庇って、殺到する乾児たちを寄せつけはしなかった。

「姐御、だってひでえや、男ひでりをしやしめえし、他にいくらでも……」

「志村、お黙りったら、あたしの心意気もしらないで、少しは察したらどう……」

お伝は、一方で乾児たちをきめつけながら、ほとんど涙ぐまんばかりの瞳でサブを見やった。プラチナ組の大姐御もこれでペシャンコだ。場面は一転してサブの勝利に帰した。

サブはそれを機っかけに立ち上がった。

「おい、みんな、俺あもう帰るぜ。文句があったら、らくちょう市場へやってきな、あそこは俺の足溜まりだからな……」

サブは、そういい放つと、匕首を背にぐんぐん玄関先へやってきた。靴を穿く背後からお伝の悲しげな声が耳朶をうった。

「サブ、今日のことは水へ流して、いつかまた逢ってよ……」

妖婦プラチナのお伝の切ない、そして執念深い恋だった。

「姐御、地下鉄サブは憚んながら女嫌いで売り出したんだからな、それよかお身近の奴らを舐め回してろいッ……」

「サブ、その一言忘れないでよ……」

玉砂利を踏む後ろから彼女の呪うような声が追ってくる。サブは胸の溜飲が一度にすウとした気持ちだった。彼は灯の入った道玄坂を颯爽と歩いていた。露店の食物が彼の空腹を刺戟した。懐中には小銭が残ってるばかりだ。ままよ、このオーヴァを曲げるばかりさ。おい地下鉄サブくよくよすんない。今日は今日……明日はまた明日の別な風が吹かあな、サブは脚許から浮き立つような朗らかさを口笛で唄った。

らくちょう市場は織るよな人出、でもネ、
あたしの待つひとただひとり……

サブとハリケン

彼奴はおれをつけている？　サブがそう気がついたのは一度や二度ではない。かなり間隔を距れているのに振り返ったとたんにドキリと眼がぶつかった。なんだか気にかかる奴だ。数寄屋橋から尾張町までくるうちにサブはもう一遍振り返って見た。人ごみの中で肩のあたりしか見えないが、古びたカーキ色の服を着て、引揚げ者か、復員くずれのしがない闇屋といった風態だ。年輩は三十前らしい。それにしても変なやつ……角顔で、眼と眼の間が遠く、鼻が上向きで、どこか間が抜けたような、今にも笑い出しそうな顔つきだ。おまけにひっきりなしに、口をもぐもぐさせて何か喰っている。おい、薄気味が悪いや、いっそ怒るか睨むかどっちかにしてくんな……。いや、ひょっと人違いかもしれないぜ、サブは念のため前方を見渡してから振り返って見ると、またしても、ばったり顔を合わせてしまった。何かむしゃむしゃやりながら……。チェッ、勝手にしろ。サブは尾張町の角を曲がって人ごみの中を泳いでいるうちに、その男のことなんか、いつとはなしに忘れていた。もう花もま近く、ぽかぽかした暖かい陽気だ。表看板だけやけに意匠をこらした軒並みを見てゆくと、張りぼての舞台装置のようで、歩いているそれ自身も何だか登場人物めいてくる。どこかでラジオががなり立てていた。サブはふと立ち停まった。

——今日はスリの被害についてお話いたします。明治の頃にはスリの中にも一種の気っぷがあってやることも悠長でしたが、現在ではその動機、環境からただ生きんがための切羽詰まった結果からきたいわゆるデキモサ俄スリが断然多くなり、最近都内の各劇場でスリの被害が目立ってきました。とりわけ銀座界隈を縄張りとする八丁荒らしのハリケンの活躍が目ざましく、彼の手口はただとれるだけとれといった悪辣なやり方でその区域も平場（普通道路）からハコ（都電と地下鉄）まで延びております。どんな怖い奴かというとそうではない。人相は至って平凡で中肉中背で年輪は三十そこそこ、特長はないが左の手首に桃の刺青があるそうです。これから花時を控えて人出も多くなり、したがって被害も多くなりましょう。銀座はスリ発生の母体ともいうべきで、スリはその中に蠢動するバクテリアです。殊に八丁荒らしのハリケンは怖るべきです。街頭の皆様、このハリケンを捉まえる方はありませんか、あまり被害がしばしばなので街の治安維持のため有力な方面から懸賞金もついております。以上は銀座通行の皆様へ協力を希うわけですが、いずれにしても各自の懐中ものの御要心が肝要です。

ラジオの放送中サブはじっと立っていた。やがて人波に揉まれて歩き出したが足が宙ぶらりんで地につかなかった。八丁荒らしのハリケン？　サブは幾度も囈言のように呟いた。そんな奴が荒らし回っているとは初耳だった。サブはひどく腐ってしまった。こんな時は映画でも見てやれ。舗道からそれて露店の背後へ出た。やけに鈴なりの都電が何台も繋がって蝸牛のようにのろのろと這っていた。ポケットへ手を突っ込むとタバコ以外の紙片にふれた。何か書いてあった。サブは悔としながらポケットの中で読み下した。

——この一週間はモサ（スリ）の刈り込み週間で各署のモサ専門の腕利きのデカ（刑事）が活躍中だ。モサ一人捉まえるとデカは三点稼ぐわけで最終日の今日コンクール賞が出る。八丁荒らしのハリケンは特に十点だ。デカは血眼だ気をつけろ……。

サブは紙片を細かく引き裂いて吹き飛ばしてしまった。それからゆっくりとタバコを燻らし都電の隙を見て向こう側の舗道へ移った。なんていまいましいことばかり続きやがるんだ。映画を見る気もしなかった。おれやもう駄目だ。とたんに持ち前の天の邪鬼がむくむくと頭をもたげてきた。チェッ、やっちまえ、デカと競走するんだ。それも面白えぜ、一日休んで見ろ、明日から完全にシャリカネ（飯の喰いあげ）だい。サブは勇気を取り返すとぐんぐん地下鉄へ降りて行った。それに八丁荒らしのハリケンなんて野郎がノサバってよ、この地下鉄サブの鼻端でナメた真似をするない。済まねえが地下鉄あ、おれの縄張りなんだぜ。一旦気が立ってくると見当をつけるのも早い。すぐ目前にいるソフト帽の紳士だ。戦闘帽に国民服やジャンパーの男はほんとうの闇屋の生態ではない。闇屋は闇屋でもごく下っ端の方で、闇の親玉てやつは案外区会議員や官員風の手堅いニュースタイルをしているものだ。鼻下へチョビ髭を生やし金縁眼鏡をかけたこの紳士がそれだ。腰のポケットへ無雑作に突っ込んだ蟇口も大分膨らんでいる様子、元来この、尻のポケットてやつはちょうどモサ公へ招待状を出しておくようなもので、これほど容易なことはない。サブは紳士の特徴が眼についた。後頭部の刈り込んだ頭髪の中に五センチほどのみみず腫れのような傷痕がある。この時、闇の彼方から放射線状の光線がさして、ホームへ浅草行が辷りこんできた。どやどや揉み合っているうちに紳士はあたりを突き退けて素早く車内へ突入した。サブはきっかけを失って続いて飛び込んだとたんにブーと発車した。

☆

スリてやつはきっかけが肝心で、最初の機会を外したらなかなか思うようにスレない。サブはそのコツをよく呑み込んでいた。それだけに、駄目だという先入感に操られて手も足も出ないことになる。今のサブの場合がそれだ。車内は例によって芋を洗うようにこみ合っていた。焦っているうちに末広町も過ぎてしまった。何が何でも上野の手前でやってのけるのだ。駅が近くなり、構内へ入る先だ、広告灯の灯影がさしてくる。そこに曲がりくねったカーヴがあって車体が揺れながらホームへ辷りこむのだ。その大揺れがきた途端サブの指先が器容に動いて紳士の蟇口をスリとっていた。と――一方の手をぎゅッと摑まれた。呀ッ倉徳刑事だ。もう終わりだ。サブは目先がくらくらした。刑事は敏速な動作でサブの体を洗ったが何も出てこない。刑事の舌打ちで被害者は慌てて体を撫でして見る。ああこれはどうしたことだ。確かにスッた蟇口が紳士の腰のポケットへ復っているではないか。

サブはただ呆然とした。自分では、キリカエシ（賍品を元へ戻す）た覚えはないが？サブ貴様をいつか現行犯で喰らわして見せるぞ……それが口癖の倉徳だ。彼は今、目前でまんまと三点を稼ぎ損なってしまった。芋を洗うように揉み合っている中で誰かが叫んだ。

「今の紳士が八丁荒らしのハリケンだぜ……」

サブははっとした。倉徳刑事は隼のように飛んで行った。が紳士の影は人ごみの中へとっくに消え失せていた。サブは地団駄ふんだがもう遅い。今日はわけの分からないことばかりだ。彼は割り切れない気持ちで銀座へ引き返した。いいにつけ、悪いにつけ銀座は彼の生命だった。それは気分の転換も早い。だがハリケンの奴どうしてもやっつけて見せるぞ……そう呟いたとたん、サブは誰かにぎゅッと掴まれてしまった。四十年配で角い眼鏡をかけた男だ。

「おい地下鉄サブ、もう遁しはせんぞ」

サブは呀ッというまもなく売店のうしろへ停めた自動車へ押し込まれていた。運転手は車をバックさせてから車道を横切って向こう側へ移った。はてな？　おれは何もやりゃしないはずだが……おい現行犯じゃないんだぜ……サブは唇まで出かかったがふッと押し黙った。

「もう逃がしはせんぞッ……」

眼鏡の男はサブの腕を捉えたまま片手を伸ばして脚下のマガジンケースを取り除け、その下にあるトランクを開けた。その中にはパナマ帽や、女の手提、小鏡、それから捕縄や短銃なんかがごっちゃに詰め込んであった。彼は底の方から革の手錠を捜し出してサブの手首へかけて、その片方を握った。

「ひどく骨を折らしやがって、これでも喰らえ……」

サブは口ン中へねじこまれたものを眼を白黒させながら食ってみると甘い、飴ン棒だ。眼鏡の男はやけにがりがり噛んでいた。

「いい加減にしろよ、人気稼業だからな」

スリが人気稼業？　違えねえ、ラジオで放送する世の中だからな。眼鏡の男はまだ余憤を洩らしていた。

「おい、僕は御機嫌すこぶる斜めなんだぜ、君がワンサボーイ時代を考えてみろよ。拾いあげたのは一体誰なんだ、夢江とふざけるのもいいさ、だが君たちみたいに無軌道にやられちゃ困る。ファンの眼にかかったらどっちも人気が落ちるぜ。おい、撮影の時だけでも時間通り出てこいよ。人の気もしらないで……」

サブが面喰らっているうちに車が止まった。そこは銀座の裏通りの空地で東邦映画の連中が集まっていた。

「朝霧がきた、朝霧がきた……」

彼らは車から降りたサブを見るとこそこそ私語き合っていた。サブはたちまち抑えつけられ顔をごしごしこすり回されて、頭髪は櫛目がはいる。それから上衣を脱がされて、吃驚するほど、派手な格子縞が取って替わった。

「おい君たち、人違いだよ、僕はその……地下鉄サ……」

サブはそこでぐっと詰まった。

「いいってことよ、地下鉄サムが朝霧映水で、朝霧映水が地下鉄サムをやるんだ……」

あの眼鏡の男が木箱の上へ乗っかって、いきり立っていた。彼は東邦映画現代劇部の煙山猛朗監督だ。それから女優の夢江は？　彼女はとうに捉えられて現場へ行っていた。すぐ出発。また自動車へのる。煙山監督はサブと並んでかけた。しんがりは喜劇役者の泥洲出来助だ。彼の役は八丁荒らしのハリケンで、ひどく悪どいメイキャップをしていた。呀ッ大変なことになりやがったな、道理で夕べの夢見がよくなかった。チェッ、どうともなれ、サブはもう度胸をきめた。地下鉄サムと一字違いのサブとはなんのかわりもありはしない。それにしても八丁荒らしのハリケンは映画化するほど有名なのに、おれはちょうど無名作家みたいなもんだ。おれのニューフェース振りのナントみじめなことよだ。思わずほろり一ト雫、付き添いの女が慌てて顔料のついたパフで頰を撫でてくれた。現場はとっくに撮影準備ができていた。カメラマンは先刻から待機の形態だ。洋装の令嬢に扮した春野夢江がサブを追って駈けてきた。

「おっと、それは撮影後までお預かりだ……」

煙山がふたりの仲へ割ってはいる。いよいよ撮影開始だ。助監督やスクリプターが部署につく。反射板が並んだ。カメラが回転し始めた。場面はテキヤの店を囲んで一杯の人だかりだ。

「さてお立ち合いの衆、これは医学界の泰斗たるかの有名な音呑博士の調剤にかかる烏を鷺と化する化学化粧水白美液でござあい……」

夢江の扮した令嬢がふと覗いて見る。その背後から窺っているのが泥洲出来助の八丁荒らしのハリケンだ。彼の目は令嬢の真珠の頸飾りへじっと注がれている。その背後に立っているのがサブの地下鉄サムだ。人波に押されて倒れかかった夢江の頸飾りへハリケンの手がふれようとした時である。群集の中から不意に伸びた手が呀ッというまに頸飾りを引っ湊ってしまった。鳥打帽を目深に被ったその貌は電光石火的に消え失せていた。その先にサブの眼に映ったのは怪漢の後頭部にあるみみず腫れのような細い傷痕だ。夢江は悲鳴をあげた。

「あらッ、あたしの頸飾り、真ものの真珠で三十万円なのよ、誰か取り返してよ、サム迅くあいつを追っ駈けて……」

サブはとうに飛んで行った。出来助の扮したハリケンも遅ればせに走った。追っかけのオーヴアラップだ。煙山監督は地団駄ふんだ。

「あべこべだ。ハリケンが先でサムが後から追っかけるんだ。夢江もなんだって真ものの頸飾りなんか使うんだ、ああ、これで何もかもぶちこわしじゃないか……」

サブは撮影にはかかわりなく、ほんとうのハリケンを遮二無二追跡した。彼が突破する先々は火事場のような騒ぎが展開した。

「はい、ごめんよ、済まねえがどいてくんな」

なだれを打ってくずれる人波を泳ぎながらサブは血眼で追跡する。チェッしまった。鳥打帽はどこかへ消え失せていた。

☆

サブの眼先にもう何もなかった。日頃のカンだけで突破した。そして地下鉄の入口にぶつかると一気に駈け降りて行った。ここも人間の塊がうようよしていた。はてな？　おれは一体どっちへ行ったらいいのかな……。サブは肩で荒い息をしながら喘いだ。よしッ、落ちつくんだ。第一こんな身なりじゃいけねえ。あたりを見回すと事務所が眼についた。サブはその小蔭へ回って、荒い格子縞の上衣を脱いで引っくりかえして見ると、裏地は薄い鼠色で表裏とも着用できるように仕立ててあった。ついでにズボンも裏返しにして、これで人並みの服装ができた。それからハンカチで顔料を落としながら、ふと線路の向こう側を見ると薄闇の中から鼠のようにこちらのホームへ這い上がった人影がある。サブははっと身を潜めて窺った。弱い光線の中へ泛び上がった顔？　それはどこかで、確かに見覚えのある顔だ。隙のない目くばり、その目は蛇のように凄い。神出鬼没？　笑わしやあがる。此奴は暗闇の地下鉄構内を利用して適宜な変装をしているのだ。これじゃ容易に見つかりっこはない。今度は戦闘帽に真新しい国防色の服を着こんでいた。サブは塵芥箱の上に載っかって汚らしい鳥打帽を無断で借りて目深に被り、ホームへ車が入りこむのを待って彼の背後へ肉迫して行った。渋谷行だ。サブは揉み合っている人群の中へ躍りこむと素早い目で車内の隅々まで見回した。ハリケンは巧みに身をくねらして割り込んでいた。彼の目標は何か？　サブにはすぐに見当がついた。吊り革へ摑まった腕時計だ。ソフトを阿弥陀に被ったその紳士の目は、すぐ目下の座席にいる奥様風の美人へ注がれていた。ハリケンは指へ挟んだ新聞紙をそろそろ挙げる。サブはその背後で頸を斜めにひねって、顔はそっぽを向いていたが眼はハリケンの指先へはしっていた。ハリケンは新聞を幕に使って、最初の揺れを利用して、まず紳士の腕時計の抑えの革を外した。次に大きく揺れがくると、先に外した押さえの革のはしを逆に引っ張る、この手はスリが腕時計をスル急所のコツだ。サブは鳥打帽の庇をぐっと下ろした。スリはどの辺で大揺れがくるか、どこでカーヴするかをよくしっていて巧みにこれを利用した。ハリケンのテクニックは第三段階へまで突入して、先の工作に引き続いて、緩めてあった時計と腕との間に更に隙間をつくることだ。今度はいよいよ最後の仕上げだ。まもなく待ち構えていた大揺れがきた。ハリケンの指は素早く腕時計を引っ摑んでいた。と、サブの手がぐっと伸びて獲物ごと力を入れて握りしめた。呀ッという呻きがハリケンの唇をついて出た。サブはその手をぐんと高く頭上へ突き出して、

「十点!……」

と大声で叫んだ。数人先にいた倉徳刑事の眼が電光のようにはしった。彼はその先に二人のスリを捉まえて手錠を握っていたのだ。が一方の手が素早く伸びてきて、サブが差し上げた手を捉えた。ハリケンの手は腕時計を摑んだままだ。現行犯だ、もう遁れっこはない。と、ハリケンはぱっと体をひねると猛然と通路を蹴開き、数人を突き倒して遮二無二中央の口へ殺到した。サブが突嗟に組み付いて行った。同時に誰かの手が加勢した。ホームの灯が見え出してきた。新橋だ。ハリケンは床の上へさんざんに叩きつけられていた。桃の刺青をした手首に、手錠がカチリと鳴った。それは先刻、煙山監督がざれ半分サブを脅かした小道具の革手錠だ。倉徳刑事の獲物は大したものだ。一時に三人の収穫があった。一人が三点で二人で六点、それからハリケンが十点。それにいろいろな副賞がついている。

「コンクールの一等は当然、倉徳の旦那でしょう……」

サブは自分の手柄のように喜んでいる。だが倉徳刑事はひどく不機嫌だ。

「サブいい加減にしろよ、図々しいにも程があるぜ、君はどこからやってきたんだ」

「あれッ、あんなこといってら、今朝あっしの体を洗ってみたでしょう。あん時の紳士てのがハリケンのやつで、あいつ、あっしを捉まえさせるために罠をかけたんでさあ……」

「あれじゃない。つい先刻、君のポケットに真珠の頸飾りがあったろう、それで捉まったじゃないか、君はM署の拘置所を破ってずらかってきて……こんなお為ごかしで人を舐めてるんだ……」

「と、とんでもない……」

サブは目を白黒させた。彼にはなんのことか判らなかった。そばにいた男がサブへ耳打ちした。

「じゃ、こうなんでしょう。旦那が捉えた地下鉄サブてのは、そりゃ映画俳優の朝霧映水ですぜ。あっしも実は朝霧の身代わりにされてひどい目に遭っちゃって……それにしても大体、旦那あ欲の皮が張り過ぎてまさあ、地下鉄サブを二人ふん捉まえようなんて……」

「ウーム、そういえば朝霧によく似てる……」

倉徳もやっと合点が行ったらしい。M署から回した自動車がやってきた。そこの交番へ留置しておいたハリケン他二人のスリは、新たに護衛付きで自動車へ移された。サブは昂奮から醒めると、今、耳打ちをした男に気がついた。彼は先刻ハリケンを捉えるのに手をかした男だ。そして今朝から自分をつけていた男に違いない。あの口をもぐもぐさせた……。

「実あサブ兄いと朝霧とを間違えたんで」

「じゃハリケンから頸飾りをスッて朝霧のポケットへ入れたのは君なんだろう……」

「ああ、兄貴とばかり思って……」

「それから、おいらが今朝ハリケンからスッた蟇口をスリ取ってくれたのも……その先にいろいろ注意してくれたのも……」

彼は、眼のやり場に困ったような顔をした。

「仁義は後回しだ。君、君の名は……」

「餓鬼の勘太郎てんで……」

と、彼はどもりながら話した。

「実あプラチナ組のやつらに唆されて兄貴をやっつけるはずのを、あとをつけてるうちに、おれあ断然兄貴が好きになっちまって」

「餓鬼の勘太郎？　その由来は……」

「おれあ実のとこ、シベリア方面の引揚げ者なんだが、しょっちゅう空腹を抱えてるところから、プラチナ組のやつらが……」

「ううん、兄弟、おめえの気持ちあ、おいらによく解る。デキモサ（俄スリ）になったのもおめえが悪いんじゃねえ、世相がよくねえからよ。そういや、おいらも腹が北山だ。その辺で一杯やろうぜ……」

「兄貴、おれや、カストリは一切やらねえんだ」

「実あ、おいらもそうなんだ。まあ一緒にやってきな……」

まもなくふたりは新橋付近で、サブが行きつけの食物屋や納まっていた。

「おい姐さん、おでんを七人前だ。それから、そっちの甘えあんこの入った菓子を二十ほどもらおうか……」

女中はサブをみながらクスリと笑った。

「おい、変な笑いかたをするなよ、おいらの大食いを今はじめてしったんか……」

サブは威勢よくたんかを切った、さてポケットを覗いて、そっと、なけなしの金を算えた。

付録篇

獅子の爪

一

——今夜に限って曲芸を余分に強いられた獅子は、その、爛々たる眼を光らして拒むように唸った！

鞭は突如に空を切った。宙に翻った獅子が、最後の障碍物から一躍方向を転換ようとした刹那——ものなれた後見は素早く鉄柵の扉を開いた。

と、ハッと思う間一髪——猛獣使いの沢井曲洋は、危うく鉄柵の外へすべり出た。

満場の観客は小舎の破れるような喝采をおくった！

緑色の上衣に赤い洋袴を着けた沢井は鷹揚な身振りで鞭を後見に渡してから、妙に気取った斜めな叩頭を場内の彼方此方へ送って謝意を表することを怠らなかった。

猛獣使いは終わった、——

帰りかけた群集の中には、まだそこらに讃嘆の声が漂うている。ふと、檻の中へ押し籠められる獅子を見送った沢井は、渾身に緊張ていた気力が、一時に凍結ったように思われて、思わずブルブル身慄いが出た。次の瞬間、彼は、今しも招待席を離れて楽屋の方を指して行く二人連れの紳士を見たのである。

——幕で張り詰めた狭い楽屋の周囲には、金ピカの異様な衣裳が幾つか懸かっていた。

極東サーカスの女王（クイン）、奇術女優の花島珊瑚は濃艶な舞台化粧の笑顔を、招待席から戻ってきた、その二人連れの紳士に浴びせかけた。

　やがて、その紳士の後から楽屋へ戻って来た沢井を中心に、その紳士の一人である高砂傷害保険会社の出張員は徐（おもむろ）に自己の事務的本能を進捗（すすめ）ていった。

「……なかなか偉い技倆（うでまえ）ですなあ……しかし、先刻（さつき）お話ししたように危険常習の職業にあるお方……殊に沢井さん、貴下のような方には今回が最初です、その……まったく……どうも——お約束しないとも限りませんが——とても高率でお願いしなければ……」

　多年勧誘の言葉に洗練を積んだ事務員はわざと言い難（にく）そうにしぶって、今一人の老紳士、同行の嘱託医師の方をかえりみ、勿体らしく首肯き合う二人を向こうへ回して沢井は微笑（わら）った。

「ははあ傷害保険?……僕のお願いするのは、まあ……つまり生命保険みたいなものですよ。何しろ獅子ってやつは猛獣の中でも一番手剛（てごわ）いんですからな、彼奴（きやつ）だけはどんなに慣れても何時（いつ）本能を発揮しないとも限らないから……御機嫌を損じたらもうそれっきりです。僕はまた、その危険性に接するのが耐まらない誘惑なんですよ……それに較べると虎や豹なんかとても甘（あめ）えもんでしょう。ですからそんな薄鈍（うすのろ）はすっかり廃（や）めちまって——現今（いま）じゃあの亜弗利加（アフリカ）産のネロって獅子（やつ）が僕の最も好もしい敵手（あいて）です。——」

　言いながら彼は女優の奨めた莨（たばこ）を待ち兼ねたように喫（す）った。或る種の芸術家が愛好する趣味のために、摂理を守るのと同じように——彼も閉場（はね）てからと朝の間だけしか口にしない莨に飢えていた！——淡い、紫の煙とともに沢井は自信のありそうな気焔を吐くのだった。

「……そう言っちゃ済まないが。他のサーカスのように襤褸っ屑の塊みたいに窶れた獅子は……憚んながらこの沢井は使やあしませんよ——そして御観客の前じゃたった一片の肉切れしきゃあ与えはしません……のべつに餌をやるのが見たけりゃあ動物園へ行ったほうがましでさあ……」

一片の肉切れ——それは彼の讃美者に向かって彼が誰にも誇示する取っておきのいい話題だった。

しかし、今夜特に危険を冒した沢井はその実かなり疲労を感じていた。先刻鉄柵の外へすべり出た刹那の蒼白い顔はそのまままだ変わりはなかった。

時機を見計ってから事務員は言った。

「……では先刻、あらかじめ申し上げた方の口に極めて戴きましょうか——ともかくもまア一応身体だけはちょっと拝見さして頂いて……」

もの柔らかな態度で事務員はすでに先回りをして鞄を引き寄せた医師に目配せした！

沢井はそばの女優珊瑚に手伝わして扮装を解きにかかった。半裸体になった沢井の背から……珊瑚は自分のビロードのマントを懸けてやった。

「……まったく診る必要なんかないんですがなあ。——」医師は沢井の胸に聴診器をあてながら、彼の健康美を讃めるように言った！

二

「……おやッ」背を見た医師と事務員は思わず驚嘆の眼を見交わして叫んだ。「これは素晴らしい傷だ……」それは彼の右の肩から背へかけて八ツ手の葉型に肉片を挘り取った傷痕が、生々しく露れたからであった。だが沢井は容易く言った。

「なあに、それは獅子のやつにちょっと愛嬌にやられたのですよ……その傷は現在の獅子じゃないのです——よほど以前、新たに仕入れたのを突如に揶揄たもんだから——見事にやられちゃったんです……その時代にゃあ何しろ僕も青かったもんだからなあ、しかし、僕はいわゆる不死身てな体なんでしょうな？……三日ほどでけろりと癒くなっちまいましたから……」

「へへえ！　これほどの傷で？——」医師は念を推すように訊いた！　事務員は早速急所を摑んだ！

「で……少々お高いかもしれませんが非常な危険も伴うことですから、さしずめ千円だけ頂戴しとうございますが？……」

沢井は哄笑ってのけた。

「じゃ……そういうことにお願いしましょう。しかし、十日間の興業で千円の払い込みをして万一僕が斃れたら？——確実に十万円頂戴できるんですネ。そうすると僕の生命は一体いくらの日割りになるでしょうか――」

沢井はすぐにそばの珊瑚に顎で合図をした。と、隅の方に無雑作に措かれた手提げ金庫を開けて、彼女は新しい百円紙幣を十枚そこに並べた。

医師は聴診器を引っ込めた替わりに、事務員は遽しそうに折り鞄を拡げて形式的の規則書や契約書を揃えた。

「……僕がもし斃れたとしたら――お約束の金額は即時頂けましょうね?……」沢井は更に念入りに訊いた。

「もちろんですとも――お蔭様で我が社は即刻支払い主義を標語としてるので創立以来旺盛を極めていますので――」目前の契約の幾割かを自分の懐中へ這入る胸算用しながら、事務員は肝腎のことを思いだした。

「そうしますと……受取人は何方で?……」

沢井はちらりとそばの女優をかえりみた。

「この、花島珊瑚嬢ですよ――」諧謔うように言った語尾はなんとなく震えたようだった。それを補うように彼女の妖艶な眼元も妙に寂しかった! 事務員は少し立ち入った問いを発した。

「……この方は貴方の?――」沢井はたちまち笑った。

「ははあ……とんだ告白もんですネ、花島珊瑚嬢、実は僕のワイフ……しかし御内聞にお願いします。お互いに人気稼業のカラクリですから。――」彼はマントを古典劇の上衣のように物々しい身振りで捲き上げて莨を喫った。

「あら……そんなつもりで浮気をするのね貴方は？……」珊瑚はあたり構わずはしたなく喚きたてた。そして事務員と医師が帰り際までも彼らのコセコセした論争は続けられた。

「――まだ誤解が融けないんだわ……私が合唱部の君子を追い出したって？……」

沢井は煩さそうに言った。

「……大抵にしてもらおう――お前のために生活安定の悧口な方法を考えてやるような男にだけにはさ……」

「当然よ……これまで発展した代償だわよ。早く獅子に咬われておしまい――」

ぎしぎし動く丸太ん棒の梯子を降りる中途で……医師と事務員はわざと聞こえよがしにいう彼女のヒステリックに叫ぶ声を聞いた……

――浅草も千束町寄りの新道路の一画に聳え立った、極東サーカスの小舎を出た事務員は思い出したように言った。

「あの女の手加減一つで……沢井はたちまちぱくりとやられちまうがなあ？」

だが出張手当の胸算用をしていた医師は案外楽天的だった。

「否、僕は全然そんなことはないと想うよ……よくあるやつさ、彼ら芸術家の人気吸収策の宣伝の一つさ――あんな痴話口説は彼ら社会の常習なんだ。あえて不審はないよ……それよりも千円て金がよくも即座に整ったものだと思うのさ？……」

三

脚を速めていた事務員は嗤（わら）った。

「……千円が不思議だって？　それあ何でもありゃしない。彼らは世界中回って歩くのだから、時には自身興業主になることもあろうしさ……しかし、少年達の曲馬や女優連のダンスにしろ、ピエロの道家踊りだの花形の珊瑚の奇術だって、ちっとも珍しいことはありやしない平凡極まるものさ――ただあの一行の色彩の配合を巧く調節してるのは、何と言ってもあの沢井一人さ、中頃に縞馬（ゼブラ）を乗り回すのがたった五分間で――最終の猛獣相手が十分間だろう、一夜十五分間の出演であれほどの人気を背負ってるのだから。――」

医師は笑いながら報いた。

「君はやはり生まれつきの事務家（ビジネスマン）にできてるよ、さすがに時間まで計算してるとは――僕は単に猛獣対人間の刹那における心理状態を研究しただけさ、しかし沢井って男はどこか魅力のあるのは確かだ――彼の眼（まなこ）は実に微妙（デリケート）な作用（はたらき）をするよ、始終睨み詰めてる猛獣の感化だね……そして彼の型（タイプ）は邦人離れがしてるよ、僕ならどんな人籠（ひとごみ）の中からでも彼を発見（みつけ）ることができるだろう？　あの高過ぎるほどの鼻梁（はな）の線の下に一旦凹（くぼ）んでから突き出た下顎――今彼の骨格を医学上から解剖すると――」医師の尋問的長広舌（ちょうこうぜつ）を聴かされようとした事務員は、今しも雷門前に停車した電車によってやっと救われた。

――沢井が浅草における十日間の興業に十万円を賭けた傷害保険は、果たして彼が人気吸収策の図に中って、都下の各新聞によって宣伝された。根元興業部では中日前に予想外の実収を揚げていた。

極東サーカスの一行五十余名は小舎に近い竜泉寺町の裏通りに二棟の宿舎を借りて住居していた！　興業の日取りも進んで七日目の朝、少し早目に起きた珊瑚は、一行の衣裳を始末するお針女から――質素な柄の銘仙の着物を借り着して神参りに往くと言い触らして、裏の潜り戸から外出した。髪も無雑作に束ねていた。沢井はまだ寝ているらしかった。

正午過ぎてから帰ってきた珊瑚と、ようやく寝床を離れた沢井は遅い朝飯を済ました。その間沢井は憤ったように無言であった！

しばらく経ってからぶらりと外出した沢井は夕方木戸が開いても帰らなかった！　珊瑚をはじめ座員一同がことごとく楽屋入りをしても彼の姿はまだ見えない――いよいよ縞馬乗りの間際になった。座員はもとより根元興業部では手分けをして沢井の捜索に努めた。

珊瑚は八方へ衝りをちらして自身電話口へ立って心当たりの数へ問い合わせた！　舞台では止むを得ずピエロの場繋ぎで胡魔化していた――しかしそれも何時までも続けることはできなかった。――次に珊瑚が二三の女優を相手に奇術を演じていた時、沢井の所在だけは判った。

それは根元興業部の事務所へ沢井から電話で通知したからだった。
沢井は向島の堤を散歩の途中——ふと方向を替えた自動車に触れて脚を痛めたために、今まで千住の折骨医の許にいたのだと言った！　もうほとんど恢復したが遺憾ながら縞馬の曲乗りは間に合わないから——最終だけ出演できるように、今すぐに自動車で馳せ着けると言って電話は切れた。

事務所に詰め寄せていた役員達はようやく胸を撫で下ろすことができた。沢井が全然出演しなければ——彼自身を目的に入場した観客の始末に困却ところであったからだ。

華やかな女優のダンスが終わる頃、沢井を乗せた自動車は駈けつけた！　昂奮した彼の顔色は蒼白く変わっていた。役員や座員達に取り囲まれた沢井は言葉尠に応答て——気遣わしそうに待ち兼ねていた珊瑚が付き添うてすぐに楽屋へ急いだ。時刻は既に迫っていたがなにぶん猛獣相手の彼に——暫時休養を与えるため舞台はまた新たに女優のダンスが繰り返された。——珊瑚は日常より念入りに手伝って沢井の扮装を整えてやった。極度に焦燥た疲労のためか彼は偶像のように体を任せたままであった。

四

どうしたのであろう——沢井は不意に禁断の莨を喫った！　何か言いたそうにした珊瑚は、つとそばを離れて黙って見ていた。

舞台では女優のダンスが終わったのであろう——ベルの音が余韻を漂わして鳴った。慌てたように莨を喫った沢井は激しく咽せかえった。この時珊瑚は初めて彼の指から莨を取り上げて背を擦ってやった。

何か私語いていた彼女は、ふと入口に音もなく姿を見せた若い女優を睨みつけた。若い女優はすぐに梯子を降りてゆく気配がした。——またベルが鳴った。

場内の騒音はいつか歇んで、鉄柵を拵える物音が手に取るように聞こえてしばらく経つと肺腑を貫く獅子の叫び声が響き渡って来た。

化石のように突っ立った沢井の眼は大きく瞠ったまま空をはしった！　珊瑚は短銃を彼の腰へ着けてから鞭を掌に握らせた。

梯子を駈け降りて行く沢井の背から彼女は手ずから揚げ幕を開いてやった。

一直線に舞台へ進んだ沢井は観客席の一方へだけ、ぶっきら棒の叩頭をした。

観衆は一斉に歓声を送った！　しかし沢井はどこまでも無言であった。

鉄柵の裡を右往左往して低く唸っていた獅子は——沢井の姿を見ると一声高く咆吼た。

柵の外側には三方に後見が控えていた。

——哮り狂う獅子を凝乎と見ていた沢井は、さすがに怖えたように一歩退った。扉に掛けた手を躊躇た後見は低声で囁いた。

「——どうしましょう？　今夜は、此奴どうも変ですぜ——」

沢井は喘ぐような呼吸をひっこめた。

「……いや、大丈夫だ、開けてくれ……」

観客席へ聞こえるほど判然（はっきり）言った彼は自身扉に手を掛けた。微かに慄（ふる）えた彼の手元を後見は危ぶみながらついに扉を引いた！

鉄柵の向こう側の隅に蹲（うずくま）っていた獅子は――じっと闖入者を見てから牙をむいて唸った。扉を背にした沢井の血走った眼は、対手（あいて）を見据えて動かなかった！　獅子は柵に添うて窺うような脚を進めてきた。

沢井は鞭をあげて叱咤する替わりに無言で退いていった。――人と猛獣との間隔（へだたり）はわずかに障害物、つまり三脚の椅子で支えられただけであった。――獅子は一脚の椅子を音もなく飛び越えた。沢井は次第に追い詰められた。

獅子は第二の椅子を飛び越えた！　と、一方へ活路を開いて位置を替えた沢井を――慌てた後見は、口々に彼に遁（に）げ途（みち）を指しながら柵の外を走り回った。

周囲の騒音に獅子はいよいよ哮（たけ）った！　犠牲者を目覚（めが）けて躰（み）を竦めた獅子は飛びかかる姿勢を持した。その間には一芥（かい）の障碍物すら横たわってはいなかった！　沢井の瞳は膠着（こうちゃく）したように猛獣の眼を凝視（みつめ）た。鞭は既に彼の掌（て）を離れていた――突如（だしぬけ）に後見の一人は叫んだ。

「短銃（ピストル）！　短銃を速く……」やがてその喚声は場内を暴風（あらし）のように揺るがした！　しかし、それはかえって猛獣使いの危期を促進させるに過ぎなかった。沢井の右手（めて）は機械的に腰の短銃のあたりに触れただけであった。――騒々しい人声はたちまち獅子の咆吼（ほうこう）に圧せられてしまった！

――次の瞬間――躍り上がった獅子の方向へ沢井は、ばったり跪くように倒れた。

空間を切った獅子は怒った！

倒れ臥した彼の周囲を嗅ぎ回った獅子は危害を加えようとはしなかった。舌を吐いた猛獣は、そのまま体の上に前脚を載せて蹲った。――混乱は過ぎ去った！　獅子は檻の中へ追い込まれた！

――沢井は身動きもしない――そして彼の身体のどこにも一脈の生気も遺されてはいなかった！　この猛獣使いの突嗟の死は場内に恐ろしい動揺を起こしたのであった。

三日後、根元興行部によって沢井の葬儀は盛大に営まれた。沢井の死後ほとんど喪心したように哭き続けていた珊瑚は、葬儀の朝、発作的に短銃を乱射して檻の獅子を射殺してしまった――そして狂的に騒ぎ回った彼女は気の鎮まるとともに悲嘆の涙にくれていた。

五

――沢井の死によって高砂傷害保険会社から交付された十万円は完全に珊瑚の所有になった。彼女はまた新たな涙を絞った！

極東サーカスの座員達は彼らの中から重立った者を新たに座長に推して、早速場末の興業地へ買われて行った！

その夜質素な洋装をした珊瑚は情人の生命(いのち)に替えた十万円を懐いて、憶い出の浅草を立ち去った。——東京駅に現れた孤独の彼女は、自分の周囲に渦巻く人群れを冷たい瞳(め)で眺めた。珊瑚はある地点へ向けて電信を打ってから——駅構内の横浜東邦汽船会社の出張所を出た途端、外に待ち構えていた二人の見知らぬ男は左右から彼女の腕を捉えた。

「……我々は浅草象潟(きさがた)警察の署員だが……少し取り調べる件があるから——」

珊瑚の掌(て)には明日の正午(ひる)横浜出帆の上海行汽船パリイ丸の切符が握られていた。

一旦紅くなった彼女の顔色は青白く痙攣した。

——象潟署へ護送されてから三日目、珊瑚は初めて司法主任の面前(まえ)へ喚(よ)び出された。

「今お前に会わせる人物がある！」

主任は単にそれだけ言ってそばの署員に何か言い付けた。——やがて廊下の彼方(かなた)から近寄った跫音——珊瑚は振り返った途端、危うく出かかった叫声(きょうせい)を咽喉(のど)の奥に噛みしめた。

——左右から署員に護られて突っ立った男は確かに死んでいるはずの沢井であったからである。主任はまず珊瑚に訊いた。

「——この男は沢井だろう？……」

しかし彼女は眼の前に見た沢井の死を否定することはできなかった。次に主任は新来の男に訊いた。

「君は――極東サーカスの団長沢井曲洋だろう?」

男は憤りっぽく呶鳴った。

「違います――昨夜から汽車の中で……幾度繰り返したら、あなた方は得心なさるのですか、……私は一分間を争う多忙な商人ですよ、お蔭で信用は丸潰れです……神戸のミカドホテルの食堂から手錠を掛けられちゃ世話なしだ」言いながら衣嚢から一葉の名刺を出して示した。「上海共同租界百貨貿易商　竹越英治」とある。

夏に近い彼の服装は先駆った流行の粋を蒐めていた。自称貿易商の右手に控えた三原探偵の眼は――判断に迷った主任の方へちらり疾った。主任は叮嚀な口調をつづけた。

「……この婦人は一昨夜東京駅から神戸本局留置の電報を打ったのです……それが遺憾ながらこちらで手配する以前、本人代理の車夫体の男が受け取って行ったそうです……そしてこの婦人は郷里広島へ帰るはずのが、昨日横浜出帆のパリイ丸で上海へ渡るところだったのです――そのパリイ丸はちょうど、今日貴方が神戸からお出発になる船ですよ」

自称貿易商は急きこんで言った。

「そんな謎みたいなことをおっしゃっても私には少しも判りません……また強いて理解する必要もないのですから――これで失礼さして頂きます。――」彼は憤然と扉に手をかけた。三原探偵は直ちに立ち塞がった。

「おい沢井、いい加減に尻尾を捲いちまえ――こっちじゃあ確かな証拠を握ってるのだから――幾万人に曝した特徴のあるその面を……どう誤魔化そうてんだ」

「そうそう貴方は、わざわざ神戸くんだりまで御出張下すった犯罪構成器みたいな方ですネ……しかし世間には酷似した容貌の持主はないとも限りませんよ」

三原探偵の眼は遽に光を増した。

「そうだ、その一言を君の口から言わせようと待ってたんだ——そこまで識っていれあ充分だろう、だから君が沢井だっていうのだ」

「いいえ……そんな？」

三原は遮った。

「まあ黙って聴きたまえ！　つまり筋書きはこうだ。君はこの珊瑚と共謀で十万円の傷害保険を詐取する目的で——自分の容貌に生き写しの男を身替わりに立てたんだ。——」

彼は空嘯いて嘲笑った。しかし三原探偵は順序を趁うて説いた。

六

「……極東サーカスの十日間の興業が千秋楽に近い七日目の朝……僕は本所方面に捜索す奴があって、富川町の労働市を漁ってる間に——花町のある小路へ出たと想いたまえ。そこのゴミゴミした木賃宿へ這入った小粋な……しかし目立たない装服をした女？　その女こそここにいる珊瑚嬢さ——」そう言いながら三原探偵は男女を窃かに見較べた。

「……それから一時間余り経って彼女の帰りを門口まで見送った男は？——沢井じゃな

い。彼に瓜二つの容貌をもった労働者風の男だったのさ——つまりあの時彼女はある詭計をもって身替わりを誘き出しに行ったんだネ。それから彼ら三人の間に……どんな黙契が交わされたか？　おそらくは沢井という男が催眠術的の暗示を与えて——犠牲者をとうとう猛獣の前に引き出す段取りになったんだろう？　しかしあの時観衆の眼は誤魔化せたろうが、鋭敏な動物の嗅覚を欺くことはできなかったのだ。

　ことに沢井の外出によって獅子の食餌は完全に断たれたのだから堪らない——飢えた猛獣の嗅覚を一層刺戟したのに違いないのだ。その上犠牲者は出演前に莨を喫っていた。——」言いながら三原は憎悪の眼で珊瑚を睨んだ。

「——朦朧状態にある人間でも恐怖の意識は充分にあったのだ。お前はあの揚げ幕に隠れて——犠牲者の最後まで、いかに自己防衛に努力したかを識ってるだろう。——」

　三原は次に男の方を凝視て言った。

「あの男が、真に猛獣使いの沢井であったなら、気を失ったままで生命を終わらなかったかもしれない。もっと余裕があったはずだ。放浪生活をして以前脚気の気味だったあの男は——極度の恐怖に襲われた刹那、心臓麻痺を併発して斃れてしまったんだぜ……」

　自称貿易商の面にはもう冷笑は去っていた。「いいえ……何とおっしゃっても私には全然無関係なことですから——」

　三原は厳然と言った。

「……隣室には犠牲者の屍骸が保存してあるのだ——それでもまだ沢井でないと頑張る

のか。よしッ、じゃ動きのとれない図星を指そうか——猛獣使いの沢井は右の肩から背にかけて、鮮明な獅子の爪痕があるはずなんだ」

——自称貿易商はついに仮面を脱いだ——冷静に控えていた珊瑚はそばの署員を押し退けて男の胸を揺すった。

「どうした醜態なのよ貴方は——そんな出たらめの罠に懸かったりして——」

沢井はたちまち彼女を突き飛ばして叫んだ。

「喧しいッ。原因はみんなお前が書き卸した悲劇なんだ——」すべてを陳述ようとする沢井を、慌てて遮った珊瑚は直ちに署員に引き分けられた。

——椅子を与えられた沢井は主任以下署員環視の下に、自分の犯した罪悪の径路を一通り語った。「……欲望のために怖ろしい犯罪！　それは決して否定はいたしません。しかし、皆さんがおっしゃるように催眠術も魔薬も用いはしない——彼は救うことの不可能な失恋者、そして自殺もなし得ない弱者でした。それが何故自分から進んで猛獣の脚下に斃れる途を択んだか？　おそらくは衆人環視の下に万に一も遁れられない方法を執ったのでしょう。——ある場合弱者に限って、そうした劇的虚栄死を欲するものです。遅かれ速かれ死に赴く彼を幇助して、保険金を詐取した自分達は憎むべき悪魔だ。二人の容貌の酷似のは、彼は私の父方の血統をひいた従弟だからです。……」

——初日の前の日小屋の設備を見回った帰路沢井は偶然、街頭の下水工事に働いていた従弟の郁夫を発見して、その場から竜泉寺町の宿舎へ伴れてきた。幾年ぶりかの邂逅に彼らの追懐談は尽きなかった。かなりの名家に育まれた彼らは放縦な懶惰性が禍(わざわい)して、どっちも半途退学を余儀なくされた。派手な乗馬姿を見得にしていた沢井はついに曲馬師の放浪生活へ流れていった！

七

沢井は言った。

「……君はまた何故、そんな風采(なり)をしてるんだい？　まさか社会奉仕でもなさそうだが……」

郁夫は従弟同志の沢井には遠慮はなかったが、そばの珊瑚が気がかりであった。しばらく黙りこんでいた郁夫は自棄(やけ)気味に言った。

「……女性(おんな)のためだ！　叛(そむ)かれた女性のために――こんなに落魄(おちぶ)れちゃったんだ。――」

珊瑚は突如(だしぬけ)に口を挿んだ。

「あら貴方は何故――その女性(ひと)を生かしといたの？」泪(なみだ)の光った瞳(め)で郁夫は凝乎(じっ)と珊瑚を看(み)まもってから、がっかりしたように瞼を閉じた。大粒の涙が汚れた半洋袴(はんズボン)の上に落ちた。

「……僕は、カルメンを刺したホゼの意気もなければ――この醜い敗残の軀(からだ)を自決する勇気もない弱者なんだ。――」

どん底をのた打ち回って喘ぎ疲れた彼の眼底には、まだ根強い執着が燃えていた！

彼女の瞳は狡そうに動いた。

「その女性（かた）の去ったのはいつ頃なの？……」

幻影（まぼろし）を趁（お）うた郁夫は囈言（うわごと）のように口疾（くちばし）った。

「……ちょう……ど七年以前（まえ）に……」

「まあ……？」吐き出すように言った珊瑚はそれっきり口を噤（つぐ）んだ。やがて食卓に並べた調味の誘惑に――郁夫は飢えた犬のように貪り喰らった。沢井はどこまでも暢気（のんき）だった。

「まあ俺達に随（つ）いて来るがいいや、ジプシイ生活（ライフ）も素的だぜ。尠（すくな）くとも君の失恋病に利くこと請け合いだ……」

「で、兄貴はどんなことを演（や）ってるんだい？」――たら腹（ふく）詰め込んだ郁夫は初めて相手の身の上を尋いた。

「縞馬（ゼブラ）を乗り回すのと……獅子を引っ叩（ぱた）くやつ……猛獣使いってやつさ。――」

珊瑚は註釈するように言った。

「それあ危ないわ……こんな暢気なこと言ってて晩に死んじまうかも知れないのよ？」

陰欝に考え込んでいた郁夫は二三度唇を痙攣させてから言った。

「――僕を使ってくれないか掃除夫でも関（かま）やしないから。――」

沢井は気色を損じたようだった。

「莫迦な。君に掃除なんかされて耐まるもんか。俺の値打ちは立ち所に下落するぜ――」

郁夫は憶い出したように、自分の穢く伸びた頭髪と顎のあたりを撫でてみた。

「そうだったなあ、昔は……お互いの親達でさえ区別がつかなかったほどだから——」

「現在だってやはり、そうじゃないか——」

郁夫の面をじっと凝視ていた珊瑚は上ずった声で笑った！　沢井は慰めるように言った。

「——今君に出られちゃあ、ちょっと何だから……次の興業地へ乗り込むとき兄弟だって先触れをするんだ。まあ会計係でもやってもらおう……それまでは悠然保養でもしたほうがいいぜ」

沢井は彼に相当の金を与えて他へ宿替えするように勧めたが、郁夫はやはり居慣れた木賃宿の方がいいと言って帰って行った！

裏庭から出入りした郁夫は誰の眼にも触れずに済んだ！　その後で珊瑚はある計画を婉曲に沢井に説くのだった。

顔色を変えた彼は口汚く罵った！　しかしある秘密を握られていた沢井はとうとう彼女の言を容れることにした。彼は忌まわしそうに嘆息した。「お前は偉いよ。立派な毒婦だ！　シンガポールで俺の知らない間に、あの君子をどん底へ売り飛ばしておきながら脅迫の種にするんだから……」

「だから訝しいってのよ。そんなに力瘤を入れるのが？　そのお蔭で一座の御難を立て直したんじゃない。領事館の連中に睨まれた時、わたしの口先一つで貴方はどうにでもなれたのよ、今でも遅かあないわよ、まだまだ暗いことを識っててよ。——」

「勝手にしやあがれ悪魔め覚えていろ……」

沢井はそれっきり口を噤んでしまった。それから珊瑚は撓まず彼を説くのに努力した。その間脅しもした。宥めもした。

八

沢井の沈黙はかえって彼女にある脅威をもって逆襲した。しかし珊瑚はそれなりに怯みはしなかった。

「どうせ彼の方は死ぬんだわ。七年間も思い詰めたその女は――もう男の魂を蝕い尽してるわよ。そう想わない？　あの死相の浮かんだ顔を――」

沢井は遽に身慄いした。「……お前がこれまで蹂躙ってきた男の群れに大分そんな口があったんだ――その金をどうしようてんだ……」

「こんな放浪生活はいい加減飽きちゃったから、二人で上海あたりへすっ飛んで酒場でも開くのよ」

沢井はもう自棄になっていた。「俺の浮気封じだって？　それもよかろう――お前のお蔭で識らず識らず罪悪を背負わされてきた体だから――俺は今から悪党になるんだ。――」

力強く宣言した彼は女に対する復讐を秘かに企てていた。――翌日、保険会社の申し込みも……総て珊瑚の一存で運んでいった。沢井は薄気味の悪いほど柔順だった！

――機会の熟した七日目の朝、彼女は単身本所花町の木賃宿に郁夫を訪ねた。

沢井の仕送りで労働を止めて薄暗い別室に引き籠もっていた郁夫は、やはり欝ぎこんでいた。理髪をした彼のいくらか蒼白い容貌は沢井といささかも変わった点がなかった！

秘かに北叟笑んだ珊瑚はわざと愁いを装うのだった。

「わたし困ることができたのよ――またズボラが始まったんだわ、沢井は昨夜閉場てから――遽に名古屋の或る女のとこへ往っちまって……明日でなきゃ戻らないでしょう？　晩に出演なければ大変なことになるんだわ、だからわたし、今夜はここへ隠れる心算で来たのよ……」

「……それじゃ僕が迷惑しますよ――他に何とか方法でも？……」郁夫は眉を顰めた。

彼女は額に掌をあてて考え込んだまま容易に面をあげなかった。一時間余り暗い沈黙が続いた後――震えをおびた郁夫の声があやしく響いた。

「……こうしましょう。兄貴の替わりに晩に僕が出演ようじゃありませんか……」珊瑚は発作的に驚愕の面をあげた。

「……貴方が？　あの獅子を、猛獣を？……」

郁夫はかえって落ち着いていた。

「なあに、慣らされてる獣ですもの訳なしですよ――きっと操縦してお目にかけます！」

彼女はそれ以上止めはしなかった。

「大丈夫だろうと想うけど、万一お怪我でもしちゃ?」珊瑚は申し訳のように言い足した。

「まあ僕の技倆(うで)を信じてください……」

郁夫はきっぱり言い切った。――その夕方郁夫の許へ秘かに沢井の平着(ふだんぎ)の背広が届けられた。珊瑚の注意で縞馬(ゼブラ)の曲乗りの時刻(とき)を過ごしてから、郁夫は途中から自動車で間際に駈けつけたのであった。――

語り終わった沢井は深い歎息(ためいき)を洩らした。

「……根元興業部の事務所へ電話を掛けたのは僕です……三日間自棄(やけ)酒の麻痺から醒めた時、新聞で不倖な彼の――否(いや)、沢井の葬儀を識ったのです……」――沢井は署員の肩越しに平然と済ました珊瑚に呶鳴りつけた。

「お前が嫉妬の僻見(ひがみ)から、海外の巡業先で……次々失われていった女達同様、上海へ渡ったら永劫の奈落へ、お前を生きながら葬ってやるつもりだったのだ。――」

――彼らの罪跡を嗅ぎ出した三原探偵は後で司法主任に言った。「嫉妬深い女ほど怖(おそ)るべきものはありません――沢井もあんな女に関係(かかわ)らなかったら罪悪を犯さずに済んだでしょうに? で、私がどうして彼の急所を突き止めたかって。隣室に死体があると言ったのは出たら目です! それから永年猛獣使いをした男は身体のどこかに――そんな傷痕がありそうに想われたので、彼の身体検査をした保険会社の医師にちょっと電話で訊いてみたからです。まさか同じ容貌の人間が二人あろうとは……予想外のことですから……」

火祭

（一）

帽子を阿弥陀に被っているので、どんな風貌か想像もつかないが、黒の上衣（コート）に白ズボンのすらりとしたスタイルは、ザラに見かけるものではなかった。だが確かにどこかで見かけたことのある男に違いない。

その男は、大通りから——彼方の、街幅の狭い割に交通の頻繁な通りへ出るらしかった。街角へ行ったら彼奴（きやつ）の横顔を見てやろう——宇野は、煙幕戦術として、バットへ火を点けて一喫（す）い、ふうと煙を吐き出した。

「あッ、なんだ、彼奴（あいつ）か——」その横顔を一目見た途端、彼は思わず、啣（くわ）えていたタバコを取り落とすところだった。その男は大空宏美（おおぞらひろみ）と言って、以前シベリヤから独逸（ドイツ）方面を経廻（へめぐ）ってきたボヘミアンの民謡歌手であった。彼が初めて大空を知ったのは、先代署長の送別会を署の楼上で催した時、誰かの紹介で民謡を歌った時からである。

宇野は、「おやッ?・」と立ち停まった。大空は昨夜の焼け跡の方へ行くからだ。佐々木木材工場の焼け跡には、早くも木の香も新しい塀が繞（めぐ）って、無用の者入るべからずの立て札が建ち、住宅跡には立ち退き先を記してあった。塀の隙間からはわずかに焼け跡の一部しか見えなかった。

現場は一通りの検証は済んだが、午後からまた細部に亘(わた)って行われるので、警官が交替で残っていた。住宅跡の方には工場の職工や人夫やらが集まって憩(やす)んでいた。

大空は、塀の中へ入ると、警官の方へ行って何か話しかけていた。と——その後からきた宇野刑事を見ると、ちょっと目礼したがすぐにこっちへやってきて、もの慣れた態度で話しかけた。

「やア、しばらく、お暑いのに大変ですネ、それに昨夜は、御負傷をなすったように聞きましたが」

「なアに、大したことじゃないが、あの節はどうも——あれから何時(いつ)当地へ」

宇野刑事は、そうした挨拶を交わしながら、案外何か識ってるらしい対手(あいて)に職業意識を尖らしていた。

「さア、あれは今年の春でしたか？　署の楼上で謡わせて頂いたのは——」大空は人懐かしげに宇野を瞠(みつ)めながら微笑みかけた。

「あれから、まもなく下関で捉(つか)まっちゃったんです。思想的誤解をうけましてネ」

「はア、例の歌行脚(あんぎゃ)が禍(わざわい)されたんですか？」そう言えば大空の言葉に妙なアクセントのあることや、人目を惹く古典的(クラシカル)な長いモミアゲの故(せい)ばかりではなく、彼の持つ一切に濃厚なロシヤの臭いがあるようだ。この辺では日常ロシヤ人を見慣れている故か、宇野は、さほど注意を払ってはいなかった。だが近づいてよく見直すと、均衡のとれた四肢、健康美そのもののような日焼けのした皮膚、がっしりした肩幅の線の荒さなどは、見ようによってはむしろその方面の闘士とも言うべきで、彼の低声（バス）そっくり、底力の籠もった表現そのものだ。伴奏なしの肉声だけで聴衆を魅了し去る彼は、野性的な、不可思議な魅力の所有者だ。だから行く先々の諸官庁や、学校、各集団などエロ抜きの方面から手軽に歓迎されるのであろう、宇野刑事は瞬時に、そんなことを憶（おも）い浮かべながら、

「しかし大空君は、諸方の知名の士や、有力な方面からの感謝状やら、身元証明の代用をするやつを沢山（どっさり）持ってたんじゃないんですか?」

大空は、ちょっと寂しげに、

「ええ、僕は孤児ですから――結局、北海道の奥地で生まれたという辺から、道庁の有力な方から証明して頂いて釈放されたんです」

そう言いながら、朗らかに笑って退（の）けた。

「まったく、とんだ災難だ」

宇野刑事は、そんな口吻（くちぶり）で油断なく見戍（みまも）っていたが、「こいつほんとうに搾ったら案外赤い息を吐くかもしれんて?」

（二）

「その、放火魔てやつは、まだ捕縛されないんですか?」大空は、焼け跡を見渡しながら妙な低声（こごえ）で言う。宇野は突嗟に返事が出なかった。何故（なぜ）か――彼自身が警察の掲示場か

ら撈(つ)けてきた動機が、無意義な薄弱なもののように思われてきたからだ。

大空を疑うならば、まだまだ他に挙動不審なやつが幾十人あったかしれない。それに偶然かも知れないであろう処の、大空を見ればすぐに容疑者として踵(つ)ける。また、思想問題で下関で引っ懸かったと聞けば、すぐ放火魔をそっち退けにして思想的な白眼で睨む、何というあやふやな自分だろう。まだ体験の浅い彼は今、何だか得体の知れぬ慌ただしい苛々(いらいら)したものを引っ摑んで、解(ほぐ)したり丸めたり、懸命にその端緒(いとぐち)を引き出そうと焦慮してる気持ちだ。彼は、ふと堀内の言葉を憶い出した。

そうだ、岐路へ反れるな、迷ったら本道へ帰れ、そして「まず疑え――」という探偵テキストの初歩へ復(かえ)って、大空の指した方へ踵いて行った。焼け跡の残骸からは、まだ燻(いぶ)り臭い匂いを吐いている。赤錆びて打ち挫(ひし)がれた焼トタンの塀は、昨夜ガス・マスクを被った放火魔が姿を現したところだ。

宇野刑事は、猛火を潜ろうとした昨夜の自分を、ありありと其処に見た。それから、放火魔の手から投擲(とうてき)された燃焼力を強めた奇怪な物体のことも――大空は其処から引き返して工場の焼け跡へ大股に歩いてゆく。大仕掛けな木材截断機の破壊されたのや、モーターの上へ焼け落ちた鉄材の梁、焼木の残骸などが物々しく人目を惹く。

「宇野さん、放火は、どうした方法で行われたと思われますか――」

「それが、まだ、鑑識係の手で調査中なんです」宇野は、あっさり避けて、対手(あいて)の言葉を促すようにした。

「普通の消防じゃ駄目らしいですネ、犯人は科学的手法を弄してるようですから——あの、発火と同時に、火力が旺んになって非常な勢いで燃えますが——」

宇野は、無言で対手の面を瞠めた。

「あれは、テルミットらしいですネ、何しろ強烈な熱度で鋳物を熔解するくらいですから、焼け跡をよく検べたら、或いはその仕掛けを証明するものが現れやしませんか」

大空は両手を衣嚢へ突っ込み、所々熔解された鉄材を見ながらそう言った。

「あちらでお呼びのようです」

そしてまた大空宏美は、腮で柵の方を指す。宇野は、思わず其方を振り返ると、見張りの警官のそばへ、私服が一人立ってて、早く来いという風に慌ただしく手を振っていた。

彼は仕方なしに駈けて行った。

「宇野君、いよいよ大変だ。放火魔の第五回目の予告が現れた。此度こそ決死隊の編成だ、早く署へ行ってくれたまえ、緊急会議を開くとこだ、堀内さんが特にそう言ったから——」使いの同僚も慌てて駈けたらしく息を喘ませていた。

「よしッ、じゃア」宇野は駈け出してから、

「しまった、どこへ行きやがった？」

大空の姿はもう消え失せていた。見張りの警官へ尋くと、焼トタンの塀を通り抜けて裏通りの方へ脚速に立ち去ったとのことだ。

「彼奴、どうも変だ」

宇野は大急ぎで、その道を大通りへ駈け抜けて見たが、大空の影もなかった。

署内では今、放火魔の第五回目の予告状を前にして凝議の最中である。近藤署長をはじめ各首脳部の顔が揃ってはいたが、誰もの面が焦慮と疲労に顰み、押し迫った感じに暗く蔽われていた。今や近代的物質文明破壊の魔手は全市を脅かしつつあるのだ。同時に司法の権威も、この得体のしれぬ放火魔の狂笑に一蹴されんとしている。かくて上司へ対する威信問題は、大なる犠牲を火の祭壇へ供えねば歇まぬのであろう。

（三）

晴れ渡った碧空は、瞬時で北地特有の憂欝な陰翳を描く。蒸し暑い暴風が砂塵をあげて吹き荒れてきた。あらしを予告する海鳥の啼き音が浜辺の方から喧ましく群れてくる。

第五回目に、放火魔の白羽の矢に見舞われたのは、市内でも有名な回漕部と海産問屋を手広く経営している浅場商会であった。ただ、これまでの手口と異なる点は、金銭を要求せずに直ちに、今夜八時十五分の出火を予告してあることだ。そこは埠頭の倉庫通りから街を二つ隔てた東側にあった。店は回漕部と事務所の二つに区画られ、海産部の広い店先には主人の浅場伝平と息子の伝三、他十数名の店員が集まっていたが、家族中の女子供はとっくに公園の下の別荘へ避難していた。

浅場は、約二十年の間にトントン拍子の幸運で巨万の富を築き、とかくの風聞はあるが、太っ腹の男だけに、まだ正体の知れぬ放火魔の脅威を嘲笑し返すほどの余裕があった。だから彼は、従来の被害者のようにビクビクした風は少しも見せずに、店員なども売場に就いていたし、顧客回りや、荷の受け渡し等にも日常通り変更はなかった。ただ回漕部は今日のところ、持ち船の発着が済んだので、事務所は締めていた。

浅場は、往来の人集りを尻目に見ながら、タバコをやたらに喫かしていた。もし放火魔が姿を現したら、組み伏せるような意気込みだ。姿なき怪魔の放火の手口や何か当局の注意に、彼は耳も藉さなかった。彼は店先の帳場で胡座を掻きタバコを喫いながら、時々その精力的な赭く太い頸をめぐらして階上を、煩さそうに睨んでいた。

奥の室や二階は、既に刑事の一隊が乗り込んで天井板を剥がしたり、畳を剝ったり、敷板を叩いたりしていた。当局は、もはや形式的捜査の殻をかなぐり棄てたのだ。まず放火魔の指定現場たる建物の或る部分を破壊して、漏電工作等の有無を検め、或いは科学的発火装置を突き止めて出火を未然に防ぐことであった。事務所の右側に並んだ三つの倉庫にも刑事や警官が詰めかけ、店員の案内で貨物の間を検べたり、天井へ梯子を掛けたりして、ごった返していた。

その辺は回漕店や、三階建ての旅館その他の商店が建ち並んで、各自の警戒振りは背後から火に追われてるような騒ぎだ。彼らを脅かすものは以前の大火から二十年目の潜在意識である。

「何しろ、八月二十五日は厄日ですからな」

「午後の八時十五分とは、そっくりじゃありませんか――」

みんなは、そんな会話を交わしながら、ますます吹き荒れてゆくらしい空模様に、不安の動悸を昂(たか)めていた。非常警戒線が遠巻きに張られていた。その付近は刻々に物見高い群衆が押しかけて早くも火事場騒ぎの光景を呈し、その間を縫うた刑事連の眼は獲物を追うて八方へ光っている。宇野刑事は、群衆から、よほど距(はな)れた辺に立って、ともすれば眼口を襲う暴風を避けつつ、一人の行人も見遁(みのが)さぬよう、注意の眼を瞠(みは)っていた。さっきから、これは――と思う辺りを、あちこち捜し回り絶望的な気持ちへ刻一刻と傾きつつあった時、彼は思わず喚声をあげようとした。

「あッ、大空がやってきた！」

獲物が否、少なくともそれに近いものが、再び手元へ飛び込んできた。宇野は猶予もなく其方へ走った。イヤ大空の方で先に立ち停まった。

「宇野さん、先刻は――」彼は、またもや機先を制せられたかたちで舌打ちをしたが、対手(あいて)はもうペラペラ喋っていた。

「またこの辺に火事があるんですか？ 大変ですネ、それに、この暴風はどうも」

宇野刑事は何か摑み出そうと焦ってるうちに、また先を越された。

「宇野さん、ちょっとお知らせしたいことがあるんですが、何かの御参考になるか、どうか疑問ですけれど――」

(四)

宇野刑事は、ある期待に胸を轟かせながら大空へ蹤いて——そこの十字路を右へ曲がり、狭い裏通りを更に一方の路次へ、突き当たりの青ペンキの、安っぽい三階建ての洋館へ入った。

玄関に、海風荘と大きな看板が懸かっているが、ロンドン長屋で通っている安手なアパートである。借り手は中産以下、その中には毛唐や支那人も混じった国際海港都市のダーク・サイドで、時には大きな捕り物もあるという犯罪の巣だ。宇野刑事は、大空の後から汚い階段を三階まで昇って行った。廊下を真っ直ぐに両側へ襖、障子、扉などが埒もなく並んでいた。

大空は、左側の或る室の前へ立ち、ちょっと窺うようにして障子を開けたが、自身は入ろうともせず背後を振り返って、

「此室でお待ちください、僕、ちょっと階下へ行ってきますから」

大空はそう言うと、すぐに長い廊下を引き返して階段を降りて行った。宇野刑事は、彼を待っている間に、ふと卓上にある一冊のノートに眼をとめた。確かに見覚えのある筆跡だ。そうだ、あの左文字の署名——H・M氏の脅迫状と同一なのだ。

これは左文字ではないが、あの一字一字の筆致が、彼の脳裡へ焙き付くように記されて

いた。彼は貪るように喰い入っていたその文字から、文章へ移って行った。

火祭（ひまつり）……その標題下に書かれたことはどうした奇怪事であろう！

自分は、幼時から火事を見るごとに恐怖と快感とが錯綜していた記憶がある。そのうちに、いつとはなしに火事に対する異情な興味を覚えるようになった。

白昼――渦巻く黒烟を見るよりは、夜陰の烈風に煽られ、凄まじい紅焔（ぐれん）が、天に冲（ちゅう）する光景は、より印象的なものである。

明るい月夜の、のろのろした火事なんかはむしろ肚立（はらだ）たしいものに近い。だが――吹雪に追われる火の子は壮観そのものだ。

それから、別項に次のように書いてあった。

火焔の運行は、律動的であって、これを凝視（みつめ）ていると、脳に軽度の血行障害をきたし異情な昂奮を覚える。それは自己そのものが火焔に対して、性的親和性を有してるからなのだ。故に自分は放火に際して、いつも異状な快感の伴うことを告白する。それは、とりも直さず、性的色彩をおびた破壊欲――すなわち倒壊、帰無、滅却等を欣（よろこ）ぶサディズムの発現に他ならぬのである。

そこへ——突如に大空が入ってきた。彼は周囲に目もくれず慌てて窓際へ行った。宇野刑事はほとんど組み付くような権幕で、大空のがっしりした肩を揺すぶる。

「この室は君のかネ？　それから、このノートは？」けれども大空は、それには答えようともせず、窓から半身を乗り出して、向こうの建物へ通じた電線を指した。

「大変です。彼処に仕掛けがしてあるんだ。——」宇野は、大空の背へ重なるようにして外を覗いた。よく見ると、そこは浅場商会の裏手に当たっていた。

この辺は、乱雑な建物が櫛比しているため宇野刑事は見当違いをしていたことが判った。そこが浅場の裏手なことは、物干し場の横手の方から、にわかに騒々しい物音と、聞き慣れた声が響いてきたからで分かった。

（五）

向こうの物干し場へ、同僚の面が、ひょっこり現れた。宇野刑事は、とっさに唇へ指をあてて見せると、その面はすぐに消えた。

大空は、物干し場から斜めに突き出た長い竹竿を手元へ引き寄せ、その端を此方の窓の出っ張りへ手巾で結い付けると見るまに、猿のような素早さで窓外へ身を躍らせ、竹竿へぶら下がって、物干し場へ、ひらりと飛び上がった。

闖入者？　作業中の刑事等は、それッとばかり飛び出した。

「おーいッ、手を借してくれッ」

宇野刑事は、同僚へ、そう呶鳴(どな)った。

「あの梯子がよろしいでしょう」

向こうへ渡った大空は、室内で使用していた梯子を顎で指した。刑事連は、最初から宇野と連絡を取ってなかったので、突如(だしぬけ)の行動に面喰らったか、ともかくも梯子を持ち出して物干し場と、窓枠の出っ張りへ桟(か)け渡した。

宇野刑事は、大空のように鮮やかな曲技を見せるわけにはゆかない。梯子から物干し場へ着いた時は、太い息が全身に波打っていた。

刑事連は、室内の作業を放ったらかして集まってきた。

大空は、吹き荒(すさ)む砂埃に眉を顰めて、彼我の建物の宙間へ緩(たる)み加減に張り渡した二条の電線を仰いで言った。

「あれは放火魔の常套手段なんです」

刑事連の眼は吸い寄せられたように仰いだ。

「あれはフイルムを用いて、漏電工作を施した特殊の電線です。いいえ、停電しても何等差し支えないんで、これは電灯会社からくる電流じゃありません。原動力はあの三階の室(へや)から……」

大空は、そう言いながら、あたかも平地を歩むように、横たえた梯子を伝って三階の窓際へゆき、掌の裡に握った小さな鋭いもので電線を、ぷつり切断して、その端を持って引き返してきた。

「御覧なさい、普通の電線みたいでしょう、だから、貴方がたが予告された現場を、いくら検視されても、発見されなかったのです」

刑事連は、化石のように押し黙って、彼の為すところを見ていた。大空は、建物の外側を指して言った。

「此方の天井裏へは、あれ、あの羽目板を外して入るようになっています」

「だが――」と、宇野刑事は、この時大空の前へ大きく立ち塞がった。

「あんな高いとこから、天井裏へ抜け出るほどの危ない芸当を演ってのけるものは、君みたいな身軽な人間でないとちょっとできそうもないぜ？」

だが、大空は、水のような冷静さだ。宇野刑事はついに、がっしりした彼の肩を摑んだ。

「判ったよ君、放火魔の正体は――」

緊張した面が、すらりと周囲を繞った。

「あッはッはッは……」

大空は、突如に、からからと打ち笑った。狂的な笑声は、すぐには歇まなかった。笑いの泉から湧き出るような可笑しさだ。果てしもない笑声は、砂塵を飛ばす暴風に捲き込まれて呶濤のように拡がってゆく……。

大空の体は宇野刑事の手をすり抜けて、仰向けにばったり倒れた。激しい痙攣がしばし全身をかけめぐっていた。口辺に吹き出た泡沫……

「あッ癲癇だ、癲癇だ――」

刑事連は、口々に叫んで、屍体のように硬ばった姿を繞って騒ぐのみである。

宇野刑事は、衣嚢から手錠を掴み出して、倒れた大空の腕へ箝めた。

「さア、此奴を本署へ搬ぶんだ」

彼らは手錠を見ると、にわかに夢から醒めたように、目前に、放火魔を捉えたことを知った。これで、二十日余り魘され通してきた火事騒ぎも、この場面で終わりを告げたような気がした。だが不思議にも快感は伴わなかった。彼らはただ腑抜けのようにがっかりした。

（六）

宇野刑事は、再び三階の室へ引き返して、証拠物件のノートの他に、放火魔の使用したガスマスクを押収してきた。

浅場商会のトラックが犯人護送用に提供された。意識を失った大空の体が物干し場から搬ばれてきた。全市の神経を恐怖の底へ叩きのめした放火魔の逮捕――。

吹き荒む強風を衝いて、街頭に潮のような群集が殺到した。トラックは物々しい警戒裡に爆音をたてていた。大空を擁した警官隊が、凱歌をあげて動き出す間際に、堀内刑事は喘ぎ喘ぎ駈けつけて、トラックの後ろへ飛び乗った。

「宇野君、油断しちゃいかんよ」

堀内は、失神した大空の横顔を見ながらそう言った。

トラックは、人波を掻き分けて徐々に動き出した。沿道一帯に亘(わた)って、罵声とも歓声ともつかぬ叫びが、群集を渡って巨濤のように揺れた。その後ろから凄まじい暴風が頭上を掃き去った。風速二十五米の強風下に砂塵を透かして街の灯(ひ)は瞬き初めた。浅場商会付近の非常警戒はまだ解かれなかった。

三十分後――司法受付で、電話のベルが慌ただしく鳴った。傍らの署員が受話器を把(と)った。

「え？　浅場商会が火事だ、ナニッ、床下の火薬が爆発して、浅場父子(おやこ)が即死を遂げた――」時計は今、八時三十分を指していた。放火魔の予告より五分後だ。イヤ五分の差は電話を掛けるまでに要したのであろう、ゴーン、ゴーン……

幽(かす)かな耳鳴りに似たものが、判然(はっきり)と警鐘の音を伝えてきた。遠磯の海鳴りのような、ざわめきが暴風に乗って、海嘯(つなみ)のような急調で押し寄せてきた。間近で、警察附属消防署から出動した消防自動車のサイレンが、猛獣の唸りを残して瞬時に遠退いて行った。

宇野刑事は一瞬――喪心したが、たちまち身慄(みぶる)いして床を蹴った。

「失敗(しま)った。畜生ッ、やったなッ」

脱兎のように、第一号調室へ――彼は廊下の曲がり角で、ぱっと体を開くと、とたんに駈け抜けた二人の刑事は危うく立ち停まった。

「放火魔が逃げた、大空のやつ――」

三人は、転げるように引き返した。たった今、見張りをしていた二人の刑事は、警鐘に聴き耳を立てて、扉を開けたが、背後（うしろ）を振り返った時、屍体のような大空の姿は、革の長椅子（ソファ）から消え失せていた。

「あんな高い窓から逃（ず）らかりやあがって」

窓外の石塀に沿うて行けば門前へ出られるのだ。

「なんだ?・」宇野刑事は、血走った眼で、長椅子の下から小さな紙片を参（ひろ）い取った。

鉛筆の走り書きが二行――

「明朝、一切が明白に判ります、宇野様」

彼は一瞬、暗黒の淵へ臨んだように全身へ冷たいものが走った――

（七）

宇野刑事は、書類を血眼で漁ったが、ふと憶い出して、先刻署長がいた卓子（テーブル）へ飛んでいった。ない！

すぐに外側の廊下へ出て練武場（れんぶじょう）へ走った。

「チェッ、また――」

掲示板の脅迫状は一枚残らず剝ぎ取られていた。裏庭の空地へ飛び出して見ると、そこらじゅう紅い炎影を反射して、吹き荒む砂煙は雨のような火の子を降らしている。

「そうだ、生命を棄てても彼奴を引っ捉えて見せる、犯人であろうと、なかろうと――」

もはや警鐘も、サイレンも聞こえなかった。塀外に犇く騒擾は狂瀾怒濤の渦巻きだ。

彼は、庭の隅っこに置かれた撒水車の水に咽喉を潤し、日常小使部屋に掛かっている火防頭巾を水へ浸して、頭からすっぽり被った。

ふと電灯が消えた、火が近づいたらしい、彼は、また、暗い廊下を受付へ引き返した。

衣嚢を探ると手錠はないが、捕縄が手に触れた。「これさえ、あれば……」

警備の提灯が二つ、薄闇の中に、まだ二三の人影が行き違っていた。

「君、提灯を携ってゆきたまえ――」

一つの灯は玄関を飛び出して行った。残った提灯の主は堀内刑事だ。

「宇野君か、あの証拠物件一切は僕が預かっといたから――君は警備よりは、専心放火魔の捜査に衝ってくれたまえ、僕も追っつけ行くから――」

「生命を賭してやり遂げます」

宇野刑事は断固として言った。

火の海が、ぱっと眼界へ拡がった。混乱と騒擾、悲鳴、喚号の火の大海原だ。市内目貫きの高楼、大厦は既に紅焔のとぐろに捲かれていた。更に市街から山の手の中腹へ亘って層をなした白堊の全貌は、再び復らぬものの象ではあるまいか。

烈風に煽られた猛火は、地を匐うて八方へ燃え拡がってゆく、路上に氾濫した人波は外浜を蒐して、急潮のように流れていた。

宇野刑事は、その反対に、怒濤と揺れる人波を喘ぎ喘ぎ溯っていた。急湍に翻弄される木の葉のように……。

彼は知らず識らず、避難者の救助に努めてたので、ともすれば目蒐す方向から遠のいていた。そのうちに、早くも猛火の咆哮は身辺へ追い迫ってるのだ。

頭上へ――火煙の渦が大きくとぐろを捲いた。吹きおろす火の子を繞って、紅天に乱舞する海鳥の翼、地に匐うものの呻きを嘲笑うかのようだ……。

痙攣った狂風が地上を強打した時、彼らは先を争うて雪崩のように狂奔した。次の瞬間路上を払った突風は、火焔の屋根を吹き捲くって狂乱の頭上へ、さっと叩き落とすのだ。どこかへ淩ってゆかれた人間も一緒に――

宇野刑事は逆流の渦中から、ふと署の方向が瞳に映った。道は爪先上がりの坂道へ蒐っていた。遥かに――楼上の丸屋根は炎焔の波濤に浮かんでいるのだ。

彼は、ふと、絶望とも自棄ともつかぬ異状な昂奮を覚えて、熱病患者のように蹌めいた。二十万の大群が逃げ惑う混乱の渦中から、たった一人の放火魔を探しあてる？

それはおよそ狂気の沙汰ではないか？

笑え、笑え……あッ、唇を衝いた狂笑がふと止まった。

堀内の一言が根強く蘇生ってきたのだ。と、一方へ急ぐ人波に遮られた。公園通りの坂の上へ出たのだ。公園内の広場は避難の大群が流れていた。その裏側は既に火が回っていた。彼は、その中を突き抜けて奥の方へ、杜の小径を疾風のように駈け抜けたとたん思わずあっと立ち竦んだ。公園下の別荘地帯も、もう火の手が揚がってるのではないか――見る見る烈風に靡いた炎焔は、建物から建物へ、チラチラと樹の間を透かして延びてゆくのだ。失敗った！　彼は、逃げ惑う群集を縫うて疾った。

（八）

樹間に散見する和洋折衷の赤屋根や、純日本風の邸宅数軒は既に炎焔の渦中にあった。その中に、冲天の火の手に抱擁された一画がある。そこから数間風上の灌木の垣根に、「浅場別邸」と書いた白い陶器の標札が掛かっていた。突如にきた背後の声、

「宇野さん、よく焼けますね、浅場の細君はもう焼死しましたよ」

見れば、微笑を含んだ大空が突っ立っている。刹那、宇野刑事は声を呑んだ。

二十万――対一！　次に彼は猛然と飛びかかった。だが獲物は飛鳥よりまだ速かった。

「宇野さん、火事は山の方がよく見えます」

嘲笑を後に、宙を翔けゆく魔の姿――宇野刑事は必死に後を追うた。

この辺も、まもなく火がつきそうだ。炎焔を反映した紅い渚に、高い波浪がざわめいていた。人影がうようよ騒ぎ回っている漁師町が尽きると、爪先上がりの崖道は、細くうねうねと岬の方へ這っていた。崖道から山の中腹へかけてその辺一体の共同墓地が、海へ臨

んで暗く蹲っている。

宇野刑事は、その墓地の小径を飛鳥のように素早い大空を追うた。一方は海へ迫った断崖である。崖の横腹へ点々として続いている墓地の周囲を、くるくると鬼ごっこのように……

「おいッこらッ、待てッ」

必死の追跡だ。大空は、嘲笑を投げつけながら崖道を山の方へ——

不意に、共同墓地の柵がギーと大きく閉まった。「チェッ、またやられた」

大空は、柵の内側から貫ヌキを掛けるのだ。「おいッ、君は、あくまでも愚弄するのかッ——」宇野刑事は炎焔のような怒気に燃えた。大空は悠々とタバコを喫いながら、

「僕はこれから、空前絶後の素晴らしい火事を見なければなりません。僕を追うことは、全山周囲二里十二丁のこの山を、堂々廻りの追っ駈けくらをするだけで何らの効果がありません。つまり火と敵に追い詰められて、最後に山頂に立った者が死の勝利を得るわけです。無論、僕のすべてがお判りじゃないでしょう、だからこのままお引き取りを希いたいのです。無駄ですからネ、一切は明朝お判りになりますよ」

大空は、そのまま身を翻すと裏山の方へどんどん駈け込んで姿を消した。

「そうだ、彼奴が言ったように、最期の一人が山頂へ倒れるまで……」

宇野刑事は、杉林を迂回して大空の後を追うた。風はいくらか鎮まったらしい——

だが、猛火の咆哮は殷々として轟いていた。突如、天地を揺るがす大音響——港の方だ。

石油の大タンクが爆発したらしい。と同時にワーッという喚声があがる。

冲天の火柱――ぱっと散った火華のあとから、積乱雲の黄烟（こうえん）がむくむくと盛り上がった。

「おいッ、待てッ――」

そこは三峰の中部、蝦夷館山（えぞたてやま）の頂上である。素晴らしい脚光（フットライト）だ。鬼胎（きたい）を描いた焔魔の頭髪（かみ）は炎焔に靡いて宙を翔けるのだ。

紅天の一角は見る見る黄金色（こがねいろ）に燻（いぶ）され、湧き立つ黒烟の底から、炎焔の凝固（かたまり）が一つ一つ舞い上がり、風帯を越えて、遥かに天空のカンバスを彩色（いろど）ってゆく、

「おーい、待てッ――」

千の火柱が回転した。脚下に展（ひら）けた涯（はて）しもない火の大海原が、ただ、夢幻劇のように感じられた。火焔は完く全市を包囲した。

四面海――わずか北方に山脈の連なりを見せた市街は、さながら火の浮島のように、紅（くれない）の海岸を、大洋の際涯（はて）までも、そして紅い天空を遠く色彩（いろど）っている。

全市、満山を飾った炎焔の大饗宴は開かれた。素晴らしい七言絶句の火の祭だ。大廈（たいか）も高楼もビルデングも、尖塔も燃え旺（さか）る坩堝（るつぼ）の底に投げ込まれた。

（九）

欠けた月はバラ色に曇って脚下へ傾いていた。紅から朱へ――炎焔（ほのお）の大気に蔽われた天

空は、暁方の神秘を圧して、下界の凶変を象徴するもののようであった。

宇野刑事が意識を回復した時、彼は、軍部救護班の天幕へ横たわった自己を発見した。真っ先に瞳に映じたのは先輩の堀内刑事である。「残念です。とうとう彼奴を逃がしちゃって」彼は先輩の面を見ると激しい責任観念が目覚めてきた。

「イヤ、君の苦辛は充分に報いられている。我々の実際的成果というやつは、探偵小説みたいな場当に終始するものじゃない、まアこれを見るさ」

堀内刑事は、部下思いの熱意をこめて、そう言ってから一通の手紙を示した。それは昨夜、大空が警察を逃げ出した際、堀内の宅を訪ね、細君へ渡して立ち去ったものであるが、文面は堀内と宇野へ宛てたものである。


僕の立場として、御両所へ手紙を送る、それは果たして至当であるかどうか判らない。しかし僕としては当局主脳部よりは、御両所の方が、より因縁的なわけがあるからです。全市を騒がした放火魔H・M氏こそ、実は大空宏美の本名三木宏なのです。

まず順序として堀内氏へ申し上げたいと思います。今からちょうど二十年前、当全市を焼土に化した大火の原因がなんであったか？　否その火元が何人であったか？

職掌柄、殊に函館署の生き字引と謂われる貴下の御記憶いまだ新たなることと思われます。だが貴下は、その当時の係り主任でもなければ、直接捜査の任にも衝っていられぬようでした。ただ、僕がここで言いたいことは、公明正大なるべき司直の審判に大なる誤りがあったということです。

そもそも二十年前、市外の貧居部落高大森の一陋屋（ろうおく）に僕は、父母とともに住んでおりました。僕が九歳の時でした。一家が市内の一流地から大高森の部落へ流れ込んだのは、父の懶惰と酒乱のアル中毒に起因していたのです。それにいっそう悪いことには母に癲癇（てんかん）の持病があったのです。父は残り少ない家財を持ち出しては酒に替え、いつも酔っ払って帰って母を折檻します。母の病勢が昂って近所を騒がすのは、こうした時でした。

この不幸な酒乱と癲癇とが大火の原因になろうとは——ところが板一枚外の隣家で密かに、その利用法が講じられていたことを誰が知るでしょうか、この肝策（かんさく）の主は浅場伝平という屑物買いの夫婦であったのです。

彼らはにわかに陋屋の外見を繕い、どうした方法を講じたものか、金百円の火災保険をつけました。この辺で保険なんか付けてるのは部落の入口の酒屋と、細民（さいみん）の唯一の金融機関であるところの質屋の他はなかったのです。

それからおよそ一ケ月を経過した或る日、二十年前の今月今日すなわち八月二十五日の夕方でした。外出して強か（したた）酒を呷（あお）って帰った父は、例によって母へ難題を吹き掛け、殴る、蹴る、泣く、喚くの狂態を演じた結果、母は強烈な癲癇の発作で倒れました。僕は、こうした場合に言い出す父の難題をよく知ってたので、素早く外へ飛び出したのです。

そして海辺の砂原に蹲って様子を見ていると、プログラム通り、父自身四合壜を提げて、ふらふらした脚取りで酒屋へ行くところです。蒸し暑い烈風の吹き暴（あ）れた晩でした。

僕は母のことが気懸かりなので、その辺を去らずに見ていると、突如（だしぬけ）に僕の家から飛び出してきた男があるのです。

（十）

よく見ると、隣の浅場です。次に彼の細君が自分の家から慌てて飛び出してきました。夫婦の姿はそのまま裏手の長屋の方へ消え失せたのです。僕は父が帰ってくる酒屋の方を伸び上がった時でした。砂塵を叩きつけた烈風が破屋（あばらや）を揺すぶると見るまに、ちょうど母が倒れている窓からメラメラと炎焔（かえん）が吹き出し、ほとんど同時に隣の家からも火の手が揚がりました。

一瞬にして凄まじい黒烟の渦が、二つの家を包んでしまうと強風に煽られた炎焔の舌は、たちまちにして裏手の長屋へ蔽い被さってゆきます。僕は、烟に咽び、母の名を呼びながら泣き呼ぶより他はなかったのです。

全市が焼土に化し去った大混乱の翌日、僕は空腹のあまり砂浜に倒れてたのを、浅場の細君に探し出されて、まだ燻（いぶ）ってる焼け跡を通って、天幕（テント）張りの警察署へ伴（つ）れてゆかれました。そこには十数名の巡査や刑事が集まっていて、その中に蒼ざめた面（かお）をした父が訊問されていました。向こうの方には浅場の面も見えてます。九歳にしては早熟（ませ）ていた僕は、みんなの話を、知らん顔をして聴耳（ききみみ）を立てていると、昨夜の火元は僕の家で、原因は夫婦喧嘩をしてランプを叩き落としたと言うのです。

何という虚偽否奸策でしょう、僕は幼心に浅場夫婦の面を仇敵として、強く強く脳裡へ刻みつけたのでした。父は永い間のアル中毒で酔いが醒めると腑抜けのように他愛がなく、怖るべき自己の冤罪を聴きながら、一言の抗弁もなし得ぬのみか、母の焼死否焼殺されたことも、すべての記憶が朦朧として、自分で自分が判らぬ有り様です。僕は口惜しさが一時にこみあげて、浅場夫婦に向かって、彼らが放火した次第を喚き散らしてやりました。

だが、それほどの奸策をするほどの悪人です。九歳の小児の喚くことなんか、通させるわけがありません。夫婦は早速近所の者を狩り集め、僕が手におえぬ不良少年だと供述させたのです。嘘つき、掻っ払い、空き巣狙(ねら)い等あらゆる身に覚えのない悪名を被せられ、その上巡査や刑事連に引っ叩(ぱた)かれて、焼け残った場末の交番へ留置されました。その時見た父の面影が永劫の別れだったのです。それからおよそ一週間後本署から僕を呼び出しに来た若い巡査が、忘れもせぬ貴下でした。貴下は他の巡査や刑事のように殴ったり叱ったりせずに、途中で饅頭などを買ってくれました。

警察署へ行くと天幕は取り払って、粗末な仮屋が厳めしく建てられてました。僕は司法主任に、十勝からきた母方の叔父と名乗る人に紹介され、叔父に伴(つ)れられてすぐに汽車へ乗りました。

「坊やは良い子になるんだよ」

警察署を出る時、頭を撫でてくれた、貴下の面影を僕はいつまでも忘れませんでした。

それは、浅場夫婦以下、偽証をした四名の者を忘れぬと同じようにです。目には目を、耳には耳を、而して火には火を以て報いよ――僕は、それを復讐の本義であると言いたいのです。テルミットや火薬その他の利器が手に入ったのは、僕にとっては実に天の与えとも言うべきでしょう。

次に第五回目の最期のゴールへ臨んで、何故その証拠物件を提供したかと言うに、指定した放火現場を徹底的に破壊されては、計画が水泡に帰するはまだしも、発火装置が爆破した場合、意外な犠牲者を出すに忍びず、捜査方針を一時他へ転じたようなわけです。だが僕が秘かに怖れることは、この最後の計画が、範囲を越えて、二十年前同様の劫火(ごうか)を招来しはせぬかという危惧です。……

次にお詫びを申し上げなければならぬのは宇野刑事です。ひどくお手数をかけて相済みません。自己の復讐のため――その怖るべき結果、しかしその罪科は、赦(ゆる)し難いものに相違ありません。僕はここで往年の堀内氏、また職務に忠実なる宇野氏へ報ゆるため、放火魔の身柄をお渡しすべきですが、とかく人生に恨事(こんじ)多しで、あの作詞の一部に気に喰わぬ点があるのです。やがて完成された即興詩が高らかに謳(うた)われる日も、さほど遠くはないでしょう。

その時こそ、貴下の忠実なる職務の手を下すべき絶好の機会(チャンス)であることを、ここに予告しておきましょう。

いいえ、もうすぐです。あの素晴らしい炎焔（ほのお）の廃墟に、冷たい月光の訪れぬ先でなければなりません。おお打ち顫（ふる）う胸の高鳴りよ、それは、かの羅馬（ローマ）を焼き払ったネロの気持ちに他ならぬのです。あの常軌を逸したもののみが享受し得る快感なのです。

御両所が、この手紙をお手に取られる時は、あの焦げ臭い火葬場の臭いから、遥かに距（はな）れた地点で僕が祝杯を挙げている頃でしょう……。

都市の錯覚（青森）

ヨサレ牛（ベコ）さ乗っ（ス）て松前渡る……

沖は白金色（プラチナ）の潮曇り、海猫（うみねこ）がミヤーと啼く頃ともなれば、海岸通りは出稼ぎ漁夫（ヤンシウ）が文字通り氾濫する。春は港から——人口十三万を算（かぞ）える躍進青森の相（すがた）は相当優勢だ。それに青森娘（ジエンヌ）は麗質珠のごとき美人が断然多い。「都のつとにしてさらましを」アリヤ気紛れなドンファン・アソン業平（なりひら）の皮肉らしい。何しろ当時は、黒塚辺に鬼どもが立て籠もり、メタン瓦斯で人魂（ひとだま）を製造していた頃なので。

×

クロードネオンの左文字、霧氷（むひょう）に咲いた紅い花、逞しい女装の麗人はモダンカゲマだとおっしゃる。彼女？　は怖い小父さんにアベコベに喰ってかかる。「ブロッスがどう言って、性慾倒錯は未開国にないわ。私の出現以来この街が文明化したのが判らない？」

解題

横井司

日本の探偵小説界における女性作家の嚆矢が松本恵子であることは、先に刊行された『松本恵子探偵小説選』（論創ミステリ叢書7、二〇〇四）の解題で述べておいた。松本は当初、男性名義で探偵小説作品を発表しており、その事実は、女性が探偵小説を書くことを時代がまだ受け入れる余地がなかったことを示しているかのようだ。続けて、女性探偵作家として指を屈せられるのが、一条栄子（小流智尼）である。だが、結婚して断筆を余儀なくされたため、十編ほどの作品を発表して沈黙してしまった。同じ頃活躍していた久山秀子の方は、ほぼ順調に作品を発表し続けたものの、久山は男性の書き手がジェンダーを詐称したものであったので、女性作家の系譜に位置づけるには、若干の留保が必要となる。第二次世界大戦前ではこの他、勝伸枝（劇作家・岸田国士の妹、翻訳家・延原謙の妻）、大倉　子、中村美与子、宮野叢子（のち村子と改名）らの名が知られているが（デビュー順）、この内、戦前、戦後を通じて、探偵小説ジャンルの著書を持ち、専門作家としての地位を築きえたのは、大倉と宮野のみであった。本書『中村美与子探偵小説選』は、宮野の活動は戦後が主であるということを鑑みるなら、戦前探偵小説界の掉尾を代表するともいえる女性作家・中村美与子の、初の創作探偵小説集である。

　中村美与子の詳しい経歴は分かっていない。『宝石』一九五七年二月号に代表作「聖汗山の悲歌」が再録された際に掲載された中島河太郎の「中村美与子氏追悼」は、「中村美与子氏の訃を宝石社の編集部から報された。亡くなられた時も分らないし、歿年も知らない」と書き出されている。権田萬治・新保博久監修『日本ミステリー事典』（新潮選書、二〇〇〇）に歿年が「1956？」と記されているのは、中島の追悼文の末尾に「（卅一・十二・廿八）」とあることに拠るものであろう。同じ文章の中で中島は次のように述べている。

　探偵小説の総目録を拵える際、見つけ出した中村美代子が同じ人なら、その発表されたのが昭和二年だから五十歳余りということになろうか。それとも、往年の探偵小説専門誌であつた「ぷろふいる」に新人として紹介されたのが初登場とするなら昭和十年ということになる。

結局、生年も不明である。ちなみに、『ぷろふいる』三五年十月号に作品「火祭」が掲載された時の作者名は「中村美与」であった。この中村美与が中村美代子と同一人であるかどうかは、分かっていない。表題の作者名の頭に「（青森）」とあることから、当時青森在住であったことが分かる。作品と共に作者の肖像（左掲写真）と自筆の「略歴」が掲げられており、そこには次のように書かれていた。

　函館市大森町に生る。学歴とて別になし。下手な横好とか申しませうか、少女時代から探偵小説がすきで、一時は戯曲のやうなものも書きましたが、また探偵小説へ舞戻りました。その初歩からまた勉強してゆくつもりです。

　ちなみに、「火祭」が掲載された『ぷろふいる』は、九鬼澹（たん）（後の九鬼紫郎）が初めて編集を担当した号であった。九鬼は戦後版『ぷろふいる』やその後継雑誌『仮面』の編集に従事しており、両誌に中村美与子が作品を

寄せている。これを、「火祭」が掲載された頃から交流を持っていた九鬼が、戦後になって原稿を依頼した結果だと考えるなら、中村美与＝中村美与子ということの一証左といえるだろう。実際のところは分からない。

　ところで、『新青年』に「十八号室の殺人」でデビューし、戦前の『ぷろふいる』にも寄稿していた光石介太郎（デビュー作は光石太郎名義）が、当時のことを回想したエッセイ「Ｙ　Ｄ　Ｎ（ヤンガー・ディテクティブ・ノーベリスト）ペンサークルの頃」（『幻影城』一九七五年七月増刊号。以下「ＹＤＮ」と略記）および「靴の裏――若き日の交友懺悔」（同、七六年二月号）には、中村美与への言及がある。光石は、当時の寄稿家たちに「檄をとばして」（「ＹＤＮ」）サークルを結成しており、「毎月一回、新宿の今は懐かしのウェルテルという高級喫茶店の三階で会合を開き」（「靴の裏」）、また「殆ど毎日私のアパートに屯（たむ）ろして探偵小説文学を論じ合っていた」（「ＹＤＮ」）。そこに集まる常連メンバーの中に中村美与も加わっていたが、「あるとき私は彼女の何かの言節に大変肚を立てて、メンバーが居並ぶ中でさんざんやっつけ、とうとう泣かしてしま」い、「それきり彼女は来なくなった」（「靴の裏」）のだという。

　もし、中村美与が後年の中村美与子と同一人物であったとするなら、「火祭」でデビューしながら、「火の女神（セ・カカムイ）」で三九年に再デビューするまでの三年間、筆を断っていたのは、この時の経験が影響していたからかもしれないと、想像したくなるのだが。

　中村美与子の名を初めて探偵雑誌に見出すのは、管見に入ったかぎりでは、『シュピオ』三八年四月終刊号に載った木々高太郎「寄稿総決算」においてである。同誌に寄せられた新人の投稿原稿に講評を加えたそのエッセイの中に、中村の「旅行蜘蛛」が第三席作品としてあげられている。「旅行蜘蛛」は投稿した三編の内のひとつで、翌年、博文館の雑誌『名作』に掲載されることになる。参考までに、「旅行蜘蛛」以外の作品に対する木々の講評を以下に掲げておく（「旅行蜘蛛」に対する講評は、後出の解題で紹介する）。

〇骨を擁く（探偵小説）

（略）

〇芸術の鬼（探偵小説）

馴れた筆である。通俗読物的であること、、少々感覚の古いことが難である。キングや講談倶楽部の小説だけを読んでゐて、最上のところ迄来たと言ふ感が困る。凡作。

彫刻家を描いてゐるが、芸術に対する思想にも新らしい深いものを持つてゐるわけではない。唯芸術と言ふもの、尊重をテーマとしたゞけの作。凡作。

これらの作品は活字になっていないようである。

『新青年』三九年七月号に掲載された「火の女神（セ・カカムイ）」によって、中村美与子は本格的なデビューを果たした。同じ年に第二次世界大戦が勃発。三七年の日華事変（日中戦争）以来、軍国主義の色が濃くなっていた日本は、四一年の一二月になってアメリカに宣戦布告し、太平洋戦争に突入するという形で世界大戦に関与していく。そうした時局下の機運に合わせてか、当初は探偵小説といえなくもなかった作風は、太平洋戦争勃発を挟んで、日本の外地を舞台とした戦時色漂う秘境小説ないしは冒険小説といった体のものになっていく。そうした「転向」（S「〝冒険ロマン〟の特集について」『幻影城』七五年三月号。「S」は編集人・島崎博であろう）が功を奏してか、中村はたちまち『新青年』の中心的存在の一人となったようにみえる。

だが、中村自身は『新青年』以外の雑誌への進出も試みていたようだ。戦前最後の作品となった「阿頼度（あらいと）の漁夫」が掲載された『講談倶楽部』四四年一二月号で告知された「第九回懸賞小説入選発表」では、「優秀篇」三編の内に中村の「アツサム・デルタ」があがっているからだ（なお、「佳作篇」五編の内には岡田鯱彦の名も見られることを付け加えておこう）。ちなみに、この時の住所は「東京都豊島区千早町一ノ二二清月荘内」となっている。中村美与＝中村美代子であるとすれば、これが東京での仮の住まいなのか、いつごろかの時点で青森から東京へと上京してきていたようだ。あるいは光石介太郎のYDNペンサークルに毎月顔を出していたというから、その時点で、すでに上京してきていたのかもしれない。

だが、時局を反映した作風であったことが禍いしたのか、あるいは先の追悼文で中島がいうように「青森在住のため地の利を得ず、羽翼を伸ばす機会もな」かったためか（中村美与＝中村美代子であれば、である。それに右に述べたように、ずっと青森在住であったかどうかは疑問があるのだが）、戦後はさしたる活動をみせることもなかった。それでも四六年には、日米開戦前夜のアメリカ大統領フランクリン・デラノ・ルーズベルト（一八八二〜一九四五）の動静を、その護衛役の視点から描いた長編『百万弗（ドル）の微笑』（此声社、一〇月刊）を上梓している。四七年には再版も出ているが、横溝正史「本陣殺人事件」（『宝石』四六年四〜一二月号）の登場が契機となって生まれた本格探偵小説ブームのさなかにあった探偵文壇においては、さしたる話題も呼ばなかったのであろう。その後は、わずかに三編を発表して沈黙してしまった。それからほぼ十年後の五七年に「聖汗山（ウルゲ）の悲歌」が『宝石』に再録されるまで、中村美与子の名は探偵小説読者に忘れられたままだった。その後、七五年になって『幻影城』に「聖汗山（ウルゲ）の悲歌」が再録されたが、新しい読者の支持を得ることなく、今日に至っている。

小松史生子は「〈女流探偵小説家〉という存在意義」（『彷書月刊』二〇〇〇年七月号）の中で中村美与子の探偵小説にふれて、次のように述べている。

> 「火の女神」は、アイヌの聖地を舞台に選んだ特異な短編で秘境小説の趣を有していた。折しも昭和一四年、『新青年』誌上では、小栗虫太郎の「人外魔境」シリーズや久生十蘭の「地底獣国」が掲載されている。秘境ＳＦ物をよく書いた橘外男等も寄稿していた時期でもあるが、彼ら男性作家たちが論理よりも幻想怪奇の作風を示したのに比べ、美与子はあくまでも謎解きプロットを尊重している点が興味深い。そうした傾向はトリック物としての『鴟梟の家』（昭和一五年）や『ブラーマの暁』（昭和一九年）に顕著であるが、また文字通りの秘境小説『聖汗山の悲歌』（昭和一五年）や軍事冒険小説『彗星』（昭和一八年）も同時にものしている。その健筆ぶりは堂々たるもので、もう少し経歴が判明すれば女流探偵作家を語る上で、たとえば高村薫にも通ずるような面白い観点を提供するかもしれない。スケールの大きな作品世界は、大倉子の国際物とはまた自ずと異なる境地があった。

男性作家たちに比べ「謎解きプロットを尊重している」という位置づけは、傾聴に値するものの、たとえば小栗虫太郎でいえば、小松があげている〈人外魔境〉シリーズではなく、「皇后の影法師」（三六）「破獄囚」（三七）「金字塔四角に飛ぶ」（同）「成吉思汗の後宮」（三八）などの〈新伝奇〉ものの系譜を視座に据えるなら、「男性作家たちが論理よりも幻想怪奇の作風を示した」という認識にも留保をつける必要が出てくるだろう。

とはいえ、小栗虫太郎の作品を補助線として引くと、作品世界がブッキッシュな幻想に満ちているという中村美与子の資質が前景化してくるように思う。『シュピオ』に投稿し、『新青年』の「火の女神（セ・カカムイ）」も「懸賞当選作」であった。先に紹介したように「アッサム・デルタ」という投稿作品もあるし、『ぷろふいる』の「火祭」も中村美与子作品だとすれば、中村は基本的に投稿作家の域を超え得なかったのではないか、という厳しい見方もできないではない。木々高太郎は中村の投稿作品のひとつに対して「雑誌小説だけ読んで修業したのではないかと思はれる点がよくない」と評した（前掲「寄稿総決算」）。この木々の評言も、投稿作家の域を超えなかったという印象を強めるものである。中村が経験したとは思えない背景や舞台を作品の中に描くのも、ブッキッシュな資質を顕著に示しているかのようだ。その意味においてなら、「高村薫にも通ずる」という小松の指摘はきわめて示唆的である。

ところで、中村美与子のテクストは、そのブッキッシュ性とは別に、もうひとつの問題をはらんでいる。それは、中村のテクストが時局下の探偵小説ないし冒険小説テクストに他ならない、ということだ。「聖汗山（ウルゲ）の悲歌」について述べた解説の中で浅井健は、「戦中の小説を読む場合は、その国策思想はどうしても邪魔になるが、それを適当に解釈してよむことをすすめる」と書いている（「櫻田十九郎と中村美与子について」『幻影城』七五年三月号）。浅井の意図としては、思想的な言葉狩りに勤しむよりも物語の面白さそのものを楽しむべきだといいたいのかもしれない。しかしことはそう単純ではない。時局下の探偵小説ないし冒険小説テクストでは、時局下の言説が幻想の醸成に一役買っている以上、その幻想を紡ぎ出す強度を検証し、視座に置かなければ、テクストの魅力は立ち上がってこないように思われる。

だが、幸か不幸か、現代の読者にとっては（特に戦争を経験していない読者にとっては）、テクストの意匠であるペダンティズムが持つ幻想喚起力と、戦時下の言説が持つ幻想喚起力とを区別することは、なかなかに難しい。中村美与子のテクストの魅力を探るには、幻想を喚起する言説の丁寧な腑分けが必要になってくるのではないか。今回こうして、確認できたかぎりでの中短編作品がまとめられたことで、中村美与子作品の魅力を探る端緒がつけられたとすれば幸いである。以下、本書収録の各編について、簡単に解題を付しておく。作品によっては内容に踏み込んでいる場合もあるので、未読の方はご注意されたい。

〈創作篇〉

「火の女神（セ・カカムイ）」は、『新青年』一九三九年七月号（二〇巻九号）に掲載された。本文の表題には「アイヌ奇譚」の角書きがある。目次には「新人推薦」とあり、作品の末尾に「懸賞当選作」とあることで、当時毎月行われていた『新青年』の「懸賞短篇小説」に投稿したものと察せられる。

　考古学者・田無博士は、助手の泉原恭治を連れて、アイヌの偶像・火の女神（セ・カカムイ）を譲り受けるために、聖地カムシュッペの丘にある集落を訪れる。地元の魔境・隠沼（ムニンペオット）に供物として捧げられることになった少女ハルを助けた田無と恭治は、隠沼に現われる巨神（インカムイ）と瘧の神（トピシケシイ）の正体を暴き、沼の瘴気について科学的に解明する。奇怪な現象に合理的な説明を加えるという点は、本作が探偵小説である所以である。

　この当時、アイヌの集落を舞台とした創作がどれほど書かれたのかは、寡聞にして知らないが、本作品はその珍しい一編だといえるかもしれない。ここでのアイヌをめぐる描写は、現在の視点からは明らかに、差別的であることを免れていない。たとえば、内地人である泉原恭治の容姿が、アイヌの娘たちの目には「瀟洒な背広服、綺麗に剪（そ）りあげた頬、若やかな皮膚の匂ひ、理智的な瞳」と映っていると描かれ、「乙女たちは、此世に斯うした美しい異性のあることを識らなかつた」と語り手によって示される。一方そのアイヌの娘たちは、内地人との混血の娘であるハルを抱いている恭治の内面を通して、「その脅えたやうな瞳に恭治は可憐なものを感じながら、ふと牝熊を擁いたやうな気がした」と描かれる。また「少女の眉は濃く、唇は苺のやうに紅い。が唇辺から頬へかけて、三ケ月形の刺青の痕を見ると痛々しい気がした」とも描かれる。そして恭治は「潑剌とした獣のやうな少女の若肌に、何か斯う、原始的な魅惑を感じる」のである。近代的な内地人によって救われる原始的なアイヌの少女、という図式が露骨に透けて見えることは、時代的な限界とはいえ、やはり指摘しておかねばなるまい。そうした意識されない差別意識に、近代的知性＝男性／前近代的身体性＝女性という男性的な視線に基づくコンテクストが重ね合わさって、物語を生み出す想像力を構成しているのである。

ちなみに、一八七一（明治四）年以来、明治新政府によって、女子の入れ墨を含むアイヌの風俗習慣を禁止する布達が何度も出されていることを付け加えておく。「火の女神（セ・カカムイ）」が書かれた時点では、アイヌの和人化政策はかなり進んでおり、作中で描かれたアイヌは実際には存在していなかった可能性が高い。また、一九二三（大正一二）年に、アイヌ出身の知里幸恵（ちりゆきえ）によって『アイヌ神謡集』がまとめられているが、その序文で知里は「その昔、幸福な私たちの先祖は、自分のこの郷土が末にこうした惨めなありさまに変ろうなどとは、露ほども想像し得なかったのでありましょう」（引用は岩波文庫版から）と書いている。知里のテクストからほぼ十五年後に書かれた中村の「火の女神（セ・カカムイ）」は、すでに存在しない（内地人にとっての）幻想のアイヌを描き、近代的視点からその神秘を暴くという意味では、二重の倒錯を示しているテクストだともいえそうだ。

「馬鹿為の復讐」は、『新青年』一九三九年一一月号（二〇巻一四号）に掲載された。本文の表題の脇には「北洋仇討綺談」と書かれている。

難破した水産講習所の練習生が北星漁業の蟹工船に救われるが、漁業監督のリンチに合い、波間に消えてしまう。それがきっかけとなったかのように、無電が破壊され技師が遺書を残して失踪し、さらには事務長が不審死を遂げる。事件の底流には、十五年前に起きた蟹工場の惨劇が胚胎していた。後半の、どんでん返しの連続が印象的な一編。「復讐」と題名に謳いながら、馬鹿為が意識的にする復讐譚としなかった点が、中村の創意といえようか。

蟹工船を舞台とした小説として小林多喜二の「蟹工船」(一九二九)が知られている。小林の小説は実際に起こった博愛丸事件(二六)をモデルにしているのだが、中村の「馬鹿為の復讐」の背景となる労働者放置事件は実際に起きたものかどうか、寡聞にして知らない。

「旅行蜘蛛」は、『名作』一九三九年一一月号(第三号)に掲載された。目次には「国際探偵」と角書きされている。

南中国の貴陽州の地方軍閥が謎の死を遂げる。死体が発見された廟堂の窓から、被害者が死んだ時に、飛頭獠(ひとうりょう)と呼ばれる「瞳のない化物の頭」が「ふわ〳〵と人魂のやうに飛出して」きたという。続いて貴陽都督とその第七夫人が怪死を遂げる……。

題名に謳われた昆虫を使った奇抜なトリックが印象的な本作品は、先にも述べたように、もともとは『シュピオ』に投稿されたものだった。木々高太郎は本作品について「支那を題材として、英国士官の活躍する作、この人のもの三つを読んだうちではこの作が最もいゝ。但形容詞があまりに多いため、描写がはつきりしない。雑誌小説だけ読んで修業したのではないかと思はれる点がよくない。稍佳作」と講評を加えている(前掲「寄稿総決算」)。木々が「稍佳作としたもの」とは、「僕から言へば、手を入れれば佳作になるもの、それから古い立場から撰べば佳作とするかも知れぬものを意味する」とのこと。いわゆる秘境を舞台に、実現不可能のように思われるトリックを駆使した殺人事件の謎を、英国人医師が解決する顚末を描くというスタイルは、小栗虫太郎の「完全犯罪」（三三）などを彷彿とさせずにはいない。そういう点が木々をして「稍佳作」にとどめさせた所以であろうか。

ちなみに、編集後記にあたる巻末「『名作』通信」では「『旅行蜘蛛』は冒険小説的味の濃い探偵小説であつて、その途方もない空想力と、他の追随を許さぬ独特の描写力とは、恐らくかういふ方面には相当消息通の筈の読者諸君をも驚嘆させるに違ひなからうと思ふ」と紹介されていることを付け加えておく。

「鴟梟の家」は、『新青年』一九四〇年五月号（二一巻七号）に掲載された。「探偵小説新花形集」の一編として、守友恒「薫製シラノ」、竹村猛児「三人の日記」と共に目次を飾っている。本文の角書きにも「探偵小説」とある。主要人物表は初出誌に載っていたものである。

中国人家庭で起きた一族連続殺人事件の謎を、中国研究家で「大陸探偵」としても活躍するシャーロック・ホームズ型の名探偵・牧原一郎（中国名・朱光）が解決する顚末を描いた作品。科学的トリックと一人二役という二大趣向を盛り込んで意外な犯人を設定しているが、中島河太郎は本作品について「中国の素封家の多妻家族の葛藤に絡み、次々に怪死事件が起こるのを、日本人探偵が解決するのだが、化学的トリックに拘って、プロットも平板だしサスペンスも感じられない」と手厳しい（前掲「中村美与子氏追悼」）。

なお、作中で「事変前」とあるのは、一九三七年七月七日に起きた蘆溝橋事件に端を発する日華事変（作中では日支事変）を指す。日本軍の砲撃で「敗残の第十八路軍」が放置していった毒ガス兵器による事故ではないか、という仮説が立てられるあたりに、時局が反映された謎ときものとして興味が引かれる。

の表題には「秘境小説」と角書きされている。

天山北路の辺境での任務を終えた日本人青年・香坂淳一が、帰路途上に知りあったモンゴル人青年に頼まれて、ラマ教大本山・聖汗山(ウルゲ)へ仏具の偶像と手紙を届けることになる。ソビエト秘密警察「ゲ・ペ・ウ」の陰謀を、ロシア革命で生き別れとなった父を訪ねるモンゴル娘との恋を絡めつつ描いており、中村の代表作と目されている一編。プロローグとエピローグで、作者と思しい語り手の「私」が甥の手紙を紹介するという枠物語の形式をとっているのも珍しい。こうしたスタイルは、いわゆる創作実話のそれを踏襲したものであろうか。

ちなみに、物語の初めの方に「それは恰度ノモンハン事件が納り、日蘇協定が成立した直後であつた」とあるから、一九三九年九月下旬ころが本作品の背景となる。ノモンハン事件は満州国とモンゴル人民共和国との国境紛争で、それぞれの国の後ろ盾となった日本とソビエト連邦（現ロシア連邦）との間で戦闘が繰り広げられた。「ゲ・ペ・ウ」はソビエト連邦の政治保安組織GPU（ソビエト人民委員会付属国家政治局）のロシア語読み。

「彗星」は、『新青年』一九四三年一一月号（二四巻一一号）に掲載された。本文の表題には「読切長篇冒険小説」と角書きされている。「主要登場人物の紹介」は初出誌に載っていたものである。

当時、ビルマ（現ミャンマー）はイギリスの植民地であり、ラングーンから中国・重慶に至る物資補給ルート（援蔣ビルマ・ルート）によって、日中戦争さなかの蔣介石軍が援助を受けていた。そのルートを封鎖したい日本は、一九四二年、ビルマ独立義勇軍と共にビルマ国内へ進軍。同じ年の内には中国国境まで迫り、補給ルートを掌握するに至ったとされる。本作品冒頭の「昨年の三月、英蔣合作のビルマ抗日作戦」とは、このような背景を持つ表現で、抗日軍と在中アメリカ空軍（アメリカ合衆国義勇軍＝ＡＶＧ）、イギリス人武器商人らの思惑が絡む山峡で、日本人の血を引く中国人士官が、アメリカ軍の最新型超高速爆撃機「彗星（コメット）」号の機密を奪おうとするスパイ活動の顚末を描いている。いちいちあげつらう事はしないが、中村美与子の作品の中でも、国策思想が最もあらわに出ているテクストだといえよう。

なお、二年ぶりの『新青年』登場とあってか、編集後記にあたる巻末の「日本橋通信」で大きく紹介されている（日本橋は博文館の住所）。時代の空気と中村の位置づけがよくうかがわれるので、該当箇所を以下に引用しておく。

> 読切長篇の中村美与子氏について御紹介する。記憶のよい読者は覚えてゐるに違ひないが、曾つて氏の短篇を一二御紹介した事がある。女性には珍しい奔放な空想力、まさに天馬空を行く如き慨がある。『彗星』は舞台を十八番の支那に採つてそこに大東亜の輝しい将来を暗示するストオリイの展開は、近来の大読物である事を信じて疑はない。御熟読を祈る。

「ブラーマの暁」は、『新青年』一九四四年三月号（二五巻三号）に掲載された。目次には「（国際冒険）」の文字が添えられている。

反英運動を撲滅するために協力するイギリス正規軍警備隊と警察の包囲する中、インド人豪商が謎の失踪を遂げ、荘園内から二千ポンドの青色ダイヤが紛失した。豪商はやがて菩提樹上で死体となって発見される……。

インド独立運動に絡むスパイ活動を背景として、不審死の謎ときを展開した探偵小説味の濃い作品である。光芒に包まれた死体という奇怪な現象を合理的に解き明かすスタイルは、「火の女神（セ・カカムイ）」や「旅行蜘蛛」などにも共通するトリック趣味といえよう。

「ヒマラヤを越えて」は、『新青年』一九四四年四月号（二五巻四号）に掲載された。目次には「（冒険小説）」の文字が添えられている。

密命を帯びて母の祖国チベットを訪れた日本人とチベット人との混血児の運命を描いた作品。ヒマラヤを越える成層圏爆撃機に手旗信号でメッセージを送った主人公が、ボーア人兵士に狙撃されながら助かったカラクリに、トリック趣味の片鱗を見出すことができる。

「阿頼度（あらいと）の漁夫」は、『講談倶楽部』一九四四年一二月号（三四巻一二号）に掲載された。本文の表題には「現代小説」の肩書きがある。

北千島の最北端に位置するアライト島を舞台に、ニシン漁に勤しむ主人公の家運の挽回と恋の成就への期待を描いた物語。漂流機雷を回収するために厳寒の海中へと飛び込む主人公は、型通りながら男性的魅力に富んでおり、冒険小説味が感じられなくもない。

なお、アライト島（アライド島とも）を含む千島列島は、一八七五年の樺太千島交換条約以来、日本の領土だったが、本作品が発表された翌四五年の八月八日にソビエト連邦が進軍し、終戦後の九月五日に全島占領されている。

「真夏の犯罪」は、『ぷろふいる』一九四七年一二月号（二巻三号）に掲載された。

殺人請負業者に依頼して貨物船の審査係長を抹殺したはずだったが……。戦前の作風からは一転した、ブラックなユーモア漂うショート・ショート。

「サブの女難」は、『仮面』一九四八年三月号（三巻二号）に、また**「サブとハリケン」**は、『仮面』一九四八年六月号（三巻四号）に掲載された。

『ぷろふいる』の改題誌『仮面』（出版社は同一で、巻号数を継承）に発表された〈地下鉄サブ〉シリーズは、いうまでもなく、ジョンストン・マッカレー Johnston McCulley（米、一八八三〜一九五八）の〈地下鉄サム〉シリーズをモチーフとしたもので、「サブとハリケン」に登場する倉徳刑事は、マッカレー原作に登場するクラドック刑事のもじりである。

本シリーズに関して中島河太郎は「地下鉄サムの亜流には先に久山秀子氏の隼お秀があり、結局新味を出す余地に乏しく、成功しなかった」と述べている（前掲「中村美与子氏追悼」）。確かに「サブの女難」の方は型通りという印象だが、「サブとハリケン」になると、ラジオ放送の語りを通してライバルとなる八丁荒らしのハリケンを紹介したり、サブが地下鉄サムを撮影中の映画俳優と間違えられる一幕があったり、その映画の中に八丁荒らしのハリケンという掏摸が登場したりというふうに、作中の現実と作中のフィクション（劇中劇）とメタテクストとが絡み合うような趣向を見せており、単なる亜流にとどまらない面白味を醸し出しているといえよう。

なお、カストリとは、本来は清酒の酒粕を水で溶いたものを蒸留して作られる焼酎のことだが、本作品が発表された当時は、粗悪な密造酒もそのように呼ばれた。これから転じて、粗悪な用紙に印刷し、数号出して廃刊する大衆向け娯楽雑誌をカストリ雑誌と呼ぶ。戦後版『ぷろふいる』も『仮面』も、このカストリ雑誌に相当する。

〈付録篇〉

付録篇には、中島河太郎が「中村美与子氏追悼」で、中村のデビュー作かどうかは不明としながらも言及している作品を収録した。

「獅子の爪」は、『キング』一九二七年四月号（三巻四号）に掲載された、中村美代子の作品。

本文の表題には「探偵小説」と角書きされている。サーカスの著名なライオン使いが、高額の保険をかけた途端に、芸で失敗して命を落とした。その背後に隠された計画は、現在の読者であればすぐに見当がつくだろう。刑事が提示する証拠もやや素朴すぎる嫌いがある。むしろ、女のために身を持ち崩す男たちの造形にポイントが置かれた作品だと見るべきだろうか。

「火祭」は、『ぷろふいる』一九三五年一〇月号（三巻一〇号）に掲載された、中村美与の作品。本文表題の脇には「新人紹介」と書かれている。

連続放火事件の真相に、過去の大火の秘密が秘められていた復讐譚だが、放火犯が科学に長けている点などに、中村美代子作品に通ずるものがある。幼児期の体験が異常心理を醸成したというような心理学的説明なども、疑似科学的な言説に相当するだろう。

「都市の錯覚」は、『ぷろふいる』一九三六年四月号（四巻四号）に掲載された、中村美与のエッセイで、「都会風景」という特集の一編である。「モダンカゲマ」の台詞中のブロッスとは、フェティシズムという概念を創始したフランスの思想家シャルル・ド・ブロス Charles de Brosses（一七〇九～七七）のこと。

日下三蔵氏から資料の提供をいただきました。記して感謝いたします。

［解題］**横井 司**（よこい つかさ）
1962年、石川県金沢市に生まれる。大東文化大学文学部日本文学科卒業。専修大学大学院文学研究科博士後期課程修了。95年、戦前の探偵小説に関する論考で、博士（文学）学位取得。『小説宝石』、『週刊アスキー』等で書評を担当。共著に『本格ミステリ・ベスト100』（東京創元社、1997年）、『日本ミステリー事典』（新潮社、2000年）など。現在、専修大学人文科学研究所特別研究員。日本推理作家協会・日本近代文学会会員。

中村美与子探偵小説選　〔論創ミステリ叢書20〕

2006年 9月30日　初版第1刷印刷
2006年10月20日　初版第1刷発行

著　者　中村美与子
装　訂　栗原裕孝
発行人　森下紀夫
発行所　論 創 社
〒101-0051 東京都千代田区神田神保町2-23 北井ビル
電話 03-3264-5254　振替口座 00160-1-155266

印刷・製本　中央精版印刷

Printed in Japan　ISBN4-8460-0708-1

論創ミステリ叢書

刊行予定

★平林初之輔Ⅰ
★平林初之輔Ⅱ
★甲賀三郎
★松本泰Ⅰ
★松本泰Ⅱ
★浜尾四郎
★松本恵子
★小酒井不木
★久山秀子Ⅰ
★久山秀子Ⅱ
★橋本五郎Ⅰ
★橋本五郎Ⅱ
★徳冨蘆花
★山本禾太郎Ⅰ
★山本禾太郎Ⅱ
★久山秀子Ⅲ
★久山秀子Ⅳ
★黒岩涙香Ⅰ
★黒岩涙香Ⅱ
★中村美与子
大庭武年Ⅰ
大庭武年Ⅱ 他

★印は既刊